MAURICE LEBLANC

# A ROLHA
# DE CRISTAL

**Camelot**
EDITORA

ENCONTRE MAIS
LIVROS COMO ESTE

Copyright desta tradução © IBC - Instituto Brasileiro De Cultura, 2023

Título original: The Crystal Stopper
Reservados todos os direitos desta tradução e produção, pela lei 9.610 de 19.2.1998.

1ª Impressão 2024

**Presidente:** Paulo Roberto Houch
MTB 0083982/SP

**Coordenação Editorial:** Priscilla Sipans
**Coordenação de Arte:** Rubens Martim (capa)
**Diagramação:** Gabrielle Cardoso
**Tradução:** Juliana Fermino
**Preparação de Texto e Revisão:** Sipans Comunicação
**Apoio de Revisão:** Leonan Mariano

**Vendas:** Tel.: (11) 3393-7727 (comercial2@editoraonline.com.br)

Foi feito o depósito legal.
Impresso na China

---

Dados Internacionais de Catalogação na Publicação (CIP)
de acordo com ISBD

| | |
|---|---|
| L445a | Leblanc, Maurice |
| | Arsène Lupin, e a Rolha de Cristal / Maurice Leblanc. – Barueri: Camelot Editora, 2024. |
| | 192 p. ; 15,1cm x 23cm. |
| | ISBN. 978-65-6095-040-5 |
| | 1. Literatura francesa. 2. Romance. I. Título. |
| 2023-3725 | CDD 843.7 |
| | CDU 821.133.1-31 |

Elaborado por Vagner Rodolfo da Silva - CRB-8/9410

---

**IBC — Instituto Brasileiro de Cultura LTDA**
CNPJ 04.207.648/0001-94
Avenida Juruá, 762 — Alphaville Industrial
CEP. 06455-010 — Barueri/SP
www.editoraonline.com.br

# SUMÁRIO

CAPÍTULO 1 - AS PRISÕES     5

CAPÍTULO 2 - DE OITO PARA NOVE RESTA UM     19

CAPÍTULO 3 - A VIDA DOMÉSTICA DE ALEXIS DAUBRECQ     33

CAPÍTULO 4 - O CHEFE DOS INIMIGOS     48

CAPÍTULO 5 - OS VINTE E SETE     61

CAPÍTULO 6 - A SENTENÇA DE MORTE     78

CAPÍTULO 7 - O PERFIL DE NAPOLEÃO     96

CAPÍTULO 8 - A TORRE DOS AMANTES     109

CAPÍTULO 9 - NA ESCURIDÃO     122

CAPÍTULO 10 - EXTRA-SECO?     137

CAPÍTULO 11 - A CRUZ DE LORENA     148

CAPÍTULO 12 - A CAIXA     165

CAPÍTULO 13 - A ÚLTIMA BATALHA     175

# CAPÍTULO 1

# AS PRISÕES

Os dois barcos presos ao pequeno píer que se projetava do jardim balançavam à sua sombra. Aqui e ali, janelas iluminadas apareciam através da névoa espessa nas margens do lago. O Cassino Enghien, em frente, resplandecia com luz, embora tardia na estação, no final de setembro. Algumas estrelas apareciam por entre as nuvens. Uma leve brisa agitava a superfície da água.

Arsène Lupin saiu da casa de veraneio onde estava fumando um charuto e, inclinando-se para a frente no final do píer, disse:

– Growler? – ele perguntou. – Masher?... Você está aí?

Um homem se levantou de cada um dos barcos, e um deles respondeu:

– Sim, patrão.

– Preparem-se. Estou ouvindo o carro chegando com Gilbert e Vaucheray.

Ele atravessou o jardim, contornou uma casa em construção, cujos andaimes pairavam sobre sua cabeça, e abriu cautelosamente a porta da Avenue de Ceinture. Ele não se enganou: uma luz forte brilhou na curva e um grande carro sem capota se aproximou de onde saíram dois homens com grandes casacos, com as golas levantadas e bonés.

Eram Gilbert e Vaucheray: Gilbert, um jovem de vinte ou vinte e dois anos, com uma feição atraente e uma estrutura flexível e musculosa; Vaucheray, mais velho, mais baixo, com cabelos grisalhos e um rosto pálido e doentio.

– Bem – perguntou Lupin –, você o viu, o deputado?

– Sim, patrão – disse Gilbert –, nós o vimos pegar o bonde das 7h40 para Paris, como sabíamos que ele faria.

– Então estamos livres para agir?

– Com certeza. A Villa Marie-Thérèse é nossa para fazermos o que quisermos.

O motorista permaneceu em seu lugar. Lupin lhe deu suas ordens:

– Não espere aqui. Isso pode chamar atenção. Volte exatamente às nove e meia, a tempo de carregar o carro, se tudo der certo.

– Por que não daria? – observou Gilbert.

O carro partiu e Lupin, pegando a estrada para o lago com seus dois companheiros, respondeu:

– Por quê? Porque eu não preparei o plano e quando eu mesmo não faço uma coisa, não tenho confiança total.

– Bobagem, patrão! Estou trabalhando com o senhor há três anos... Estou começando a conhecer o caminho.

– Sim, meu rapaz, você está começando – disse Lupin – e é exatamente por isso que temo os erros... Aqui, entre comigo... E você, Vaucheray, pegue o outro barco... É isso aí... E agora empurrem, rapazes... e façam o mínimo de barulho que puderem.

Growler e Masher, os dois remadores, foram direto para a margem oposta, um pouco à esquerda do cassino.

Eles encontraram um barco com um casal entrelaçado nos braços um do outro, flutuando aleatoriamente, e outro no qual várias pessoas estavam cantando a plenos pulmões. E isso foi tudo.

Lupin se aproximou de seu companheiro e disse, sem respirar:

– Diga-me, Gilbert, você pensou nesse trabalho ou foi ideia de Vaucheray?

– Não sei lhe dizer: nós dois estamos discutindo isso há semanas.

– O problema é que eu não confio em Vaucheray: ele era um malandro baixo quando o conhecemos... Não consigo entender por que não me livro dele...

– Oh, patrão!

– Sim, sim, estou falando sério: ele é um sujeito perigoso, sem mencionar o fato de que ele tem alguns pecados bastante sérios em sua consciência.

Ele ficou em silêncio por um momento e continuou:

– Então você tem certeza de que viu Daubrecq, o deputado?

– Eu o vi com meus próprios olhos, patrão.

– E o senhor sabe que ele tem um compromisso em Paris?

– Ele está indo ao teatro.

– Muito bem; mas seus criados ficaram na vila de Enghien...

– O cozinheiro foi mandado embora. Quanto ao criado, Léonard, que é o homem confidencial de Daubrecq, ele esperará por seu senhor em Paris. Eles não podem voltar da cidade antes da uma hora da manhã. Mas...

– Mas o quê?

– Temos de contar com um possível capricho da parte de Daubrecq, uma mudança de ideia, um retorno inesperado, e assim providenciar para que tudo esteja terminado e pronto em uma hora.

– E quando você obteve esses detalhes?

– Esta manhã. Vaucheray e eu imediatamente pensamos que aquele era um momento favorável. Escolhi o jardim da casa inacabada que acabamos de deixar como o melhor lugar para começar, pois a casa não é vigiada à noite. Mandei chamar dois companheiros para remar os barcos e telefonei para você. Essa é a história toda.

– Você tem as chaves?

– As chaves da porta da frente.

– É essa a casa que vejo daqui, situada nos campos?

– Sim, a Villa Marie-Thérèse; e como as outras duas, com os jardins que a cercam de ambos os lados, estão desocupadas desde a semana passada, poderemos remover o que desejarmos quando quisermos; e juro a você, patrão, que vale a pena.

– O trabalho é simples demais – murmurou Lupin. – Não há graça nisso!

Eles desembarcaram em um pequeno riacho, de onde subiam alguns degraus de pedra, sob a cobertura de um telhado em ruínas. Lupin pensou que transportar os móveis seria um trabalho fácil. Mas, de repente, ele disse:

– Há pessoas na casa. Veja... uma luz.

– É um jato de gás, patrão. A luz não está se movendo.

Growler permaneceu nos barcos com instruções para ficar de guarda, enquanto Masher, o outro remador, foi até o portão da Avenue de Ceinture e Lupin e seus dois companheiros se arrastaram na sombra até o pé da escada.

Gilbert subiu primeiro. Tateando no escuro, ele inseriu primeiro a chave da porta grande e depois a chave do trinco. Ambas giraram facilmente em suas fechaduras, a porta se abriu e os três homens entraram.

Um jato de gás estava queimando no corredor.

– Está vendo, patrão... – disse Gilbert.

– Sim, sim – disse Lupin, em voz baixa – mas me parece que a luz que eu vi brilhando não veio daqui...

– De onde ela veio, então?

– Não sei dizer... Esta é a sala de visitas?

– Não – respondeu Gilbert, que não tinha medo de falar bem alto – Não. Por precaução, ele mantém tudo no primeiro andar, em seu quarto e nos dois cômodos ao lado.

– E onde fica a escada?

– À direita, atrás da cortina.

Lupin se moveu até a cortina e estava puxando o pendente para o lado quando, de repente, a quatro passos à esquerda, uma porta se abriu e uma cabeça apareceu, a cabeça de um homem pálido, com olhos aterrorizados.

– Socorro! Assassino! – gritou o homem.

E voltou correndo para o quarto.

– É Léonard, o criado! – gritou Gilbert.

– Se ele fizer barulho, eu o expulso – rosnou Vaucheray.

– Você não vai fazer nada disso, ouviu, Vaucheray? – disse Lupin, rigorosamente. E saiu correndo em busca do criado. Passou primeiro por uma sala de jantar, onde viu um abajur ainda aceso, com pratos e uma garrafa ao redor e encontrou Léonard no fundo de uma despensa, fazendo esforços vãos para abrir a janela:

– Não se mexa, esportista! Nada de brincadeiras! Ah, mas que diabo!

Ele havia se jogado no chão ao ver Léonard levantar o braço contra ele. Três tiros foram disparados na penumbra da despensa; e então o criado caiu no chão, agarrado pelas pernas por Lupin, que lhe arrancou a arma e o agarrou pela garganta:

– Saia daqui, seu bruto sujo! – rosnou ele. – Por pouco não me atinge... Aqui, Vaucheray, proteja este senhor!

Ele jogou a luz de sua lanterna de bolso no rosto do criado e deu uma risadinha:

– Ele também não é um cavalheiro bonito... Você não deve ter a consciência muito tranquila, Léonard; além disso, fazer o papel de lacaio do deputado Daubrecq...! Você já terminou, Vaucheray? Eu não quero ficar aqui para sempre!

– Não há perigo, patrão – disse Gilbert.

– Ah, é mesmo?... Então você acha que os tiros não podem ser ouvidos?

– É completamente impossível.

– Não importa, temos de ficar atentos. Vaucheray, pegue a lâmpada e vamos subir.

Ele pegou Gilbert pelo braço e, enquanto o arrastava para o primeiro andar, disse:

– Seu burro. É assim que você faz perguntas? Eu não tinha razão em ter minhas dúvidas?

– Veja bem, patrão, eu não podia saber que ele mudaria de ideia e voltaria para jantar.

— É preciso saber tudo quando se tem a honra de invadir a casa das pessoas. Seu idiota! Vou me lembrar de você e Vaucheray... um belo par de criados!...

A visão dos móveis no primeiro andar acalmou Lupin e ele começou a fazer seu inventário com o ar satisfeito de um colecionador que se presenteou com algumas obras de arte:

— Nossa! Não há muito aqui, mas o que há é valioso! Esse representante do povo tem bom gosto. Quatro cadeiras Aubusson... Um bureau com a assinatura "Percier-Fontaine"... Duas incrustações de Gouttières... Um Fragonard genuíno e um Nattier falso que qualquer milionário americano engolirá fácil: em resumo, uma fortuna... E há pessoas que fingem que não há nada além de coisas falsas. Caramba, por que eles não fazem como eu? Eles deveriam procurar!

Gilbert e Vaucheray, seguindo as ordens e instruções de Lupin, imediatamente começaram a remover metodicamente as peças mais volumosas. O primeiro barco ficou cheio em meia hora; e foi decidido que o Growler e Masher deveriam ir na frente e começar a carregar o carro.

Lupin foi vê-los partir. Ao voltar para a casa e passar pelo saguão, percebeu que tinha ouvido uma voz na despensa. Ele foi até lá e encontrou Léonard deitado de bruços, sozinho, com as mãos amarradas nas costas:

— Então é você que está rosnando, meu ajudante confidencial? Não se empolgue: já está quase terminado. Mas, se fizer muito barulho, você nos obrigará a tomar medidas mais severas... Você gosta de peras? Podemos lhe dar uma, sabe: uma pera sufocante!...

Ao subir as escadas, ele escutou novamente o mesmo som e, parando para ouvir, captou estas palavras, proferidas em uma voz rouca e gemida, que vinha, sem dúvida, da despensa:

— Socorro!... Assassino!... Socorro!... Vou ser morto!... Informe o comissário!

— O sujeito está completamente louco! — murmurou Lupin. — Por Deus!... Incomodar a polícia às nove horas da noite: que falta de noção!

Ele começou a trabalhar novamente. Demorou mais do que esperava, pois descobriram nos armários todo tipo de bugigangas valiosas que teria sido muito errado desprezar e, por outro lado, Vaucheray e Gilbert estavam fazendo suas investigações com sinais de concentração exaustiva que os deixaram perplexo.

Por fim, ele perdeu a paciência:

— Isso basta! — disse ele. — Não vamos estragar todo o trabalho e deixar o motor esperando por causa dessas mixarias que restaram. Vou para o barco.

Eles estavam agora na beira da água e Lupin desceu os degraus. Gilbert o segurou:

— Eu digo, patrão, queremos cinco minutos para mais uma olhada, não mais.

– Mas para quê, droga!?

– Bem, é o seguinte: nos falaram de um relicário antigo, algo impressionante...

– E daí?

– Não conseguimos pegá-lo. E eu estava pensando... Há um armário com uma grande fechadura na despensa... Veja, não podemos muito bem...

Ele pegou o caminho de volta para a vila. Vaucheray também voltou correndo.

– Eu lhe dou dez minutos, nem um segundo a mais! – gritou Lupin. – Em dez minutos, eu vou embora.

Mas os dez minutos se passaram e ele ainda estava esperando.

Ele olhou para o relógio:

"São nove e quinze", pensou. "Isso é loucura."

E também se lembrou de que Gilbert e Vaucheray haviam se comportado de forma bastante estranha durante a retirada das coisas, permanecendo juntos e aparentemente mantendo-se sempre à vista um do outro. O que poderia estar acontecendo?

Lupin voltou para a casa de forma automática, impelido por um sentimento de ansiedade que não conseguia explicar; e, ao mesmo tempo, ouviu um som monótono que se elevava ao longe, vindo da direção de Enghien, e que parecia estar se aproximando... Pessoas passeando, sem dúvida...

Ele deu um assobio agudo e depois foi até o portão principal, para dar uma olhada na avenida. Mas, de repente, quando estava abrindo o portão, ouviu-se um tiro, seguido de um grito de dor. Ele voltou correndo, deu a volta na casa, subiu os degraus e correu para a sala de jantar:

– Droga, o que estão fazendo aí, vocês dois?

Gilbert e Vaucheray, presos em um abraço furioso, estavam rolando no chão, soltando gritos de raiva. Suas roupas estavam pingando sangue. Lupin correu até eles para separá-los. Mas Gilbert já havia derrubado seu adversário e estava arrancando da mão dele algo que Lupin não teve tempo de ver. E Vaucheray, que estava perdendo sangue por um ferimento no ombro, desmaiou.

– Quem o machucou? Você, Gilbert? – perguntou Lupin, furioso.

– Não, Léonard.

– Léonard? Ora, ele estava amarrado!

– Ele desfez suas amarras e pegou seu revólver.

– O canalha! Onde ele está?

Lupin pegou a lanterna e foi até a despensa.

O criado estava deitado de costas, com os braços estendidos, um punhal cravado na garganta e o rosto lívido. Um jato vermelho escorria de sua boca.

– Ah – disse Lupin, depois de examiná-lo –, ele está morto!

– Você acha?... Acha mesmo? – gaguejou Gilbert, com a voz trêmula.

– Ele está morto, eu lhe digo.
– Foi Vaucheray... foi Vaucheray quem fez isso...
Pálido de raiva, Lupin o agarrou:
– Foi Vaucheray, não foi?... E você também, seu canalha, já que estava lá e não o impediu! Sangue! Sangue! Você sabe que eu não vou permitir isso... Bem, é um mau presságio para você, meu bom companheiro... Vocês terão que pagar pelos danos! E também não sairão baratos... Cuidado com a guilhotina!
E, sacudindo-o violentamente:
– O que aconteceu? Por que ele o matou?
– Ele queria mexer em seus bolsos e pegar a chave do armário. Quando se abaixou sobre ele, viu que o homem tinha soltado seus braços. Ele se assustou... e o esfaqueou...
– Mas o tiro de revólver?
– Foi Léonard... ele estava com o revólver na mão... só teve forças para mirar antes de morrer...
– E a chave do armário?
– Vaucheray a pegou...
– Ele o abriu?
– Sim.
– E ele encontrou o que estava procurando?
– Sim.
– E você queria tirar a coisa dele. Que tipo de coisa era? O relicário? Não, era muito pequeno para isso... Então o que era? Responda-me, por favor...

Lupin percebeu, pelo silêncio de Gilbert e pela expressão determinada em seu rosto, que ele não obteria resposta. Com um gesto ameaçador, disse:

– Eu o farei falar, meu caro. Palavra de Lupin, você vai falar. Mas, por enquanto, precisamos ir. Aqui, me ajude. Vamos levar Vaucheray para o barco...

Eles voltaram para a sala de jantar e Gilbert estava se curvando sobre o homem ferido, quando Lupin o deteve:

– Ouça.

Eles trocaram um olhar de alarme... Alguém estava falando na despensa... uma voz muito baixa, estranha e muito distante... No entanto, como eles imediatamente se certificaram, não havia ninguém no cômodo, ninguém exceto o homem morto, cuja silhueta estava estendida no chão.

E a voz voltou a falar, ora estridente, ora abafada, balbuciando, gaguejando, gritando, assustadora. Ela pronunciava palavras indistintas, sílabas quebradas.

Lupin sentiu o topo de sua cabeça se cobrir de suor. O que era essa voz incoerente, misteriosa como uma voz do além-túmulo?

Ele havia se ajoelhado ao lado do criado. A voz ficou em silêncio e depois recomeçou:

– Ilumine melhor – disse ele a Gilbert.

Ele estava tremendo um pouco, sacudido por um pavor que não conseguia dominar, pois não havia dúvida: quando Gilbert retirou a proteção da lâmpada, Lupin percebeu que a voz vinha do próprio cadáver, sem movimento da massa sem vida, sem um tremor da boca sangrando.

– Patrão, estou com calafrios – gaguejou Gilbert.

Novamente a mesma voz, o mesmo sussurro fungante.

De repente, Lupin começou a rir, agarrou o cadáver e o puxou para o lado:

– Exatamente! – disse ele, vendo um objeto feito de metal polido. – Exatamente! É isso mesmo!... Demorei a perceber!

No local do chão que ele havia descoberto, estava o receptor de um telefone, cujo fio ia até o aparelho fixado na parede, na altura habitual.

Lupin colocou o receptor no ouvido. O barulho recomeçou imediatamente, mas era um barulho misto, composto de diferentes exclamações, gritos confusos, o barulho produzido por várias pessoas se questionando ao mesmo tempo.

– Você está aí?... Ele não responde. É horrível... Eles devem tê-lo matado. O que foi?... Aguente mais um pouco. A ajuda está a caminho... polícia... soldados...

– Que se dane! – disse Lupin, deixando cair o fone.

A verdade apareceu para ele em uma visão aterrorizante. Logo no início, enquanto as coisas no andar de cima estavam sendo movidas, Léonard, cujas amarras não estavam bem presas, havia conseguido se levantar, soltar o telefone do gancho, provavelmente com os dentes, deixá-lo cair e pedir ajuda à central telefônica de Enghien.

Foram aquelas as palavras que Lupin ouviu, depois que o primeiro barco partiu:

– Socorro!... Assassino!... Eu serei morto!

E esta foi a resposta da central telefônica. A polícia estava correndo para o local. E Lupin se lembrou dos sons que havia ouvido no jardim, quatro ou cinco minutos antes, no máximo:

– A polícia! Deem o fora! – gritou ele, correndo pela sala de jantar.

– E quanto a Vaucheray? – perguntou Gilbert.

– Desculpe, mas não podemos fazer nada!

Mas Vaucheray, acordando de seu torpor, o interpelou quando ele passou:

– Patrão, o senhor não me deixaria assim!

Lupin parou, apesar do perigo, e estava levantando o homem ferido, com a ajuda de Gilbert, quando um barulho alto surgiu do lado de fora:

– Tarde demais! – disse ele.

Naquele momento, golpes sacudiram a porta do corredor nos fundos da casa. Ele correu para os degraus da frente: vários homens já haviam dobrado a esquina da casa com pressa. Ele poderia ter conseguido se manter à frente deles, com Gilbert, e chegar à beira da água. Mas que chance havia de embarcar e escapar sob o fogo do inimigo?

Ele trancou a porta.

– Estamos cercados... e acabados – balbuciou Gilbert.

– Cale a boca – disse Lupin.

– Mas eles nos viram, patrão. Ali, estão batendo à porta.

– Cale a boca – repetiu Lupin. – Nem uma palavra. Nem um movimento.

Ele próprio permaneceu imperturbável, com um rosto totalmente calmo e a atitude pensativa de quem tem todo o tempo necessário para examinar uma situação delicada sob todos os pontos de vista. Ele havia chegado a um daqueles minutos que chamava de "momentos superiores da existência", aqueles que, por si só, dão um valor e um preço à vida. Em tais ocasiões, por mais ameaçador que fosse o perigo, ele sempre começava contando para si mesmo, lentamente: "um... dois... três... quatro... cinco... seis" – até que o batimento de seu coração voltasse a ficar normal e regular. Então, e só então, ele refletiu, mas com que intensidade, com que perspicácia, com que profunda intuição de possibilidades! Todos os fatores do problema estavam presentes em sua mente. Ele previu tudo. Ele admitiu tudo. E tomou sua decisão com toda a lógica e toda a certeza.

Depois de trinta ou quarenta segundos, enquanto os homens do lado de fora batiam nas portas e arrombavam as fechaduras, ele disse ao seu companheiro:

– Siga-me.

Retornando à sala de jantar, ele abriu suavemente a janela e fechou as venezianas de uma janela na parede lateral. As pessoas estavam entrando e saindo, o que tornava a fuga fora de questão.

Então, ele começou a gritar com toda a sua força, em uma voz ofegante:

– Por aqui!... Socorro!... Eu os peguei!... Por aqui!

Ele apontou o revólver e disparou dois tiros contra as copas das árvores. Em seguida, voltou para Vaucheray, curvou-se sobre ele e manchou seu rosto e mãos com o sangue do homem ferido. Por fim, voltando-se para Gilbert, agarrou-o violentamente pelos ombros e o jogou no chão.

– O que você quer, patrão? O que é isso!

– Deixe-me fazer o que eu quiser – disse Lupin, enfatizando cada sílaba de forma imperativa. – Eu responderei por tudo... Eu responderei por vocês dois... Deixem-me fazer o que eu quiser com vocês... Vou tirar vocês dois da prisão... Mas só posso fazer isso se eu estiver livre.

Gritos entusiasmados atravessaram a janela aberta.

– Por aqui! – ele gritou. – Eu os peguei! Socorro!

E, calmamente, em um sussurro:

– Pense por um momento... você tem algo a me dizer? Algo que possa ser útil para nós?

Gilbert ficou muito surpreso para entender o plano de Lupin e se debateu furiosamente. Vaucheray mostrou mais inteligência; além disso, ele havia perdido toda a esperança de escapar, por causa de seu ferimento; e rosnou:

– Deixe o patrão fazer o que quiser, seu asno!... Desde que ele saia dessa, não é isso que importa?

De repente, Lupin se lembrou do item que Gilbert havia colocado em seu bolso, depois de pegá-lo de Vaucheray. Ele agora tentou pegá-lo.

– Não, isso não! – rosnou Gilbert, conseguindo se soltar.

Lupin o derrubou mais uma vez. Mas dois homens apareceram de repente na janela; Gilbert cedeu e, entregando o item a Lupin, que o guardou no bolso sem olhar para ele, sussurrou:

– Aqui está você, patrão... Eu vou lhe explicar. Pode ter certeza de que...

Ele não teve tempo de terminar. Dois policiais e outros atrás deles, e soldados que entraram por todas as portas e janelas, vieram em auxílio de Lupin.

Gilbert foi imediatamente agarrado e amarrado com firmeza. Lupin se retirou:

– Estou feliz por vocês terem vindo – disse ele. – O sujeito me deu muito trabalho. Eu feri o outro, mas este aqui...

O comissário de polícia lhe perguntou, apressado:

– Você viu o criado? Eles o mataram?

– Não sei – respondeu ele.

– Você não sabe?

– Ora, eu vim com vocês de Enghien ao saber do assassinato! Só que, enquanto vocês estavam dando a volta pela esquerda da casa, eu dei a volta pela direita. Havia uma janela aberta. Subi bem na hora em que esses dois malandros estavam prestes a pular. Disparei contra este – apontando para Vaucheray –, e agarrei seu amigo.

Como poderia ter suspeitado dele? Ele estava coberto de sangue. Ele havia entregado os assassinos do criado. Meia dúzia de pessoas havia testemunhado o fim do combate heroico que ele havia travado. Além disso, o tumulto era grande demais para que alguém se desse ao trabalho de discutir ou perder tempo com dúvidas. No auge da confusão, todos invadiram a casa. Todos perderam a cabeça. Correram para todos os lados, no andar de cima, no andar de baixo, até o porão. Faziam perguntas uns aos outros, gritavam e berravam; e ninguém sonhava em checar as declarações de Lupin, que pareciam tão plausíveis.

No entanto, a descoberta do corpo na despensa devolveu ao comissário o senso de responsabilidade. Ele deu ordens, mandou limpar a casa e colocou policiais no portão para impedir que qualquer pessoa entrasse ou saísse. Então, sem mais delongas, examinou o local e iniciou sua investigação. Vaucheray deu seu nome; Gilbert se recusou a dar o seu, alegando que só falaria na presença de um advogado. Mas, quando foi acusado do assassinato, ele denunciou Vaucheray, que se defendeu acusando o outro; e os dois vociferaram ao mesmo tempo, com o evidente desejo de monopolizar a atenção do comissário. Quando o comissário se voltou para Lupin, para pedir seu depoimento, percebeu que o estranho não estava mais lá.

Sem a menor suspeita, disse a um dos policiais:

– Vá e diga àquele senhor que eu gostaria de lhe fazer algumas perguntas.

Eles procuraram pelo senhor. Alguém o viu parado na escadaria, acendendo um cigarro. A notícia seguinte foi que ele havia dado cigarros a um grupo de soldados e caminhado em direção ao lago, dizendo que eles deveriam chamá-lo se ele fosse preciso.

Eles o chamaram. Ninguém respondeu.

Mas um soldado veio correndo. O senhor tinha acabado de entrar em um barco e estava remando para longe com toda a força que tinha. O comissário olhou para Gilbert e percebeu que havia sido enganado:

– Detenham-no! – gritou ele. – Disparem contra ele! Ele é um cúmplice!...

Ele mesmo saiu correndo, seguido por dois policiais, enquanto os outros permaneceram com os prisioneiros. Ao chegar ao barco, ele viu o senhor, a cem metros de distância, tirando o chapéu para ele no crepúsculo.

Um dos policiais disparou seu revólver, sem pensar.

O vento levava o som das palavras através da água. O cavalheiro estava cantando enquanto remava:

*Vá, pequeno barco,*
*Flutue no escuro...*

Mas o comissário viu um esquife preso à plataforma de desembarque da propriedade vizinha. Ele pulou a cerca que separava os dois jardins e, depois de ordenar que os soldados vigiassem as margens do lago e capturassem o fugitivo caso ele tentasse desembarcar, o comissário e dois de seus homens saíram em busca de Lupin.

Não foi difícil, pois eles puderam acompanhar seus movimentos com a luz intermitente da lua e ver que ele estava tentando atravessar os lagos enquanto se dirigia para a direita, ou seja, para a vila de Saint-Gratien. Além disso, o comissário logo percebeu que, com a ajuda de seus homens e, talvez, graças à leveza comparativa de sua embarcação, ele estava rapidamente se aproximando do outro. Em dez minutos, ele havia reduzido o intervalo entre eles pela metade.

– É isso! – ele gritou. – Não precisaremos nem mesmo dos soldados para impedi-lo de desembarcar. Quero muito conhecer o sujeito. Ele é um cara audacioso!

O engraçado era que a distância estava diminuindo em um ritmo anormal, como se o fugitivo tivesse perdido o ânimo ao perceber a futilidade da luta. Os policiais redobraram seus esforços. O barco atravessou a água com a rapidez de uma andorinha. Mais cem metros, no máximo, e eles alcançariam o homem.

– Alto! – gritou o comissário.

O inimigo, cujo contorno podia ser visto no barco, não se movia mais. Os barcos flutuavam com a correnteza. E essa ausência de qualquer movimento tinha algo de alarmante. Um malandro daquele tipo poderia facilmente ficar à espreita de seus agressores, vender sua vida caro e até matá-los a tiros antes que tivessem a chance de atacá-lo.

– Renda-se! – gritou o comissário.

O céu, naquele momento, estava escuro. Os três homens se deitaram no fundo de seu esquife, pois pensaram ter percebido um gesto ameaçador.

O barco, levado por seu próprio ímpeto, estava se aproximando do outro.

O comissário rosnou:

– Não vamos nos deixar abater. Vamos disparar contra ele. Vocês estão prontos? – E rugiu mais uma vez: – Rendam-se... senão...!

Não houve resposta.

O inimigo não se moveu.

– Renda-se!... Mãos ao alto!... Você se recusa?... Tanto pior para você... Estou contando... um... dois...

Os policiais não esperaram pela palavra de comando. Eles dispararam e, imediatamente, inclinando-se sobre os remos, deram ao barco um impulso tão forte que ele alcançou o inimigo em poucas braçadas.

O comissário ficou observando, com o revólver na mão, pronto para o menor movimento. Ele levantou o braço:

– Se você se mexer, vou estourar seus miolos!

Mas o inimigo não se mexeu nem por um momento; e, quando o barco foi alcançado e os dois homens, soltando os remos, se prepararam para o formidável ataque, o comissário entendeu o motivo dessa atitude passiva: não havia ninguém no barco. O inimigo havia escapado nadando, deixando nas mãos do vencedor um certo número de itens roubados, que, amontoados e erguidos por um paletó e um chapéu-coco, poderiam ser considerados, em um piscar de olhos, na semiescuridão, como vagamente representando a figura de um homem.

Eles acenderam fósforos e examinaram as roupas do inimigo. Não havia iniciais no chapéu. O paletó não continha documentos nem carteira de bolso. No entanto, eles fizeram uma descoberta que estava destinada a dar ao caso não pouca celebridade e que teve uma terrível influência no destino de Gilbert e Vaucheray: em um dos bolsos havia um cartão de visita que o fugitivo havia deixado para trás... o cartão de Arsène Lupin.

Quase no mesmo momento, enquanto a polícia, rebocando o esquife capturado, continuava sua busca vazia e enquanto os soldados permaneciam na margem, arregalando os olhos para tentar acompanhar a sorte do combate naval, o supracitado Arsène Lupin desembarcava silenciosamente no mesmo local de onde havia saído duas horas antes.

Lá ele foi recebido por seus dois outros cúmplices, Growler e Masher, disse-lhes algumas frases a título de explicação, entrou no carro, entre as poltronas e outros objetos de valor do deputado Daubrecq, envolveu-se em suas peles e pediu que dirigissem por estradas desertas, até seu depósito em Neuilly, onde deixou o motorista. Um táxi o trouxe de volta a Paris e o deixou perto da igreja de Saint-Philippe-du-Roule, não muito longe dali, na Rue Matignon, onde ele tinha um apartamento no andar intermediário entre os pisos principais, que ninguém de sua turma, exceto Gilbert, conhecia, um apartamento com entrada privativa. Ele ficou feliz em tirar a roupa e se aquecer, pois, apesar de sua constituição forte, sentia-se gelado até os ossos. Ao se recolher para a cama, esvaziou o conteúdo de seus bolsos, como de costume, sobre a lareira. Foi só então que ele notou, perto de seu livro de bolso e de suas chaves, o objeto que Gilbert havia colocado em sua mão no último momento.

E ele ficou muito surpreso. Era uma rolha de decantador, uma pequena rolha de cristal, como aquelas usadas em garrafas de licor. E essa rolha de cristal não tinha nada de especial. O máximo que Lupin observou foi que a parte saliente, com suas muitas facetas, era dourada até o entalhe. Mas, para dizer a verdade, esse detalhe não lhe pareceu de natureza a atrair atenção especial.

"E foi a esse pedaço de vidro que Gilbert e Vaucheray deram tanta importância!", ele pensou. "Foi por isso que eles mataram o criado, brigaram entre si, perderam tempo, arriscaram a prisão... o julgamento... a guilhotina..."

Cansado demais para continuar a falar sobre esse assunto, embora lhe parecesse emocionante, ele recolocou a rolha na lareira e foi para a cama.

Ele teve sonhos ruins. Gilbert e Vaucheray estavam ajoelhados em suas celas, estendendo loucamente as mãos para ele e gritando com medo:

– Socorro!... Socorro! – gritavam.

Mas, apesar de todos os seus esforços, ele não conseguia se mover. Ele próprio estava preso por laços invisíveis. E, trêmulo, obcecado por uma visão monstruosa, ele observava os preparativos sombrios, o corte dos cabelos e dos colarinhos das camisas dos condenados, a tragédia sinistra.

– Por Deus! – disse ele, quando acordou após uma série de pesadelos. – Há muitos maus presságios! Felizmente, não ligo para o para o lado da superstição. No entanto...! – E acrescentou: – Temos um talismã que, a julgar pelo comportamento de Gilbert e Vaucheray, deve ser suficiente, com a ajuda de Lupin, para frustrar a má sorte e garantir o triunfo da boa causa. Vamos dar uma olhada nessa rolha de cristal!

Ele se levantou da cama para pegar a coisa e examiná-la mais de perto. Uma exclamação lhe escapou. A rolha de cristal havia desaparecido...

## CAPÍTULO 2

# DE OITO PARA NOVE RESTA UM

Apesar de minhas relações amistosas com Lupin e das muitas provas lisonjeiras de confiança que ele me deu, há uma coisa que nunca fui capaz de entender, que é a organização de sua gangue.

A existência da gangue é um fato indiscutível. Certas aventuras só podem ser explicadas por inúmeros atos de devoção, esforços invencíveis e casos de cumplicidade, representando tantas forças que todas obedecem a uma vontade poderosa. Mas como essa vontade é exercida? Por meio de quais intermediários, por meio de quais subordinados? Isso é o que eu não sei. Lupin mantém seu segredo; e os segredos que Lupin escolhe manter são, por assim dizer, impenetráveis.

A única suposição que posso me permitir fazer é que essa quadrilha, que, em minha opinião, é muito limitada em número e, portanto, ainda mais formidável, é completada e estendida indefinidamente pelo acréscimo de unidades independentes, associados provisórios, coletados em todas as classes da sociedade e em todos os países do mundo, que sao os agentes executivos de uma autoridade com a qual, em muitos casos, eles nem sequer estão familiarizados. Os companheiros, os iniciados, os adeptos fiéis – homens que desempenham os papéis principais sob o comando direto de Lupin – movem-se de um lado para o outro entre esses agentes secundários e o mestre.

Gilbert e Vaucheray evidentemente pertenciam à quadrilha principal. E é por isso que a lei se mostrou tão implacável em relação a eles. Pela primeira vez, ela tinha os cúmplices de Lupin em suas garras – cúmplices declarados e incontestáveis – e esses cúmplices haviam cometido um assassinato. Se o assassinato fosse premeditado, se a acusação de homicídio deliberado pudesse ser apoiada por provas substanciais, isso significaria a guilhotina. Agora havia, no mínimo, uma prova evidente, o pedido de socorro que Léonard havia enviado pelo telefone alguns minutos antes de sua morte:

– Socorro!... Assassino!... Vou ser morto!...

O apelo desesperado foi ouvido por dois homens, o operador de plantão e um de seus colegas de trabalho, que juraram veementemente. E foi em consequência desse apelo que o comissário de polícia, que foi imediatamente informado, seguiu para a Villa Marie-Thérèse, escoltado por seus homens e alguns soldados.

Lupin tinha uma noção muito clara do perigo desde o início. A luta feroz na qual ele havia se engajado contra a sociedade estava entrando em uma nova e terrível fase. Sua sorte estava mudando. Não era mais uma questão de atacar os outros, mas de se defender e salvar a cabeça de seus dois companheiros.

Um pequeno memorando, que copiei de um dos cadernos em que ele costuma anotar um resumo das situações que o deixam perplexo, nos mostrará o funcionamento de seu cérebro:

"Um fato concreto, para começar, é que Gilbert e Vaucheray me enganaram. A expedição de Enghien, empreendida ostensivamente com o objetivo de roubar a Villa Marie-Thérèse, tinha um propósito secreto. Esse objetivo os obcecou durante toda a operação; e o que eles estavam procurando, sob os móveis e nos armários, era uma coisa e apenas uma coisa: a rolha de cristal. Portanto, se eu quiser ter uma visão clara do futuro, preciso, antes de tudo, saber o que isso significa. É certo que, por alguma razão oculta, esse misterioso pedaço de vidro possui um valor incalculável aos olhos deles. E não apenas aos olhos deles, pois, na noite passada, alguém foi ousado e esperto o suficiente para entrar em meu apartamento e roubar o objeto em questão."

Esse roubo do qual ele foi vítima intrigou Lupin de forma curiosa.

Dois problemas, ambos igualmente difíceis de resolver, se apresentaram à sua mente. Primeiro, quem era o visitante misterioso? Gilbert, que gozava de sua total confiança e atuava como seu secretário particular, era o único que sabia do retiro na Rue Matignon. Agora Gilbert estava na prisão. Será que Lupin deveria supor que Gilbert o havia traído e colocado a polícia em seu rastro? Nesse caso, por que eles se contentaram em pegar a rolha de cristal, em vez de prendê-lo, Lupin?

Mas havia algo muito mais estranho. Admitindo que eles tivessem conseguido forçar as portas de seu apartamento – e isso ele era obrigado a admitir, embora não houvesse nenhuma marca que demonstrasse isso – como eles haviam conseguido entrar no quarto? Ele girou a chave e empurrou o ferrolho como fazia todas as noites, de acordo com um hábito do qual nunca se afastou. E, no entanto – o fato era inegável –, a rolha de cristal havia desaparecido sem que a fechadura ou o ferrolho tivessem sido tocados. E, embora Lupin se lisonjeasse de ter ouvidos aguçados, mesmo quando estava dormindo, nenhum som o havia despertado!

Ele não se esforçou muito para investigar o mistério. Ele conhecia esses problemas muito bem para esperar que esse pudesse ser resolvido de outra forma que não fosse pelo curso dos acontecimentos. Mas, sentindo-se muito incomodado e extremamente desconfortável, ele trancou seu apartamento na Rue Matignon e jurou que nunca mais colocaria os pés lá.

E se dedicou imediatamente à questão de se corresponder com Vaucheray ou Gilbert.

Nesse ponto, uma nova decepção o aguardava. Era tão claro, tanto na Prisão Santé quanto nos Tribunais de Justiça, que toda comunicação entre Lupin e os prisioneiros deveria ser absolutamente impedida, que uma infinidade de precauções minuciosas foi ordenada pelo chefe de polícia e minuciosamente observada pelos subordinados mais baixos. Policiais experientes, sempre os mesmos homens, vigiavam Gilbert e Vaucheray, dia e noite, e nunca os perdiam de vista.

Naquela época, Lupin ainda não havia sido promovido à maior honra de sua carreira, o posto de chefe do serviço de detetives[1] e, consequentemente, não podia tomar medidas nos tribunais para garantir a execução de seus planos. Depois de quinze dias de esforços infrutíferos, ele foi obrigado a renunciar.

Ele fez isso com o coração apertado e uma crescente sensação de ansiedade.

– A parte difícil de um negócio – ele costuma dizer – não é o fim, mas o começo.

Por onde ele deveria começar nas circunstâncias atuais? Que caminho deveria seguir?

Seus pensamentos se voltaram para Daubrecq, o deputado, o proprietário original da rolha de cristal, que provavelmente sabia de sua importância. Por outro lado, como Gilbert estava ciente das ações e do modo de vida de Daubrecq, o deputado? Que meios ele utilizou para mantê-lo sob observação? Quem havia lhe contado sobre o lugar onde Daubrecq passou a noite daquele dia? Todas essas perguntas eram interessantes de se resolver.

Daubrecq havia se mudado para seus aposentos de inverno em Paris imediatamente após o roubo na Villa Marie-Thérèse e agora estava morando em sua própria casa, no lado esquerdo da pequena Praça Lamartine, que se abre no final da Avenida Victor-Hugo.

Primeiro, disfarçando-se como um senhor idoso de posses, passeando com a bengala na mão, Lupin passava seu tempo na vizinhança, nos bancos da praça e da avenida. Ele fez uma descoberta no primeiro dia. Dois homens, vestidos como operários, mas se comportando de uma maneira que não deixava dúvidas quanto a seus objetivos, estavam vigiando a casa do deputado. Quando Daubrecq saiu, eles saíram em sua perseguição e estavam logo atrás dele quando ele voltou para casa. À noite, assim que as luzes se apagaram, eles foram embora.

---

1 Ver "813", de Maurice Leblanc.

Lupin os seguia. Eram policiais.

– Ora, ora! – disse ele para si mesmo. – Não é nada do que eu esperava. Então o tal Daubrecq está sob suspeita?

Mas, no quarto dia, ao cair da noite, os dois homens foram acompanhados por seis outros, que conversaram com eles no canto mais escuro da Praça Lamartine. E, entre esses recém-chegados, Lupin ficou muito surpreso ao reconhecer, por sua figura e porte, o famoso Prasville, o antigo advogado, esportista e explorador, agora favorito no Élysée, que, por alguma razão misteriosa, havia sido colocado no quartel-general da polícia como secretário-geral.

E, de repente, Lupin se lembrou: dois anos atrás, Prasville e Daubrecq, o deputado, haviam tido um encontro pessoal na Place du Palais-Bourbon. O incidente causou um grande alvoroço na época. Ninguém sabia a causa do fato. Prasville havia enviado suas testemunhas para Daubrecq no mesmo dia, mas Daubrecq se recusou a lutar.

Pouco tempo depois, Prasville foi nomeado secretário-geral.

– Muito estranho, muito estranho – disse Lupin, que permanecia mergulhado em pensamentos, enquanto continuava a observar os movimentos de Prasville.

Às sete horas, o grupo de homens de Prasville se afastou alguns metros, na direção da Avenue Henri-Martin. A porta de um pequeno jardim à direita da casa se abriu e Daubrecq apareceu. Os dois detetives o seguiram de perto e, quando ele pegou o trem da Rue-Taitbout, saltaram atrás dele.

Prasville atravessou imediatamente a praça e tocou a campainha. O portão do jardim ficava entre a casa e a guarita da portaria. A criada veio e o abriu. Houve uma breve conversa, após a qual Prasville e seus companheiros tiveram a entrada permitida.

– Uma visita domiciliar – disse Lupin. – Secreta e ilegal. Pelas regras estritas de cortesia, eu deveria ser convidado. Minha presença é indispensável.

Sem a menor hesitação, ele foi até a casa, cuja porta não havia sido fechada, e, passando em frente a criada, que vigiava o lado de fora, ele perguntou, no tom apressado de uma pessoa que está atrasada para um compromisso:

– Os cavalheiros já chegaram?

– Sim, você os encontrará no escritório.

Seu plano era bastante simples: se alguém o encontrasse, ele fingiria ser um entregador. Mas não havia necessidade desse subterfúgio. Ele conseguiu, depois de atravessar um corredor vazio, entrar em uma sala de jantar que também não tinha ninguém, mas que, através das vidraças de uma divisória de vidro que separava a sala de jantar do escritório, permitia que ele visse Prasville e seus cinco companheiros.

Prasville abriu todas as gavetas com a ajuda de chaves falsas. Em seguida, examinou todos os papéis, enquanto seus companheiros tiravam os livros das prateleiras, sacudiam as páginas de cada um separadamente e apalpavam as encadernações.

– É claro que é um papel que eles estão procurando – disse Lupin. – Dinheiro, talvez...

Exclamou Prasville:

– Que podridão! Não vamos encontrar nada!

No entanto, ele obviamente não abandonou toda a esperança de descobrir o que queria, pois de repente pegou as quatro garrafas em um suporte de licor, tirou as quatro rolhas e as inspecionou.

"Ora!", pensou Lupin. "Agora ele está procurando por rolhas de decantador! Então não é um papel? Bem, eu desisto."

Em seguida, Prasville levantou e examinou diferentes objetos e perguntou:

– Quantas vezes você esteve aqui?

– Seis vezes no último inverno – foi a resposta.

– E o senhor vasculhou a casa minuciosamente?

– Cada um dos cômodos, por dias seguidos, enquanto ele visitava seu círculo eleitoral.

– Ainda assim...

E acrescentou:

– Ele não tem nenhum empregado no momento?

– Não, ele está procurando uma. Ele faz suas refeições fora e a criada mantém a casa da melhor maneira possível. A mulher é dedicada a nós...

Prasville persistiu em suas investigações por quase uma hora e meia, mexendo e revirando com os dedos em todas as bugigangas, mas tomando o cuidado de colocar tudo de volta exatamente onde encontrou. Às nove horas, entretanto, os dois detetives que haviam seguido Daubrecq irromperam no escritório:

– Ele está voltando!

– A pé?

– Sim.

– Temos tempo?

– Oh, meu Deus, sim!

Prasville e os homens da delegacia se retiraram, sem pressa excessiva, depois de dar uma última olhada na sala para se certificar de que não havia nada que denunciasse sua visita.

A situação estava se tornando crítica para Lupin. Ele corria o risco de bater de frente com Daubrecq, se fosse embora, ou de não conseguir sair, se ficasse. Mas, ao verificar que as janelas da sala de jantar davam para uma saída direta para a praça, ele resolveu ficar. Além disso, a oportunidade de ver Daubrecq de perto era boa demais para ser recusada; e, como Daubrecq havia saído para jantar, não havia muita chance de ele entrar na sala de jantar.

Lupin, portanto, esperou, preparando-se para se esconder atrás de uma cortina de veludo que podia ser puxada pela divisória envidraçada em caso de necessidade.

Ele ouviu o som de portas se abrindo e fechando. Alguém entrou no escritório e acendeu a luz. Ele reconheceu Daubrecq.

O deputado era um homem corpulento, grosso, com pescoço de touro, quase careca, com uma franja de bigodes grisalhos em volta do queixo e usando um par de óculos pretos por baixo das lentes, pois seus olhos estavam fracos e cansados. Lupin notou as feições poderosas, o queixo quadrado, as maçãs do rosto proeminentes. As mãos eram robustas e cobertas de pelos, as pernas curvadas, e ele caminhava abaixado, apoiando-se primeiro em um quadril e depois no outro, o que lhe dava um ar de gorila. Mas o rosto era erguido por uma testa enorme e alinhada, recortada com cavidades e pontilhada com protuberâncias.

Havia algo de rude, de selvagem, de repulsivo em toda a personalidade do homem. Lupin lembrou-se de que, na Câmara dos Deputados, Daubrecq era apelidado de "O Homem Selvagem da Floresta" e que ele era assim chamado não apenas porque ficava distante e quase nunca se misturava com seus colegas, mas também por causa de sua aparência, seu comportamento, seu andar peculiar e seu notável desenvolvimento muscular.

Ele se sentou à escrivaninha, tirou um cachimbo espuma do mar[2] do bolso, escolheu um maço de caporal entre vários maços de tabaco que estavam secando em uma tigela, rasgou a embalagem, encheu o cachimbo e o acendeu. Em seguida, começou a escrever cartas.

Logo, parou de trabalhar e sentou-se para pensar, com a atenção fixa em um ponto da escrivaninha.

Ele levantou uma pequena caixa de selos e a examinou. Em seguida, verificou a posição de diferentes itens que Prasville havia tocado e recolocado no lugar; ele os procurou com os olhos, apalpou-os com as mãos, inclinando-se sobre eles como se certos sinais, conhecidos apenas por ele, pudessem lhe dizer o que desejava saber.

Por fim, ele segurou o botão de uma campainha elétrica e tocou. A criada apareceu um minuto depois.

Ele perguntou:

– Eles estiveram aqui, não estiveram?

---

2 Cachimbo feito a partir de uma rocha mineral encontrada na Turquia, de nome Meerchaum. Trata-se de uma peça muito apreciada por sua beleza. (N. do E.)

E, quando a mulher hesitou em responder, ele insistiu:
– Ora, ora, Clémence, você abriu esta caixa de selos?
– Não, senhor.
– Bem, eu prendi a tampa com uma pequena tira de papel gomado. A tira se rompeu.
– Mas eu lhe asseguro que... – começou a mulher.
– Por que contar mentiras – disse ele – considerando que eu mesmo a instruí a cooperar com as visitas?
– O fato é que...
– O fato é que você quer manter boas relações com ambos os lados... Muito bem! – Ele lhe entregou uma nota de cinquenta francos e repetiu:
– Eles já foram?
– Sim.
– Os mesmos homens da primavera?
– Sim, todos os cinco... com outro, que lhes deu ordens.
– Um homem alto e moreno?
– Sim.
Lupin viu a boca de Daubrecq endurecer; e Daubrecq continuou:
– Isso é tudo?
– Havia mais um, que veio depois e se juntou a eles... e então, agora mesmo, mais dois, a dupla que normalmente fica de guarda do lado de fora da casa.
– Eles permaneceram no escritório?
– Sim, senhor.
– E eles foram embora quando eu voltei? Alguns minutos antes, talvez?
– Sim, senhor.
– Isso basta.

A mulher saiu da sala. Daubrecq voltou a escrever suas cartas. Então, esticando o braço, ele fez algumas anotações em um bloco de papel branco, e o apoiou contra a mesa, como se quisesse mantê-lo à vista. As anotações eram números, e Lupin conseguiu ler a seguinte subtração:

"9 - 8 = 1"

E Daubrecq, falando baixinho, pronunciou as sílabas:
– De oito para nove resta um... Não há dúvida quanto a isso – acrescentou, em voz alta. Ele escreveu mais uma carta, uma carta bem curta, e endereçou o envelope com uma inscrição que Lupin conseguiu decifrar quando a carta foi colocada ao lado da mesa de escrever:

"Para Monsieur Prasville,
Secretário-geral da Prefeitura de Polícia."

Então ele tocou a campainha novamente:

– Clémence – disse ele à criada –, você foi à escola quando criança?

– Sim, senhor, claro que sim.

– E lhe ensinaram aritmética?

– Ora, senhor...

– Bem, você não é muito boa em subtração.

– O que o faz dizer isso?

– Porque você não sabe que nove menos oito é igual a um. E isso, veja bem, é um fato da maior importância. A vida se torna impossível se você não conhece essa verdade fundamental.

Enquanto falava, ele se levantou e andou pela sala, com as mãos atrás das costas, balançando os quadris. Ele fez isso mais uma vez. Então, parando na sala de jantar, ele abriu a porta:

– Quanto a isso, há outra maneira de colocar o problema. Tire oito de nove, e um permanecerá. E o que restou está aqui, não é? Correto! E monsieur nos fornece uma prova impressionante, não é mesmo?

Ele deu um tapinha na cortina de veludo na qual Lupin havia se embrulhado às pressas:

– Em verdade, senhor, você deve estar sufocando debaixo disso! Para não dizer que eu poderia ter me divertido enfiando um punhal na cortina. Lembre-se da loucura de Hamlet e da morte de Polônio: "E agora? Um rato? Morto, por um ducado, morto! Venha, Sr. Polônio, saia de seu buraco."

Era uma daquelas posições com as quais Lupin não estava acostumado e que ele detestava. Pegar os outros em uma armadilha e acabar com elas era muito bom, mas era uma coisa muito diferente ter pessoas provocando-o e rindo às suas custas. Mas o que ele poderia responder?

– O senhor está um pouco pálido, Sr. Polônio... Olá! Ora, é o respeitável senhor de idade que está rondando a praça há alguns dias! Então, o senhor também pertence à polícia, Sr. Polônio? Pronto, pronto, controle-se, não vou machucá-lo! Mas veja, Clémence, como meu cálculo estava certo. Você me disse que nove espiões tinham ido à casa. Eu contei uma tropa de oito, enquanto eu vinha, oito deles à distância, descendo a avenida. Tire oito de nove e sobra um: aquele que evidentemente ficou para trás para ver o que podia ver. *Ecce homo*![3]

– E daí? – disse Lupin, que sentia uma vontade louca de voar contra o sujeito e reduzi-lo ao silêncio.

---

3  Do latim, "Eis o homem", expressão que faz referência às palavras ditas por Pôncio Pilatos ao apresentar Jesus aos judeus. (N. do E.)

– E daí? Nada, meu bom homem... O que mais você quer? A farsa acabou. Só vou lhe pedir que leve este bilhetinho para o mestre Prasville, seu patrão. Clémence, por favor, acompanhe o Sr. Polônio até a saída. E, se ele voltar, abra as portas para ele. Por favor, considere esta como sua casa, Sr. Polônio. Seu criado, senhor!...

Lupin hesitou. Ele gostaria de sair com uma frase de efeito, um discurso de despedida, como um ator fazendo uma saída vistosa do palco, e pelo menos desaparecer com as honras da guerra. Mas sua derrota foi tão lamentável que ele não conseguiu pensar em nada melhor do que colocar o chapéu na cabeça e bater os pés enquanto seguia a criada pelo corredor. Foi uma revanche ruim.

– Seu malandro! – gritou ele, quando já estava do lado de fora da porta, sacudindo o punho para as janelas de Daubrecq. – Desgraçado, escória da terra, deputado, você vai pagar por isso!... Oh, como ele ousa...! Oh, ele tem a audácia de...! Bem, eu juro a você, meu bom amigo, que, um dia desses...

Ele estava espumando de raiva, tanto que, em seu íntimo, reconhecia a força de seu novo inimigo e não podia negar a forma magistral com que ele havia administrado a situação. A frieza de Daubrecq, a segurança com que ele enganou os policiais, o desprezo com que se prestou às visitas deles em sua casa, e, acima de tudo, sua maravilhosa autoconfiança, sua postura fácil e a impertinência de sua conduta na presença da nona pessoa que o estava espionando: tudo isso denotava um homem de caráter, um homem forte, com uma mente bem equilibrada, lúcido, ousado, seguro de si e das cartas em sua mão.

Mas que cartas eram aquelas? Que jogo ele estava jogando? Quem estava apostando? E qual era a posição dos jogadores de cada lado? Lupin não sabia dizer. Sem saber de nada, ele se lançou de cabeça no meio da briga, entre adversários desesperadamente envolvidos, embora ele próprio ignorasse totalmente suas posições, suas armas, seus recursos e seus planos secretos. Pois, no final das contas, ele não podia admitir que o objetivo de todos aqueles esforços era obter a posse de uma rolha de cristal!

Só uma coisa o agradava: Daubrecq não havia descoberto seu disfarce. Daubrecq acreditava que ele estava a serviço da polícia. Nem Daubrecq nem a polícia, portanto, suspeitavam da intrusão de um terceiro ladrão no negócio. Esse era seu único trunfo, um trunfo que lhe dava uma liberdade de ação à qual ele dava a maior importância.

Sem mais delongas, ele abriu a carta que Daubrecq lhe entregara para o secretário-geral da polícia. Ela continha estas poucas linhas:

*"Ao alcance de sua mão, meu caro Prasville, ao alcance de sua mão! Você a tocou! Um pouco mais e o truque estava feito... Mas você é um tolo muito grande. E pensar que eles não conseguiram encontrar ninguém melhor do que você para me fazer mor-*

der a poeira. Pobre França! Adeus, Prasville. Mas, se eu o pegar em flagrante, será um mau presságio para você: minha máxima é atirar à vista.

Daubrecq"

– Ao alcance de sua mão – repetiu Lupin, depois de ler o bilhete. – E pensar que o patife pode estar escrevendo a verdade! Os esconderijos mais elementares são os mais seguros. Temos de investigar isso, mesmo assim. E, também, precisamos descobrir por que Daubrecq é objeto de uma supervisão tão rigorosa e obter alguns detalhes sobre o sujeito em geral.

As informações fornecidas a Lupin por um escritório de investigação particular consistiam nos seguintes detalhes:

"Alexis Daubrecq, deputado de Bouches-du-Rhône nos últimos dois anos; tem assento entre os membros independentes. Opiniões políticas não muito claramente definidas, mas posição eleitoral extremamente forte, devido às enormes somas que gasta para cuidar de seu eleitorado. Não tem renda própria. No entanto, tem uma casa em Paris, uma vila em Enghien e outra em Nice e perde muito em jogos, embora ninguém saiba de onde vem o dinheiro. Tem grande influência e consegue tudo o que quer sem ter que se apresentar aos ministros ou, aparentemente, sem ter amigos ou conexões nos círculos políticos."

– Isso é um registro comercial – disse Lupin para si mesmo. – O que eu quero é um registro doméstico, um registro policial, que me informe sobre a vida privada do cavalheiro e me permita trabalhar mais facilmente nessa escuridão e saber se não estou me metendo em uma confusão ao me preocupar com o pássaro Daubrecq. E o tempo está ficando curto, caramba!

Uma das residências que Lupin ocupava naquele período e que ele usava com mais frequência do que qualquer outra era na Rue Chateaubriand, perto do Arc de l'Étoile. Lá, ele era conhecido pelo nome de Michel Beaumont. Ele tinha um apartamento confortável nesse local e era cuidado por um criado, Achille, que era totalmente dedicado aos seus interesses e cujo principal dever era receber e repetir as mensagens telefônicas enviadas a Lupin por seus seguidores.

Lupin, ao voltar para casa, descobriu, com grande espanto, que uma mulher estava esperando por ele há mais de uma hora:

– O quê? Ora, ninguém nunca vem me ver aqui! Ela é jovem?

– Não... Acho que não.

– Você acha que não!

– Ela está usando um xale de renda na cabeça, em vez de um chapéu, e não dá para ver seu rosto... Ela parece mais uma balconista... ou uma mulher empregada em uma loja. Ela não está bem-vestida...
– Por quem ela perguntou?
– Sr. Michel Beaumont – respondeu o criado.
– Que estranho. E por que ela ligou?
– Tudo o que ela disse foi que era sobre o negócio de Enghien... Então pensei que...
– O quê? O negócio de Enghien! Então ela sabe que estou envolvido nesse negócio... Ela sabe que, ao se candidatar aqui...
– Eu não consegui arrancar nada dela, mas pensei, mesmo assim, que seria melhor deixá-la entrar.
– Muito bem. Onde ela está?
– Na sala de estar. Acendi as luzes.

Lupin atravessou rapidamente o corredor e abriu a porta da sala de visitas:
– Do que você está falando? – disse ele ao seu homem. – Não há ninguém aqui.
– Não há ninguém aqui? – disse Achille, correndo.

E a sala, de fato, estava vazia.
– Bem, juro que isso é demais! – gritou o criado. – Não faz nem vinte minutos que eu vim e dei uma olhada, para ter certeza. Ela estava sentada ali. E não há nada de errado com minha visão, você sabe.
– Olhe aqui, olhe aqui – disse Lupin, irritado. – Onde você estava enquanto a mulher estava esperando?
– No saguão, patrão! Não saí do saguão nem por um segundo! Eu deveria tê-la visto sair, que se dane!
– Ainda assim, ela não está aqui agora...
– Pelo que estou vendo – gemeu o homem, completamente atônito.
– Ela deve ter se cansado de esperar e foi embora. Mas, apesar de tudo, eu gostaria de saber como ela saiu!
– Como ela saiu? – disse Lupin. – Não é preciso ser um mago para dizer isso.
– O que você quer dizer com isso?
– Ela saiu pela janela. Veja, ela ainda está entreaberta. Estamos no andar térreo... A rua está quase sempre deserta, à noite. Não há dúvida quanto a isso.

Ele olhou ao seu redor e se certificou de que nada havia sido levado ou movido. O quarto, aliás, não continha nenhuma bugiganga de valor, nenhum papel importante que pudesse explicar a visita da mulher, seguida de seu súbito desaparecimento. E, no entanto, por que aquela fuga inexplicável?
– Alguém telefonou? – perguntou ele.

– Não.
– Alguma carta?
– Sim, uma carta enviada pelo último correio.
– Onde ela está?
– Coloquei-a em sua lareira, patrão, como de costume.

O quarto de Lupin ficava ao lado da sala de visitas, mas Lupin havia trancado permanentemente a porta entre os dois. Portanto, ele tinha que passar pelo corredor novamente.

Lupin acendeu a luz elétrica e, no momento seguinte, disse:
– Não estou vendo... – Sim... Eu a coloquei ao lado do vaso de flores.
– Não há nada aqui.
– Você deve estar procurando no lugar errado, patrão.

Mas Achille moveu a tigela, levantou o relógio, abaixou-se até a grelha, em vão: a carta não estava lá.

– Oh, que se dane, que se dane! – murmurou ele. – Ela fez isso... ela pegou... E então, quando ela tinha a carta, ela saiu... Oh, a vadia!...
disse Lupin:
– Você está louco! Não há passagem entre os dois cômodos.
– Então quem o levou, patrão?

Os dois ficaram em silêncio. Lupin se esforçou para controlar sua raiva e organizar suas ideias. Ele perguntou:
– Você olhou o envelope?
– Sim.
– Alguma coisa em especial nele?
– Sim, parecia ter sido escrito às pressas, ou melhor, rabiscado.
– Como estava redigido o endereço? Você se lembra? – perguntou Lupin, com a voz embargada pela ansiedade.
– Sim, eu me lembrei, porque me pareceu engraçado...
– Mas fale, por favor? Fale!
– Dizia: "Monsieur de Beaumont, Michel".

Lupin pegou seu criado pelos ombros e o sacudiu:
– Dizia "de" Beaumont? Tem certeza? E "Michel" depois de "Beaumont"?
– Tenho certeza absoluta.
– Ah! – murmurou Lupin, com a garganta sufocada. – Era uma carta de Gilbert!

Ele permaneceu imóvel, um pouco pálido, com as feições desenhadas. Não havia dúvida: a carta era de Gilbert. Era a forma de endereço que, por ordem de Lupin, Gilbert havia usado durante anos para se corresponder com ele. Gilbert havia finalmente – depois de muito esperar e por meio de infinitos artifícios – encontrado um meio de conseguir que uma carta fosse enviada de sua prisão e havia escrito apressadamente para ele. E agora a carta foi interceptada! O que ela dizia? Que instruções o infeliz prisioneiro havia dado? Que ajuda ele estava pedindo? Que estratégia ele sugeria?

Lupin olhou ao redor da sala, que, ao contrário da sala de visitas, continha papéis importantes. Mas nenhuma das fechaduras havia sido arrombada, e ele foi obrigado a admitir que a mulher não tinha outro objetivo a não ser pegar a carta de Gilbert.

Contendo-se para manter a calma, ele perguntou:
– A carta chegou enquanto a mulher estava aqui?
– Ao mesmo tempo. O porteiro tocou no mesmo momento.
– Ela podia ver o envelope?
– Sim.

A conclusão era evidente. Faltava descobrir como a visitante havia conseguido efetuar o furto. Escorregando de uma janela para outra, do lado de fora do apartamento? Impossível: Lupin encontrou a janela de seu quarto fechada. Abrindo a porta de comunicação? Impossível: Lupin a encontrou trancada e com suas duas travas internas.

No entanto, uma pessoa não pode atravessar uma parede por uma mera operação da vontade. Entrar ou sair de um cômodo requer uma passagem e, como o ato foi realizado no espaço de poucos minutos, era necessário, nas circunstâncias, que a passagem já existisse anteriormente, que já tivesse sido construída na parede e, é claro, conhecida pela mulher. Essa hipótese simplificou a busca, concentrando-a na porta, pois a parede estava completamente vazia, sem um armário, chaminé ou qualquer outro tipo de decoração, e incapaz de esconder a menor saída.

Lupin voltou para a sala de estar e se preparou para estudar a porta. Mas ele imediatamente deu um sobressalto. Percebeu, à primeira vista, que o painel inferior esquerdo dos seis pequenos painéis contidos nas barras transversais da porta nao ocupava mais sua posição normal e que a luz não incidia diretamente sobre ele. Ao inclinar-se para a frente, ele viu duas pequenas tachinhas saindo de cada lado que seguravam o painel no lugar, como uma tábua de madeira atrás de uma moldura. Ele precisou apenas deslocá-las. O painel saiu imediatamente.

Achille deu um grito de espanto. Mas Lupin se opôs:
– E daí? Não estamos melhores do que antes. Aqui está um alongado vazio, com vinte ou vinte e dois centímetros de largura por quarenta centímetros de altura. Você não vai fingir que uma mulher pode passar por uma abertura que não admitiria a criança mais magra de dez anos de idade!
– Não, mas ela pode ter passado o braço e puxado os parafusos.

– O parafuso de baixo, sim – disse Lupin. – Mas o parafuso superior, não: a distância é muito grande. Tente você mesmo e veja.

Achille tentou e teve de desistir da tentativa.

Lupin não respondeu. Ele ficou pensando por um longo tempo. Então, de repente, ele disse:

– Dê-me meu chapéu... meu casaco...

Ele saiu correndo, impelido por uma ideia imperativa. E, no momento em que chegou à rua, entrou em um táxi:

– Rue Matignon, rápido!...

Assim que chegaram à casa onde lhe haviam roubado a rolha de cristal, ele saltou do táxi, abriu sua entrada particular, subiu as escadas, correu para a sala de estar, acendeu a luz e se agachou aos pés da porta que dava para seu quarto.

Ele havia adivinhado certo. Um dos pequenos painéis estava solto da mesma maneira.

E, assim como em seu outro apartamento na Rue Chateaubriand, a abertura era grande o suficiente para permitir a entrada do braço e do ombro de um homem, mas não para permitir que ele puxasse o ferrolho superior.

– Enforcado! – ele gritou, incapaz de dominar a raiva que estava fervilhando dentro dele nas últimas duas horas. – Droga! Será que eu nunca vou acabar com esse negócio confuso?

Na verdade, um azar incrível parecia perseguir seus passos, obrigando-o a tatear ao acaso, sem permitir que ele usasse os elementos de sucesso que sua própria persistência ou a própria força das coisas colocavam ao seu alcance. Gilbert lhe deu a rolha de cristal. Gilbert lhe enviou uma carta. E ambos haviam desaparecido naquele exato momento.

E não se tratava, como ele acreditava até então, de uma série de circunstâncias fortuitas e independentes. Não, era manifestamente o efeito de uma vontade adversa que perseguia um objetivo definido com prodigiosa habilidade e incrível ousadia, atacando-o, Lupin, nos recônditos de seus refúgios mais seguros e desarmando-o com golpes tão severos e tão inesperados que ele nem sabia contra quem tinha de se defender. Nunca, no decorrer de suas aventuras, ele havia encontrado obstáculos como agora.

E, pouco a pouco, no fundo de si mesmo, cresceu um medo assombroso do futuro. Uma data surgiu diante de seus olhos, a terrível data que ele inconscientemente atribuiu à lei para realizar seu trabalho de vingança, a data em que, à luz de uma manhã de abril, dois homens subiriam à guilhotina, dois homens que estiveram ao seu lado, dois camaradas que ele não conseguiu salvar de pagar a terrível penalidade...

# CAPÍTULO 3
# A VIDA DOMÉSTICA DE ALEXIS DAUBRECQ

Quando Daubrecq, o deputado, chegou do almoço no dia seguinte à busca da polícia em sua casa, foi parado por Clémence, sua criada, que lhe disse que havia encontrado uma cozinheira em quem se podia confiar plenamente.

A cozinheira chegou alguns minutos depois e com ótimas recomendações, assinadas por pessoas com as quais era fácil pegar suas referências. Ela era uma mulher muito ativa, embora já de certa idade, e concordou em fazer o trabalho da casa sozinha, sem ajuda, condição na qual Daubrecq insistiu.

Seu último trabalho foi para um membro da Câmara dos Deputados, o conde Saulevat, para quem Daubrecq imediatamente telefonou. O mordomo do conde falou muito bem de seu caráter, e ela foi contratada.

Assim que pegou seu baú, ela começou a trabalhar, limpando e esfregando até a hora de preparar o jantar.

Daubrecq jantou e saiu.

Às onze horas, depois que a governanta foi para a cama, a cozinheira abriu cautelosamente o portão do jardim. Um homem apareceu.

– É o senhor? – perguntou ela.

– Sim, sou eu, Lupin.

Ela o levou para seu quarto no terceiro andar, com vista para o jardim, e imediatamente começou a se lamentar:

– Mais de seus truques e nada além de truques! Por que não me deixa em paz, em vez de me mandar fazer seu trabalho sujo?

– Como posso evitar, sua querida e velha Victoire?[4] Quando quero uma pessoa de aparência respeitável e moral incorruptível, penso em você. Você deveria se sentir lisonjeada.

– É só isso que lhe interessa em relação a mim! – gritou ela. – Você me coloca em perigo mais uma vez e acha isso engraçado!

– O que você está arriscando?

---

4  Veja "A Agulha Oca", de Maurice Leblanc.

– Como assim, o que estou arriscando? Todos as minhas recomendações são falsas.
– As recomendações são sempre falsas.
– E se Sr. Daubrecq descobrir? Suponha que ele faça perguntas?
– Ele já fez investigações.
– Eh? O que é isso?
– Ele telefonou para o mordomo do conde Saulevat, a cujo serviço você diz ter tido a honra de estar.
– Aí está, você vê, estou acabada!
– O mordomo do conde não poderia lhe fazer mais elogios.
– Ele não me conhece.
– Mas eu o conheço. Eu cuidei da situação dele com o conde Saulevat. Então você entende...

Victoire pareceu se acalmar um pouco:
– Bem – disse ela –, seja feita a vontade de Deus... ou melhor, a sua. E o que você espera que eu faça em tudo isso?
– Primeiro, deixar eu ficar aqui. Você já foi minha ama de leite. Pode muito bem me dar metade do seu quarto agora. Vou dormir na poltrona.
– E depois?
– Depois? Fornecer-me a comida que eu quiser.
– E depois?
– E depois? Realizar, comigo e sob minha direção, uma série regular de buscas.
– Para quê?
– Descobrir o objeto precioso do qual lhe falei.
– Que objeto?
– Uma rolha de cristal.
– Uma rolha de cristal... céus! Agora ainda essa! E, se não encontrarmos sua maldita rolha, o que faremos?

Lupin a pegou gentilmente pelo braço e, em uma voz séria, disse:
– Se não a encontrarmos, Gilbert, o jovem Gilbert que você conhece e ama, terá enormes chances de perder a cabeça; e Vaucheray também.
– Vaucheray não me importa... um patife sujo como ele! Mas Gilbert...
– Você viu os jornais desta noite? As coisas estão parecendo piores do que nunca. Vaucheray, como era de se esperar, acusa Gilbert de ter esfaqueado o criado; e acontece que a faca que Vaucheray usou pertencia a Gilbert. Isso veio à tona esta manhã. Então, Gilbert, que é inteligente em seu modo de agir, mas se assusta com facilidade, se acovardou e começou a contar histórias e mentiras que acabarão em sua ruína. É assim que a questão se apresenta. Você pode me ajudar?

O deputado chegou em casa à meia-noite.

Daí em diante, durante vários dias, Lupin moldou sua rotina à de Daubrecq, iniciando suas investigações no momento em que o deputado deixava a casa. Ele as seguiu metodicamente, dividindo cada cômodo em seções que não abandonou até que tivesse percorrido os menores cantos e recantos e, por assim dizer, esgotado todas as possibilidades.

Victoire também procurou. E nada foi esquecido. Pés de mesa, de cadeiras, tábuas do assoalho, molduras de espelhos e quadros, relógios, rodapés, bordas de cortinas, suportes de telefone e acessórios elétricos: tudo o que uma imaginação engenhosa poderia ter escolhido como esconderijo foi revisto.

E eles também observavam as menores ações do deputado, seus movimentos mais inconscientes, a expressão de seu rosto, os livros que ele lia e as cartas que escrevia.

Foi bastante fácil. Ele parecia viver sua vida abertamente. Nenhuma porta era fechada. Ele não recebia visitas. E sua existência funcionava com uma regularidade mecânica. Ele ia para a Câmara à tarde e para o clube à noite.

– Ainda assim – disse Lupin –, deve haver algo que não seja ortodoxo por trás de tudo isso.

– Não há nada disso – gemeu Victoire. – Você está perdendo seu tempo e nós seremos descobertos.

A presença dos detetives e seu hábito de andar para cima e para baixo do lado de fora das janelas a deixavam louca. Ela se recusava a admitir que eles estivessem ali com qualquer outro propósito que não fosse o de encurralá-la, Victoire. E, toda vez que ia às compras, ficava bastante surpresa que um desses homens não colocasse a mão em seu ombro.

Um dia, ela voltou toda perturbada. Sua cesta de mantimentos estava balançando em seu braço.

– Qual é o problema, minha querida Victoire? – disse Lupin. – Você está parecendo verde.

– Verde? Ouso dizer que sim. Então, você ficaria verde...

Ela teve que se sentar e foi somente depois de fazer vários esforços que conseguiu gaguejar:

– Um homem... um homem falou comigo... na frutaria.

– Puxa vida! Ele queria que você fugisse com ele?

– Não, ele me deu uma carta...

– Então, do que está reclamando? Era uma carta de amor, é claro!

– Não. "É para seu patrão", disse ele. "Meu patrão?" Eu disse. "Sim", disse ele, "para o cavalheiro que está hospedado em seu quarto".

– O que é isso?

Dessa vez, Lupin começou:

– Dê aqui – disse ele, arrancando a carta dela. O envelope não continha endereço. Mas havia outro, dentro dele, no qual ele leu:

"*Monsieur Arsène Lupin,*
*Aos cuidados de Victoire.*"

– O diabo! – disse ele. – Isso é um pouco grosso! – Ele rasgou o segundo envelope. Ele continha uma folha de papel com as seguintes palavras, escritas em letras maiúsculas grandes:

"*TUDO O QUE VOCÊ ESTÁ FAZENDO É INÚTIL E PERIGOSO... DESISTA.*"

Victoire soltou um gemido e desmaiou. Quanto a Lupin, ele se sentiu corar até os olhos, como se tivesse sido grosseiramente insultado. Ele experimentou toda a humilhação que um duelista sofreria se ouvisse suas informações mais secretas repetidas em voz alta por um adversário zombeteiro.

No entanto, ele se conteve. Victoire voltou ao seu trabalho. Quanto a ele, permaneceu em seu quarto o dia todo, pensando.

Naquela noite, não dormiu.

E continuou dizendo a si mesmo:

"Qual é a utilidade de pensar? Estou enfrentando um daqueles problemas que não são resolvidos por nenhum esforço de pensamento. É certo que não estou sozinho na questão e que, entre Daubrecq e a polícia, há, além do terceiro ladrão que sou, um quarto ladrão que está trabalhando por conta própria, que me conhece e que lê meu jogo com clareza. Mas quem é esse quarto ladrão? E, por acaso, estou enganado? E... oh, droga!... Vamos dormir!..."

Mas ele não conseguia dormir, e boa parte da noite foi assim.

Às quatro horas da manhã, pareceu-lhe ouvir um barulho na casa. Ele se levantou rapidamente e, do alto da escada, viu Daubrecq descer o primeiro lance e se virar para o jardim.

Um minuto depois, após abrir o portão, o deputado retornou com um homem cuja cabeça estava enterrada em uma enorme gola de pele e o conduziu ao seu escritório.

Lupin havia tomado suas precauções em vista de qualquer contingência desse tipo. Como as janelas do escritório e as de seu quarto, ambas na parte de trás da casa, davam para o jardim, ele prendeu uma escada de corda em sua varanda, desenrolou-a suavemente e desceu por ela até que ficasse nivelada com o topo das janelas do escritório.

Essas janelas estavam fechadas por persianas, mas, como eram curvas, havia um espaço semicircular no topo, e Lupin, embora não pudesse ouvir, conseguia ver tudo o que acontecia lá dentro.

Ele então percebeu que a pessoa que ele havia tomado por um homem era uma mulher: uma mulher que ainda era jovem, embora seus cabelos escuros estivessem mesclados de grisalhos; uma mulher alta, vestida de forma elegante, mas discreta, cujos belos traços exibiam a expressão de cansaço e melancolia que o longo sofrimento proporciona.

"Onde diabos eu já a vi antes?", Lupin se perguntou. "Porque eu certamente conheço aquele rosto, aquele olhar, aquela expressão."

Ela estava encostada na mesa, ouvindo impassivelmente Daubrecq, que também estava de pé e falava com muita empolgação. Ele estava de costas para Lupin; mas Lupin, inclinando-se para a frente, viu um vidro no qual a imagem do deputado estava refletida. E ele se assustou ao ver o estranho olhar em seus olhos, o ar de desejo feroz e brutal com que Daubrecq estava encarando sua visitante.

Isso pareceu constrangê-la também, pois ela se sentou com as pálpebras abaixadas. Então Daubrecq se inclinou sobre ela e parecia que estava pronto para lançar seus longos braços, com suas enormes mãos, ao redor dela. E, de repente, Lupin percebeu grandes lágrimas rolando pelo rosto triste da mulher.

Se foi ou não a visão dessas lágrimas que fez Daubrecq perder a cabeça, com um movimento brusco ele agarrou a mulher e a puxou para si. Ela o repeliu, com uma violência cheia de ódio. E, depois de uma breve luta, durante a qual Lupin teve um vislumbre das feições bestiais e contorcidas do homem, os dois ficaram frente a frente, atacando um ao outro como inimigos mortais.

Então eles pararam. Daubrecq se sentou. Havia malícia em seu rosto e sarcasmo também. E ele começou a falar novamente, com batidas fortes na mesa, como se estivesse ditando os termos.

Ela não se mexeu mais. Sentou-se altivamente em sua cadeira e se elevou sobre ele, distraída, com os olhos vagando. Lupin, cativado por aquele semblante poderoso e triste, continuou a observá-la; e ele estava tentando em vão se lembrar do que ou de quem ela o lembrava, quando notou que ela havia virado ligeiramente a cabeça e que estava movendo imperceptivelmente o braço.

E seu braço se afastou cada vez mais e sua mão se arrastou ao longo da mesa e Lupin viu que, no final da mesa, havia uma garrafa d'água com uma rolha dourada. A mão alcançou a garrafa de água, sentiu-a, levantou-se suavemente e agarrou a rolha. Um movimento rápido da cabeça, um olhar, e a rolha foi colocada de volta em seu lugar. Obviamente, não era o que a mulher esperava encontrar.

"Que se dane!", pensou Lupin. "Ela também está atrás da rolha de cristal! O assunto está se tornando cada vez mais complicado, não há dúvida."

Mas, ao voltar a observar a visitante, ele ficou surpreso ao notar a súbita e inesperada expressão do semblante dela, uma expressão terrível, implacável e feroz. E ele viu que a mão dela continuava seu progresso furtivo ao redor da mesa e que, com um movimento ininterrupto e astuto de deslizamento, empurrava os livros para trás e, lenta e seguramente, aproximava-se de uma adaga cuja lâmina brilhava entre os papéis espalhados.

Ele agarrou o cabo.

Daubrecq continuou a falar. Atrás de suas costas, a mão se levantou firmemente, pouco a pouco, e Lupin viu os olhos desesperados e furiosos da mulher fixos no ponto do pescoço onde ela pretendia colocar a faca:

"A senhora está fazendo uma coisa muito tola", pensou Lupin.

E ele já começou a pensar na melhor maneira de escapar e de levar Victoire com ele.

Ela hesitou, porém, com o braço erguido. Mas foi apenas uma fraqueza momentânea. Ela cerrou os dentes. Todo o seu rosto, contraído pelo ódio, ficou ainda mais convulsionado. E ela fez o terrível movimento.

No mesmo instante, Daubrecq se agachou e, saltando de seu assento, virou-se e agarrou o pulso frágil da mulher em pleno ar.

Estranhamente, ele não a censurou, como se o ato que ela havia tentado o surpreendesse mais do que qualquer outro ato comum, muito natural e simples. Ele encolheu os ombros, como um homem acostumado a esse tipo de perigo, e andou para cima e para baixo em silêncio.

Ela havia largado a arma e agora estava chorando, segurando a cabeça entre as mãos, com soluços que sacudiam toda a sua estrutura.

Em seguida, ele se aproximou dela e disse algumas palavras, mais uma vez batendo na mesa enquanto falava.

Ela fez um sinal negativo e, quando ele insistiu, ela, por sua vez, bateu o pé no chão e exclamou, alto o suficiente para que Lupin pudesse ouvir:

– Nunca!... Nunca!...

Então, sem dizer mais nada, Daubrecq pegou a capa de pele que havia trazido consigo e a pendurou sobre os ombros da mulher, enquanto ela envolvia o rosto com um envoltório de renda.

E ele a acompanhou até a saída.

Dois minutos depois, o portão do jardim estava trancado novamente. "É uma pena que eu não possa correr atrás dessa pessoa estranha", pensou Lupin, "e conversar com ela sobre o pássaro Daubrecq. Parece-me que nós dois poderíamos fazer um bom negócio juntos."

De qualquer forma, havia um ponto a ser esclarecido: Daubrecq, o deputado, cuja vida era tão ordeira, tão aparentemente respeitável, tinha o hábito de receber visitas à noite, quando sua casa não era mais vigiada pela polícia.

Ele enviou Victoire para combinar com dois membros de sua gangue que ficariam de guarda por vários dias. E ele mesmo permaneceu acordado na noite seguinte.

Como na manhã anterior, ele ouviu um barulho às quatro horas. E como na manhã anterior, o deputado deixou alguém entrar.

Lupin desceu correndo a escada e, quando chegou ao espaço livre acima das venezianas, viu um homem rastejando aos pés de Daubrecq, colocando os braços em volta dos joelhos de Daubrecq em um desespero frenético e chorando, chorando convulsivamente.

Daubrecq, rindo, empurrou-o repetidamente, mas o homem se agarrou a ele. Ele se comportava quase como se estivesse fora de si e, por fim, em um verdadeiro ataque de loucura, levantou-se, pegou o deputado pelo pescoço e o jogou de volta em uma cadeira. Daubrecq se debateu, a princípio sem forças, enquanto suas veias inchavam nas têmporas. Mas logo, com uma força muito além do normal, ele recuperou o controle e privou seu adversário de todo o poder de movimento. Então, segurando-o com uma das mãos e com a outra, deu-lhe dois grandes tapas no rosto.

O homem se levantou, lentamente. Estava lívido e mal conseguia se sustentar em suas pernas. Ele esperou por um momento, como se estivesse recuperando o controle de si mesmo. Então, com uma calma assustadora, sacou um revólver do bolso e o apontou para Daubrecq.

Daubrecq não recuou. Ele até sorriu, com um ar desafiador e sem demonstrar mais excitação do que se estivesse sendo apontado com uma pistola de brinquedo.

O homem ficou parado por talvez quinze ou vinte segundos, encarando seu inimigo, com o braço estendido. Em seguida, com a mesma lentidão deliberada, revelando um autocontrole que era ainda mais impressionante porque se seguia a um ataque de extrema excitação, ele pegou seu revólver e, de outro bolso, tirou sua pasta de anotações.

Daubrecq deu um passo à frente.

O homem abriu a carteira. Um maço de notas apareceu à vista.

Daubrecq as pegou e contou. Eram notas de mil francos, e havia trinta delas.

O homem ficou olhando, sem um movimento de revolta, sem um protesto. Ele obviamente entendia a futilidade das palavras. Daubrecq era um daqueles que não cedem. Por que seu visitante deveria perder tempo suplicando-lhe ou até mesmo se vingando dele, proferindo ameaças e insultos vãos? Ele não tinha nenhuma esperança de atacar aquele inimigo inatacável. Nem mesmo a morte de Daubrecq o livraria de Daubrecq.

Ele pegou seu chapéu e foi embora.

Às onze horas da manhã, Victoire, ao voltar de suas compras, entregou a Lupin um bilhete de seus cúmplices.

Ele o abriu e leu:

"O homem que veio ver Daubrecq ontem à noite é Langeroux, o deputado, líder da esquerda independente. Um homem pobre, com uma família grande."

"Ora", pensou Lupin, "Daubrecq não é nada mais nada menos do que um chantagista; mas, por Júpiter, ele tem maneiras muito eficazes de trabalhar!"

Os acontecimentos tenderam a confirmar a suposição de Lupin. Três dias depois, ele viu outro visitante entregar a Daubrecq uma importante soma de dinheiro. E, dois dias depois disso, outro veio e deixou um colar de pérolas para trás.

O primeiro chamava-se Dachaumont, um senador e ex-ministro do gabinete. O segundo foi o Marquês d'Albufex, um deputado bonapartista, ex-agente político e chefe do Príncipe Napoleão na França.

A cena, em cada um desses casos, foi muito semelhante ao encontro de Langeroux, o deputado, uma cena trágica violenta, que terminou com a vitória de Daubrecq.

"E assim por diante", pensou Lupin, quando recebeu esses detalhes. "Eu estive presente em quatro visitas. Não saberei mais nada se forem dez, ou vinte, ou trinta... É suficiente para mim saber os nomes dos visitantes por meio de meus amigos que estão de sentinela lá fora. Devo ir visitá-los? Para quê? Eles não têm motivo para confiar em mim... Por outro lado, devo ficar aqui, atrasado por investigações que não levam a nada e que Victoire pode continuar muito bem sem mim?"

Ele estava muito perplexo. As notícias do inquérito sobre o caso de Gilbert e Vaucheray estavam se tornando cada vez piores, os dias estavam passando, e não passava uma hora sem que ele se perguntasse, angustiado, se todos os seus esforços – supondo que ele tivesse sucesso – não terminariam em resultados de pura farsa, absolutamente estranhos ao objetivo que ele estava perseguindo.

Pois, afinal, supondo que ele descobrisse os negócios secretos de Daubrecq, isso lhe daria os meios para resgatar Gilbert e Vaucheray?

Naquele dia, ocorreu um incidente que pôs fim à sua indecisão. Depois do almoço, Victoire ouviu partes de uma conversa que Daubrecq teve com alguém ao telefone. Lupin percebeu, pelo que Victoire relatou, que o deputado tinha um encontro marcado com uma senhora para as oito e meia e que iria levá-la a um teatro:

– Vou conseguir um camarote, como o de seis semanas atrás – disse Daubrecq. E acrescentou, com uma risada: – Espero que os ladrões não entrem dessa vez.

Não havia a menor dúvida para Lupin. Daubrecq estava prestes a passar a noite da mesma forma que havia passado a noite seis semanas atrás, quando estavam assaltando sua casa em Enghien. Conhecer a pessoa com quem ele iria se encontrar e talvez assim descobrir como Gilbert e Vaucheray souberam que Daubrecq estaria ausente das oito horas da noite até a uma hora da manhã: esses eram assuntos da maior importância.

Lupin deixou a casa à tarde, com a ajuda de Victoire. Através dela, ele soube que Daubrecq estava voltando para casa para jantar mais cedo do que o habitual.

Ele foi para seu apartamento na Rue Chateaubriand, telefonou para três de seus amigos, vestiu-se e se maquiou em seu personagem favorito de príncipe russo, com cabelos louros e bigode cortado curto.

Os cúmplices chegaram em um carro.

Naquele momento, Achille, seu homem, trouxe-lhe um telegrama, endereçado a Michel Beaumont, Rue Chateaubriand, que dizia:

*"Não vá ao teatro esta noite. Perigo de sua intervenção estragar tudo."*

Havia um vaso de flores na chaminé ao lado dele. Lupin o pegou e o quebrou em pedaços.

– É isso, é isso – ele rosnou. – Eles estão brincando comigo como eu costumo brincar com os outros. O mesmo comportamento. Os mesmos truques. Só que há essa diferença...

Que diferença? Ele mal sabia. A verdade era que ele também estava perplexo e desconcertado no mais íntimo de seu ser e que continuava a agir apenas por obstinação, por um senso de dever, por assim dizer, e sem colocar seu bom humor e alto astral normais no trabalho.

– Vamos – disse ele a seus cúmplices.

Seguindo suas instruções, o motorista os deixou perto da Praça Lamartine, mas manteve o motor ligado. Lupin previu que Daubrecq, para escapar dos detetives que vigiavam a casa, entraria no primeiro táxi; e ele não pretendia ser ultrapassado.

Ele não havia se dado conta da esperteza de Daubrecq.

Às sete e meia, as duas folhas do portão do jardim se abriram, uma luz brilhante piscou e uma motocicleta atravessou a rua, contornou a praça, virou na frente do carro e disparou em direção ao Bois a uma velocidade tão grande que eles teriam sido loucos em persegui-la.

– Adeus, Daisy! – disse Lupin, tentando brincar, mas na verdade tomado pela raiva.

Ele olhou para seus cúmplices na esperança de que um deles se atrevesse a dar um sorriso zombeteiro. Como ele teria gostado de descarregar seu nervosismo neles!

– Vamos para casa – disse ele a seus companheiros.

Ele lhes ofereceu um jantar, depois fumou um charuto e eles partiram novamente no carro e deram uma volta pelos teatros, começando por aqueles que estavam apresentando operetas e comédias musicais, pelas quais ele presumia que Daubrecq e sua dama teriam preferência. Ele comprou um ingresso, inspecionou os camarotes e foi embora.

Em seguida, dirigiu-se aos teatros mais sérios: o Renaissance, o Gymnase.

Por fim, às dez horas da noite, ele viu um camarote no Vaudeville quase totalmente protegido da inspeção por seus dois biombos e, ao dar uma gorjeta ao bilheteiro, foi informado de que nele havia um senhor idoso, baixo e robusto e uma senhora que usava um grosso véu de renda.

O próximo camarote estava livre. Ele o pegou, voltou para junto de seus amigos para dar-lhes instruções e sentou-se perto do casal.

Durante a entrada, quando as luzes se acenderam, ele percebeu o perfil de Daubrecq. A senhora permaneceu no fundo do camarote, invisível. Os dois estavam falando em voz baixa; e, quando a cortina se abriu novamente, eles continuaram falando, mas de tal forma que Lupin não conseguia distinguir uma palavra.

Dez minutos se passaram. Alguém bateu em sua porta. Era um dos homens da bilheteria.

– É o Sr. le Député Daubrecq, senhor? – perguntou ele.

– Sim – disse Daubrecq, com uma voz de surpresa. – Mas como sabe meu nome?

– Há um senhor perguntando por você ao telefone. Ele me disse para ir ao Box 22.

– Mas quem é?

– Sr. Marquês d'Albufex.

– Eh?

– O que devo dizer, senhor?

– Estou indo... Estou indo...

Daubrecq levantou-se apressadamente de seu assento e seguiu o funcionário até a bilheteria.

Ele ainda não estava fora de vista quando Lupin saiu de seu camarote, abriu a fechadura da porta ao lado e sentou-se ao lado da senhora.

Ela deu um grito abafado.

– Silêncio! – disse ele. – Tenho que falar com a senhora. É muito importante.

– Ah! – disse ela, baixinho. – Arsène Lupin! – Ele ficou atônito. Por um momento, ficou quieto, de boca aberta. A mulher o conhecia! E não apenas o conhecia, mas o havia reconhecido por meio de seu disfarce! Embora estivesse acostumado com os eventos mais extraordinários e incomuns, isso o deixou desconcertado.

Ele nem sequer sonhou em protestar e gaguejou:

– Então você sabe?... Então você sabe?...

Ele agarrou o véu da senhora e o puxou para o lado antes que ela tivesse tempo de se defender:

– O quê! – murmurou ele, cada vez mais surpreso. – É possível?

Era a mulher que ele havia visto na casa de Daubrecq alguns dias antes, a mulher que havia levantado seu punhal contra Daubrecq e que pretendia apunhalá-lo com toda a força de seu ódio.

Foi a vez de ela ficar surpresa:

– O quê? Você já me viu antes?...

– Sim, na outra noite, em sua casa... Eu vi o que você tentou fazer...

Ela fez um movimento para escapar. Ele a segurou e, falando com grande entusiasmo:

– Eu preciso saber quem você é – disse ele. – Foi por isso que mandei chamar Daubrecq.

Ela pareceu atônita:

– Quer dizer que não foi o Marquês d'Albufex?

– Não, foi um de meus assistentes.

– Então Daubrecq voltará?

– Sim, mas temos tempo... Ouça-me... Devemos nos encontrar novamente... Ele é seu inimigo... Eu a salvarei dele...

– Por que você deveria? Qual é o seu objetivo?

– Não desconfie de mim... é certo que nossos interesses são idênticos... Onde posso vê-la? Amanhã, certamente? A que horas? E onde?

– Bem...

Ela olhou para ele com evidente hesitação, sem saber o que fazer, prestes a falar, mas cheia de inquietação e dúvida.

Ele a pressionou:

– Oh, eu lhe peço... me responda apenas uma palavra... e de uma vez... Seria uma pena que ele me encontrasse aqui... Eu lhe peço...

Ela respondeu bruscamente:

– Meu nome não importa... Nós nos veremos primeiro e você me explicará... Sim, nós nos encontraremos... Ouça, amanhã, às três horas, na esquina do Boulevard...

Naquele exato momento, a porta do camarote se abriu, por assim dizer, com um estrondo, e Daubrecq apareceu.

– Ratos! – murmurou Lupin, sem fôlego, furioso por ter sido pego antes de conseguir o que queria.

Daubrecq deu uma risada:

– Então é isso... Achei que havia algo errado... Ah, o truque do telefone: um pouco desatualizado, senhor! Eu não tinha chegado nem na metade do caminho quando voltei atrás.

Ele empurrou Lupin para a frente do camarote e, sentando-se ao lado da senhora, disse:

– E agora, meu senhor, quem é você? Um funcionário da delegacia de polícia, provavelmente? Esse seu rosto tem um ar profissional.

Ele olhou fixamente para Lupin, que não moveu um músculo, e tentou associar um nome ao rosto, mas não conseguiu reconhecer o homem que ele havia chamado de Polonius.

Lupin, sem tirar os olhos de Daubrecq, refletiu. Ele não teria, por nada no mundo, desistido do jogo naquele momento ou negligenciado essa oportunidade favorável de chegar a um entendimento com seu inimigo mortal.

A mulher sentou-se em seu canto, imóvel, e observou os dois.

Lupin disse:

– Vamos lá para fora, senhor. Isso facilitará nossa conversa.

– Não, meu senhor, aqui – sorriu o deputado. – Ela ocorrerá aqui, daqui a pouco, durante a entrada. Então não estaremos incomodando ninguém.

– Mas...

– Poupe seu fôlego, meu caro; você não deve se mexer.

E ele pegou Lupin pelo colarinho do paletó, com a intenção óbvia de não soltá-lo antes do intervalo.

Uma atitude precipitada! Será que Lupin consentiria em permanecer em tal atitude, especialmente diante de uma mulher, uma mulher a quem ele havia oferecido sua aliança, uma mulher – e ele agora pensava nisso pela primeira vez – que era nitidamente bonita e cuja beleza grave o atraía. Todo o seu orgulho como homem se elevou ao pensar nisso.

No entanto, ele não disse nada. Ele aceitou o peso da mão em seu ombro e até se sentou dobrado em dois, como se estivesse derrotado, sem forças, quase assustado.

– Eh, esperto! – disse o deputado, zombando. – Não parece que estamos nos gabando tanto assim.

O palco estava cheio de atores que discutiam e faziam barulho.

Daubrecq havia se soltado um pouco e Lupin sentiu que o momento havia chegado. Com a ponta da mão, ele lhe deu um golpe violento na parte oca do braço, como se estivesse usando um machado.

A dor tirou Daubrecq de sua guarda. Lupin então se soltou completamente e se lançou contra o outro para agarrá-lo pela garganta. Mas Daubrecq logo se colocou na defensiva, deu um passo para trás e as quatro mãos se agarraram uma à outra.

Elas se agarravam com energia sobre-humana, toda a força dos dois adversários se concentrando naquelas mãos. As de Daubrecq eram de tamanho monstruoso, e Lupin, preso naquele torno de ferro, sentiu como se não estivesse lutando com um homem, mas com uma fera terrível, um enorme gorila.

Eles se seguraram contra a porta, curvando-se, como um par de lutadores tateando e tentando se agarrar um ao outro. Seus ossos rangiam. O que cedesse primeiro estava fadado a ser pego pela garganta e estrangulado. E tudo isso aconteceu em meio a um silêncio repentino, pois os atores no palco estavam agora ouvindo um deles, que falava em voz baixa.

A mulher ficou encostada na divisória, olhando para eles com terror. Se ela tivesse tomado partido de qualquer um deles, com um único movimento, a vitória teria sido imediatamente decidida em favor daquele. Mas qual deles ela deveria ajudar? O que Lupin poderia representar a seus olhos? Um amigo? Um inimigo?

Ela foi rapidamente para a frente do camarote, forçou a tela para trás e, inclinando-se para a frente, pareceu dar um sinal. Em seguida, voltou e tentou se esgueirar até a porta.

Lupin, como se quisesse ajudá-la, disse:

– Por que você não move a cadeira?

Ele estava falando de uma cadeira pesada que havia caído entre ele e Daubrecq e sobre a qual eles estavam lutando.

A mulher se abaixou e afastou a cadeira. Era isso que Lupin estava esperando. Uma vez livre do obstáculo, ele deu um chute certeiro na canela de Daubrecq com a ponta de sua bota de couro envernizado. O resultado foi o mesmo que o do golpe que ele havia dado no braço. A dor causou um segundo de apreensão e distração, do qual ele imediatamente se aproveitou para derrubar as mãos estendidas de Daubrecq e cravar seus dez dedos na garganta e no pescoço do adversário.

Daubrecq se debateu. Daubrecq tentou afastar as mãos que o estrangulavam, mas estava começando a se engasgar e sentia sua força diminuir.

– Aha, seu macaco velho! – rosnou Lupin, forçando-o a cair no chão. – Por que você não grita por socorro? Como você deve estar com medo de um escândalo!

Ao som da queda, houve uma batida na divisória, do outro lado.

– Bata, bata – disse Lupin, sem fôlego. – A peça está no palco. Este é o meu negócio e, até que eu tenha dominado esse gorila...

Ele não demorou muito. O deputado estava engasgando. Lupin o atordoou com um golpe na mandíbula; e tudo o que lhe restava fazer era levar a mulher embora e fugir com ela antes que o alarme fosse dado.

Mas, quando ele se virou, viu que a mulher havia desaparecido.

Ela não podia estar longe. Ao sair do camarote, ele começou a correr, sem se importar com os vendedores de programas e os caixas.

Ao chegar ao saguão de entrada, ele a viu por uma porta aberta, atravessando a calçada da Chaussée d'Antin.

Ela estava entrando em um carro quando ele a alcançou.

A porta se fechou atrás dela.

Ele agarrou a maçaneta e tentou puxá-la.

Mas um homem saltou para dentro do carro e lançou seu punho contra o rosto de Lupin, com menos habilidade, mas não menos força do que Lupin havia lançado o seu contra o rosto de Daubrecq.

Embora tenha ficado atordoado com o golpe, ele teve tempo suficiente para reconhecer o homem, em uma visão repentina e assustada, e também para reconhecer, sob o disfarce do motorista, o homem que estava dirigindo o carro. Eram o Growler e Masher, os dois homens encarregados dos barcos na noite de Enghien, dois amigos de Gilbert e Vaucheray: em suma, dois dos cúmplices de Lupin.

Quando chegou aos seus aposentos na Rue Chateaubriand, Lupin, depois de lavar o sangue do rosto, ficou sentado por mais de uma hora em uma cadeira, como se estivesse sobrecarregado. Pela primeira vez em sua vida, ele estava sentindo a dor da traição. Pela primeira vez, seus companheiros de luta estavam se voltando contra seu chefe.

Mecanicamente, para desviar seus pensamentos, ele se voltou para sua correspondência e rasgou o papel de um jornal da noite. Entre as últimas notícias, ele encontrou os seguintes parágrafos:

"O CASO VILLA MARIE-THÉRÈSE"

"A verdadeira identidade de Vaucheray, um dos supostos assassinos de Léonard, o criado, foi finalmente descoberta. Ele é um canalha da pior espécie, um criminoso empedernido que já foi condenado duas vezes por assassinato, à revelia, sob outro nome.

"*Sem dúvida, a polícia acabará descobrindo também o verdadeiro nome de seu cúmplice, Gilbert. De qualquer forma, o juiz de instrução está determinado a levar os prisioneiros a julgamento o mais rápido possível.*

"*O público não terá motivos para reclamar dos atrasos da lei.*"

Entre outros jornais e prospectos, havia uma carta.

Lupin deu um pulo quando a viu. Ela estava endereçada:

"*Monsieur de Beaumont, Michel.*"

– Oh – ele ofegou –, uma carta de Gilbert!

Ela continha estas poucas palavras:

"*Socorro, patrão!... Estou com medo. Estou com medo...*"

Mais uma vez, Lupin passou uma noite alternando entre insônia e pesadelos. Mais uma vez, ele foi atormentado por visões atrozes e aterrorizantes.

# CAPÍTULO 4

# O CHEFE DOS INIMIGOS

– Pobre rapaz! – murmurou Lupin, quando seus olhos caíram sobre a carta de Gilbert na manhã seguinte. – Como ele deve estar se sentindo!

Desde o primeiro dia em que o viu, ele havia se afeiçoado àquele jovem bem preparado, despreocupado, alegre e apaixonado pela vida. Gilbert era devotado a ele, teria aceitado a morte a um sinal de seu mestre. E Lupin também adorava sua franqueza, seu bom humor, sua simplicidade, seu rosto brilhante e ingênuo.

"Gilbert", ele costumava dizer com frequência, "você é um homem honesto. Sabe, se eu fosse você, largaria o negócio e me tornaria um homem honesto para sempre."

"Depois do senhor, patrão", respondia Gilbert, com uma risada.

"Mas você não vai fazer isso?"

"Não, patrão. Um homem honesto é um sujeito que trabalha e trabalha duro. É um gosto que talvez eu tenha tido quando era pequeno, mas desde então eles me fizeram perdê-lo."

"Quem são eles?"

Gilbert ficou em silêncio. Ele sempre ficava em silêncio quando questionado sobre sua vida pregressa; e tudo o que Lupin sabia era que ele tinha sido órfão desde a infância e que tinha vivido em todos os lugares, mudando de nome e assumindo os empregos mais estranhos. Tudo isso era um mistério que ninguém havia conseguido desvendar; e parecia que a polícia também não daria muita importância a isso.

Por outro lado, não parecia que a polícia consideraria esse mistério um motivo para atrasar os procedimentos. Eles enviariam o cúmplice de Vaucheray para julgamento – com o nome de Gilbert ou qualquer outro nome – e o puniriam com o mesmo rigor inevitável.

– Pobre rapaz – repetiu Lupin. – Eles o estão perseguindo dessa maneira apenas por minha causa. Eles têm medo de que ele escape e estão com pressa de terminar tudo isso: primeiro o veredito e depois... a execução... Oh, esses açougueiros!... Um rapaz de vinte anos, que não cometeu nenhum assassinato, que não é nem mesmo cúmplice do assassinato...

Infelizmente, Lupin sabia muito bem que isso era uma coisa impossível de provar e que ele deveria concentrar seus esforços em outro ponto. Mas em qual? Será que ele deveria abandonar a trilha da rolha de cristal?

Ele não conseguia se decidir sobre isso. Sua única diversão na busca era ir a Enghien, onde Growler e Masher moravam, e certificar-se de que nada havia sido descoberto sobre eles desde o assassinato na Villa Marie-Thérèse. Além disso, ele se dedicou à questão de Daubrecq e nada mais.

Recusava-se até mesmo a se preocupar com os problemas que lhe eram apresentados: a traição de Growler e Masher; a ligação deles com a senhora de cabelos grisalhos; a espionagem da qual ele próprio era o alvo.

"Calma, Lupin", pensou ele. "Só se perde a razão em uma febre. Portanto, mansegure a sua língua. Nada de deduções, acima de tudo! Nada é mais tolo do que inferir um fato a partir de outro antes de encontrar um ponto de partida confiável. É aí que você pode se dar mal. Ouça seu instinto. Aja de acordo com seu instinto. E como você está convencido, além de qualquer argumento, além de qualquer lógica, de que esse negócio gira em torno dessa maldita rolha, vá em frente com tudo. Dê uma surra em Daubrecq e em seu pedaço de cristal!"

Lupin não esperou chegar a essas conclusões para tomar as medidas necessárias. No momento em que as afirmava em sua mente, três dias após a cena no Vaudeville, ele estava sentado, vestido como um aposentado, com um velho sobretudo e um cachecol no pescoço, em um banco na Avenue Victor-Hugo, a uma certa distância da Praça Lamartine. Victoire tinha instruções para passar por aquele banco no mesmo horário todas as manhãs.

"Sim", ele repetia para si mesmo, "a rolha de cristal: tudo gira em torno disso... Assim que eu a tiver..."

Victoire chegou, com sua cesta de compras no braço. Ele imediatamente notou sua extraordinária agitação e palidez:

– Qual é o problema? – perguntou Lupin, caminhando ao lado de sua velha cuidadora.

Ela entrou em uma grande mercearia, que estava lotada de pessoas, e, virando-se para ele:

– Aqui – disse ela, com a voz embargada pelo entusiasmo. – Aqui está o que você estava procurando.

E, tirando algo de sua cesta, ela o entregou a ele.

Lupin ficou atônito: em sua mão estava a rolha de cristal.

– Como pode ser? Como pode ser? – murmurou ele, como se a facilidade da solução o tivesse desequilibrado.

Mas o fato permaneceu, visível e palpável. Ele reconheceu, por sua forma, por seu tamanho, pelo dourado desgastado de suas facetas, reconheceu, sem qualquer dúvida, a rolha de cristal que havia visto antes. Ele até observou um pequeno arranhão na haste, quase imperceptível, do qual se lembrava perfeitamente.

Entretanto, a coisa apresentava todas as mesmas características, não possuía nenhuma outra que parecesse fora do comum. Era uma rolha de cristal, só isso. Não havia nenhuma marca realmente especial que a distinguisse de outras rolhas. Não havia nenhum sinal sobre ela, nenhum selo; e, sendo cortada de uma única peça, não continha nenhum objeto estranho.

– E agora?

E Lupin teve uma rápida percepção da profundidade de seu engano. De que lhe adiantaria possuir aquela rolha de cristal enquanto ele ignorasse seu valor? Aquele pedaço de vidro não tinha existência em si só; ele valia apenas pelo significado que lhe era atribuído. Antes de pegá-lo, era preciso ter certeza. E como ele poderia dizer que, ao pegá-lo, ao roubá-lo de Daubrecq, não estava cometendo um ato de loucura?

Era uma pergunta impossível de ser resolvida, mas que se impôs a ele com singular franqueza.

"Sem erros!", pensou, enquanto guardava a rolha no bolso. "Nessa situação confusa, os erros são fatais."

Ele não havia tirado os olhos de Victoire. Acompanhada por um lojista, ela foi de balcão em balcão, em meio à multidão de clientes. Em seguida, ficou parada por algum tempo no caixa e passou na frente de Lupin.

Ele sussurrou suas instruções:

– Encontre-me atrás do Lycée Janson.

Ela se juntou a ele em uma rua pouco frequentada:

– E se eu for seguida? – disse ela.

– Não – ele declarou. – Eu olhei com cuidado. Ouça-me. Onde você encontrou a rolha?

– Na gaveta do criado-mudo ao lado da cama dele.

– Mas nós já havíamos olhado lá.

– Sim, e eu o fiz novamente esta manhã. Acho que ele a colocou lá ontem à noite.

– Suponho que ele queira pegá-la novamente – disse Lupin.

– É bem provável.

– E se ele descobrir que ela desapareceu?

Victoire parecia assustada.

– Responda-me – disse Lupin. – Se ele descobrir que ela sumiu, ele vai acusá-la de tê-la levado, não vai?

– Com certeza.
– Então vá e coloque-a de volta, o mais rápido que puder.
– Oh, meu Deus, oh, meu Deus! – ela gemeu. – Espero que ele não tenha tido tempo de descobrir. Dê-me isso, rápido.
– Aqui está – disse Lupin.
Ele procurou no bolso de seu sobretudo.
– E então? – disse Victoire, estendendo a mão.
– Bem – disse ele, depois de um momento –, não está aqui.
– O quê!?
– Sim, juro que sumiu... alguém a tirou de mim.
Ele explodiu em uma gargalhada, uma gargalhada que, desta vez, não tinha nada de amarga.
Victoire voou para cima dele:
– Ria!... coloque-me em apuros!
– Como posso deixar de rir? Você deve admitir que é engraçado. Não é mais uma tragédia que estamos representando, mas um conto de fadas, um conto de fadas como o Gato de Botas ou João e o Pé de Feijão. Preciso escrevê-lo quando tiver algumas semanas para mim: A rolha mágica; ou, Os percalços do pobre Arsène.
– Bem... quem tirou isso de você?
– Do que está falando? Ela voou... desapareceu do meu bolso: evaporou!
Com um leve empurrão na velha cuidadora e, em um tom mais sério, disse:
– Vá para casa, Victoire, e não se aborreça. É claro que alguém viu você me dar a rolha e se aproveitou da multidão na loja para roubá-la do meu bolso. Isso só mostra que estamos sendo vigiados mais de perto do que eu pensava e por adversários de primeira linha. Mas, de novo, fique tranquila. Os homens honestos sempre conseguem o que querem... Tem mais alguma coisa a me dizer?
– Sim. Alguém veio ontem à noite, enquanto Sr. Daubrecq estava fora. Eu vi luzes refletidas nas árvores do jardim.
– E a criada?
– A criada estava acordada.
– Então foram alguns daqueles colegas detetives; eles ainda estão caçando. Vejo você mais tarde, Victoire. Você precisa me ajudar a entrar de novo.
– O quê! Você quer...
– Que risco eu corro? Seu quarto fica no terceiro andar. Daubrecq não suspeita de nada.
– Mas os outros!

– Os outros? Se fosse do interesse deles me pregar uma peça, já teriam tentado antes. Estou no caminho deles, só isso. Eles não têm medo de mim. Então, até mais tarde, Victoire, exatamente às cinco horas.

Mais uma surpresa aguardava Lupin. À noite, sua velha cuidadora lhe disse que, depois de abrir a gaveta do criado-mudo por curiosidade, ela havia encontrado a rolha de cristal lá novamente.

Lupin não se empolgou mais com esses incidentes miraculosos. Ele simplesmente pensou:

"Então ela foi trazida de volta. E a pessoa que a trouxe de volta e que entrou nesta casa por algum meio inexplicável considerou, como eu, que a rolha não deveria desaparecer. E, no entanto, Daubrecq, que sabe que está sendo espionado até em seu quarto, mais uma vez deixou a rolha em uma gaveta, como se não desse importância alguma a ela! O que se pode pensar disso?"

Embora Lupin não tenha entendido muito sobre aquilo, não podia deixar de fazer algumas suposições, certas associações de ideias que lhe davam o mesmo vago vislumbre de luz que se recebe ao se aproximar da saída de um túnel.

"É inevitável, neste caso", pensou ele, "que logo haverá um encontro entre mim e os outros. A partir desse momento, serei o senhor da situação."

Cinco dias se passaram, durante os quais Lupin não obteve o mínimo detalhe. No sexto dia, Daubrecq recebeu a visita, de madrugada, de um senhor, o deputado Laybach, que, como seus colegas, arrastou-se a seus pés em desespero e, quando tudo terminou, entregou-lhe vinte mil francos.

Mais dois dias; e então, uma noite, postado no patamar do segundo andar, Lupin ouviu o ranger de uma porta, a porta da frente, como ele percebeu, que dava do hall para o jardim. Na escuridão, ele distinguiu, ou melhor, adivinhou a presença de duas pessoas, que subiram as escadas e pararam no primeiro andar, do lado de fora do quarto de Daubrecq.

O que eles estavam fazendo ali? Não era possível entrar no quarto, pois Daubrecq trancava a porta todas as noites. Então, o que eles estavam esperando?

Manifestamente, algum tipo de trabalho manual estava sendo feito, como Lupin descobriu pelos sons monótonos de fricção contra a porta. Então, palavras sussurradas chegaram até ele:

– Está tudo bem?

– Sim, muito bem, mas, mesmo assim, é melhor adiarmos para amanhã, porque...

Lupin não ouviu o final da frase. Os homens já estavam descendo as escadas às apalpadelas. A porta do saguão foi fechada, muito suavemente, e depois o portão.

"É curioso", pensou Lupin. "Aqui está uma casa em que Daubrecq esconde cuidadosamente suas malandragens e está em alerta, não sem motivos, contra espiões;

e todo mundo entra e sai como em uma barraca de feira. Victoire me deixa entrar, a criada recebe os emissários da polícia: tudo certo; mas quem está se fazendo de desentendido a favor dessas pessoas? Será que devemos supor que eles estejam agindo sozinhos? Mas que ousados! E como eles conhecem bem o caminho!"

À tarde, durante a ausência de Daubrecq, ele examinou a porta do quarto do primeiro andar. E, à primeira vista, ele entendeu: um dos painéis inferiores havia sido habilmente cortado e estava preso apenas por tachas invisíveis. As pessoas, portanto, que haviam feito esse trabalho eram as mesmas que haviam atuado em seus dois endereços, na Rue Matignon e na Rue Chateaubriand.

Ele também descobriu que o trabalho datava de um período anterior e que, como no seu caso, a abertura havia sido preparada com antecedência, em antecipação a circunstâncias favoráveis ou a alguma necessidade imediata.

O dia não parecia longo para Lupin. A resposta estava a caminho. Ele não apenas descobriria a maneira pela qual seus adversários usavam aquelas pequenas aberturas, aparentemente inúteis, já que não permitiam que uma pessoa alcançasse os parafusos superiores, mas também saberia quem eram os adversários engenhosos e dinâmicos com os quais ele repetida e inevitavelmente se deparava.

Um incidente o irritou. À noite, Daubrecq, que havia se queixado de estar cansado durante o jantar, chegou em casa às dez horas e, ao contrário de seu costume, empurrou os ferrolhos da porta do salão. Nesse caso, como os outros poderiam executar seu plano e ir ao quarto de Daubrecq? Lupin esperou por uma hora depois que Daubrecq apagou a luz. Em seguida, desceu até o escritório do deputado, abriu uma das janelas entreabertas, voltou ao terceiro andar e fixou sua escada de corda para que, em caso de necessidade, pudesse chegar ao escritório sem passar pela casa. Por fim, ele retomou seu posto no patamar do segundo andar.

Ele não precisou esperar muito. Uma hora mais cedo do que na noite anterior, alguém tentou abrir a porta do saguão. Quando a tentativa falhou, seguiram-se alguns minutos de silêncio absoluto. E Lupin estava começando a pensar que os homens haviam abandonado a ideia, quando deu um súbito sobressalto. Alguém havia passado, sem o menor som que interrompesse o silêncio. Ele não teria percebido, tão completamente amortecidos estavam os passos do ser pelo carpete da escada, se o corrimão, que ele mesmo segurava em sua mão, não tivesse tremido ligeiramente. Alguém estava subindo.

E, à medida que o ser subia continuava, Lupin tinha a estranha sensação de que não ouvia nada mais do que antes. Ele sabia, por causa do corrimão, que alguém estava se aproximando, e podia contar o número de degraus subidos observando cada vibração do corrimão; mas nenhuma outra indicação lhe dava aquela vaga sensação de presença que sentimos ao distinguir movimentos que não vemos, ao perceber sons que não ouvimos. E, no entanto, uma sombra mais negra deveria ter tomado forma dentro do breu e algo deveria, pelo menos, modificar a qualidade do silêncio. Não, ele poderia muito bem ter acreditado que não havia ninguém ali.

E Lupin, apesar de si mesmo e contra a evidência de sua razão, acabou acreditando nisso, pois o trilho não se movia mais e ele pensou que poderia ter sido vítima de uma ilusão.

E isso durou muito tempo. Ele hesitou, sem saber o que fazer, sem saber o que supor. Mas uma circunstância estranha o impressionou. Um relógio bateu duas horas. Ele reconheceu a badalada do relógio de Daubrecq. E o toque era o de um relógio do qual não se está separado pelo obstáculo de uma porta.

Lupin desceu as escadas e foi até a porta. Ela estava fechada, mas havia um espaço à esquerda, na parte inferior, um espaço deixado pela remoção do pequeno painel.

Ele escutou. Daubrecq, naquele momento, virou-se em sua cama; e sua respiração foi retomada, de forma regular e um pouco agonizante. E Lupin ouviu claramente o som de roupas sendo reviradas. Sem dúvida alguma, o ser estava lá, remexendo e apalpando as roupas que Daubrecq havia colocado ao lado de sua cama.

"Agora", pensou Lupin, "vamos aprender alguma coisa. Mas como diabos o sujeito conseguiu entrar? Será que ele conseguiu puxar os ferrolhos e abrir a porta? Mas, se sim, por que ele cometeu o descuido de fechá-la novamente?"

Nem por um segundo – uma anomalia curiosa em um homem como Lupin, uma irregularidade que só pode ser explicada pelo sentimento estranho que toda a aventura produziu nele – nem por um segundo ele suspeitou da verdade muito simples que estava prestes a lhe ser revelada. Continuando a descer, ele se agachou em um dos últimos degraus da escada, colocando-se assim entre a porta do quarto e a porta do corredor, no caminho que o inimigo de Daubrecq deveria inevitavelmente tomar para se juntar a seus cúmplices.

Ele questionou a escuridão com uma angústia indescritível. Ele estava prestes a desmascarar aquele inimigo de Daubrecq, que também era seu próprio adversário. Ele frustraria seus planos. E o inimigo de Daubrecq, ele o capturaria por sua vez, enquanto Daubrecq dormia e enquanto os cúmplices que estavam à espreita atrás da porta do salão ou do lado de fora do portão do jardim esperavam em vão o retorno de seu líder.

E esse retorno aconteceu. Lupin percebeu isso pela vibração renovada dos balaústres. E, mais uma vez, com todos os sentidos tensos e todos os nervos à flor da pele, ele se esforçou para discernir o ser misterioso que estava vindo em sua direção. De repente, ele percebeu que estava a apenas alguns metros de distância. Ele próprio, escondido em um recanto ainda mais escuro, não podia ser visto. E o que ele viu – da maneira mais vaga possível – estava se aproximando degrau por degrau, com infinitas precauções, segurando-se em cada balaústre.

– Com que diabos estou lidando? – disse Lupin para si mesmo, enquanto seu coração batia forte dentro do peito.

A catástrofe se deu de modo precipitado. Um movimento descuidado de Lupin foi observado pelo estranho, que parou rapidamente. Lupin teve medo de que o outro voltasse atrás e fugisse. Ele correu para o adversário e ficou estupefato ao se deparar apenas com o vazio e ao bater contra o corrimão da escada, sem agarrar a forma que via. Mas ele imediatamente correu para a frente, atravessou o salão e alcançou seu antagonista quando ele estava chegando à porta que dava para o jardim.

Ouviu-se um grito de susto, respondido por outros gritos do outro lado da porta.

"Oh, droga, o que é isso?", murmurou Lupin, cujos braços haviam se fechado, no escuro, em torno de uma coisinha minúscula, trêmula e chorosa.

Subitamente compreendendo, ele ficou por um momento imóvel e desanimado, sem saber o que fazer com sua presa conquistada. Mas os outros estavam gritando e batendo na porta. Então, temendo que Daubrecq acordasse, ele enfiou o pequeno ser debaixo do paletó, contra o peito, conteve o choro com seu lenço enrolado em uma bola e subiu apressadamente os três lances de escada.

– Aqui – disse ele a Victoire, que acordou com um sobressalto. – Eu lhe trouxe o chefe indomável de nossos inimigos, o Hércules do bando. Você tem uma mamadeira por perto?

Ele colocou na poltrona uma criança de seis ou sete anos de idade, o menorzinho, vestindo uma camisola cinza e um gorro de lã tricotado, cujas feições pálidas e primorosamente bonitas estavam marcadas pelas lágrimas que escorriam dos olhos aterrorizados.

– Onde você o pegou? – perguntou Victoire, horrorizada.

– No pé da escada, quando ela estava saindo do quarto de Daubrecq – respondeu Lupin, apalpando a camiseta na esperança de que a criança tivesse trazido algum tipo de objeto daquele quarto.

Victoire ficou com pena:

– Pobrezinho! Veja, ele está tentando não chorar!... Oh, céus, suas mãos são como gelo! Não tenha medo, filhinho, não vamos machucá-lo: o cavalheiro é legal.

– Sim – disse Lupin –, o cavalheiro é legal, mas há outro cavalheiro muito malvado que vai acordar se eles continuarem a fazer essa algazarra do lado de fora da porta do salão. Você os está ouvindo, Victoire?

– Quem é?

– Os comparsas do nosso jovem Hércules, o bando do líder indomável.

– E agora...? – gaguejou Victoire, totalmente enervada.

– Bem, como não quero ser pego na armadilha, vou começar sumindo daqui. Você vem, Hércules?

Ele enrolou a criança em um cobertor, de modo que apenas a cabeça ficasse de fora, amordaçou sua boca o mais gentilmente possível e fez com que Victoire a prendesse em seus ombros:

– Está vendo, Hércules? Estamos brincando. Você nunca pensou que encontraria alguém para brincar de pega-pega com você às três horas da manhã! Venha, vamos voar para longe! Espero que você não fique tonto!

Ele atravessou o parapeito da janela e colocou os pés em um dos degraus da escada. Em um minuto, ele estava no jardim.

Ele nunca havia deixado de ouvir e agora ouvia ainda mais claramente os golpes que estavam sendo dados na porta da frente. Ele ficou surpreso com o fato de Daubrecq não ter sido acordado por um barulho tão violento:

"Se eu não puser um fim nisso, eles vão estragar tudo", pensou.

Ele ficou em um ângulo da casa, invisível na escuridão, e mediu a distância entre ele e o portão. O portão estava aberto. À sua direita, ele viu os degraus, no topo dos quais as pessoas se alvoroçaram; à sua esquerda, o prédio ocupado pela criada.

A mulher havia saído de seu alojamento e estava de pé perto das pessoas, pedindo-lhes:

– Oh, fiquem quietos, fiquem quietos! Ele virá!

– Bom! – disse Lupin. – A boa mulher é cúmplice desses também. Nossa, que pluralista!

Ele correu até ela e, pegando-a pelo pescoço, sibilou:

– Vá e diga a eles que eu tenho a criança... Eles podem vir buscá-la em minha casa, na Rue Chateaubriand.

Um pouco distante, na avenida, havia um táxi que Lupin presumiu ter sido contratado pela gangue. Falando com autoridade, como se fosse um dos cúmplices, ele entrou no táxi e disse ao homem que o levasse para casa.

– Bem – disse ele à criança –, não foi algo tão improvisado, foi? Não quer descansar um pouco aqui na cama?

Como seu criado, Achille, estava dormindo, Lupin deixou o garotinho confortável e acariciou seus cabelos. A criança parecia entorpecida. Seu pobre rosto estava como que petrificado em uma expressão rígida, ao mesmo tempo, de medo e do desejo de não demonstrar medo, do desejo de gritar e de um esforço lamentável para não gritar.

– Chore, meu bichinho, chore – disse Lupin. – Vai lhe fazer bem chorar.

A criança não chorou, mas a voz era tão gentil e amável que ela relaxou seus músculos tensos; e, agora que seus olhos estavam mais calmos e sua boca menos contorcida, Lupin, que o estava examinando de perto, reconheceu algo que reconheceu, uma semelhança indubitável.

Isso mais uma vez confirmou certos fatos que ele suspeitava e que, há algum tempo, vinha associando em sua mente. De fato, a menos que estivesse enganado, a situação estava se tornando muito diferente e ele logo assumiria a direção dos acontecimentos. Depois disso...

Um toque na campainha foi seguido, de imediato, por outros dois, mais agudos.

– Ora! – disse Lupin para a criança. – Aqui está a mamãe que veio buscá-lo. Não se mexa.

Ele correu e abriu a porta.

Uma mulher entrou, aflita:

– Meu filho! – gritou ela. – Meu filho! Onde ele está?

– No meu quarto – disse Lupin.

Sem perguntar mais nada, provando assim que conhecia o caminho, ela correu para o quarto.

– Como eu pensava – murmurou Lupin. – A jovem mulher de cabelos grisalhos: a amiga e inimiga de Daubrecq.

Ele foi até a janela e olhou através das cortinas. Dois homens estavam andando para cima e para baixo na calçada oposta: Growler e Masher.

– E eles nem estão se escondendo – disse ele para si mesmo. – Isso é um bom sinal. Eles acham que não podem mais ficar sem mim e que têm de obedecer ao patrão. Resta a bela senhora de cabelos grisalhos. Isso será mais difícil. Agora somos eu e você, mamãe.

Ele encontrou a mãe e o menino abraçados um ao outro; a mãe, muito alarmada, com os olhos úmidos de lágrimas, estava dizendo:

– Você não está machucado? Tem certeza? Oh, como você deve ter ficado assustado, meu pobre Jacques!

– Um belo rapazinho – disse Lupin.

Ela não respondeu. Ela estava apalpando a camisa da criança, como Lupin havia feito, sem dúvida para ver se ele tinha conseguido cumprir sua missão noturna; e ela o questionou baixinho.

– Não, mamãe – disse a criança. – Não, de verdade.

Ela o beijou com carinho e o acariciou, até que, em pouco tempo, a criança, exausta de cansaço e emoção, adormeceu. Ela permaneceu debruçada sobre ele por um longo tempo. Ela própria parecia muito cansada e necessitada de descanso.

Lupin não perturbou sua contemplação. Ele a olhava ansiosamente, com uma atenção que ela não percebia, e notou as olheiras fundas ao redor de seus olhos e as marcas mais profundas de rugas. No entanto, ele a considerou mais bonita do que imaginava, com aquela beleza comovente que o sofrimento habitual confere a certos rostos mais humanos e sensíveis do que outros.

Ela tinha uma expressão tão triste que, em uma explosão de simpatia instintiva, ele foi até ela e disse:

– Não sei quais são seus planos, mas, sejam eles quais forem, você precisa de ajuda. Não vai conseguir sozinha.

– Eu não estou sozinha.

– Os dois homens lá fora? Eu os conheço. Eles não são bons. Eu lhe peço, conte comigo. Lembra-se da outra noite, no teatro, no camarote particular? Você estava a ponto de falar. Não hesite hoje.

Ela voltou os olhos para ele, olhou-o longa e fixamente e, como se não pudesse escapar daquela vontade contrária, disse:

– O que você sabe exatamente? O que você sabe sobre mim?

– Há muitas coisas que eu não sei. Não sei seu nome. Mas eu sei...

Ela o interrompeu com um gesto; e, resolutamente, por sua vez, dominando o homem que a estava obrigando a falar:

– Não importa – exclamou ela. – O que você sabe, afinal de contas, não é muito e não tem importância. Mas quais são seus planos? Você me oferece sua ajuda: com que objetivo? Para que trabalho? Você se lançou de cabeça nesse caso; eu não consigo fazer nada sem encontrá-lo em meu caminho: você deve estar pensando em algum objetivo... Que objetivo?

– Que objetivo? Em minha palavra, parece-me que minha conduta...

– Não, não – disse ela, enfaticamente –, nada de achismos! O que você e eu queremos são certezas; e, para alcançá-las, franqueza absoluta. Eu lhe darei o exemplo. Sr. Daubrecq possui uma coisa de valor inigualável, não por si só, mas pelo que representa. Essa coisa você conhece. Você já a teve em suas mãos duas vezes. Eu a tirei de você duas vezes. Bem, tenho o direito de acreditar que, ao tentar obtê-la, você pretendia usar o poder que lhe atribui e usá-lo em seu próprio benefício...

– O que a faz dizer isso?

– Sim, você pretendia usá-la para levar adiante seus esquemas, no interesse de seus próprios negócios, de acordo com seus hábitos de...

– De ladrão e vigarista – disse Lupin, completando a frase para ela.

Ela não protestou. Ele tentou ler seus pensamentos secretos no fundo de seus olhos. O que ela queria com ele? Do que ela tinha medo? Se ela desconfiava dele, será que ele também não tinha motivos para desconfiar daquela mulher que, por duas vezes, havia lhe tirado a rolha de cristal para devolvê-la a Daubrecq? Por mais inimiga mortal que fosse de Daubrecq, até que ponto ela permaneceu sujeita à vontade daquele homem? Ao se entregar a ela, ele não se arriscava a se entregar a Daubrecq? E, no entanto, ele nunca havia olhado para olhos mais sérios nem para um rosto mais honesto.

Sem mais hesitação, ele declarou:

— Meu objetivo é bastante simples. É a libertação de meus amigos Gilbert e Vaucheray.

— Isso é verdade? É verdade? — exclamou ela, tremendo toda e questionando-o com um olhar ansioso.

— Se você me conhecesse...

— Eu conheço você... Sei quem você é. Durante meses, participei de sua vida, sem que você suspeitasse... e, no entanto, por certas razões, ainda duvido...

Ele disse, em um tom mais decisivo:

— Você não me conhece. Se me conhecesse, saberia que não haverá paz para mim antes que meus dois companheiros tenham escapado do terrível destino que os aguarda.

Ela correu até ele, pegou-o pelos ombros e, visivelmente perturbada, disse:

— O quê? O que você disse? O terrível destino? Então você acredita... você acredita...

— Eu realmente acredito — disse Lupin, que sentia o quanto essa ameaça a perturbava —, eu realmente acredito que, se eu não chegar a tempo, Gilbert e Vaucheray estarão mortos.

— Fique quieto!... Fique quieto! — gritou ela, agarrando-o com força. — Fique quieto!... Você não deve dizer isso... Não há motivo algum... É só você que supõe...

— Não sou só eu, é o Gilbert também...

— O quê? Gilbert? Como você sabe?

— Por ele mesmo.

— Por ele?

— Sim, por Gilbert, que só tem esperança em mim; por Gilbert, que sabe que só um homem no mundo pode salvá-lo e que, há poucos dias, me enviou um apelo desesperado da prisão. Aqui está a carta dele:

Ela pegou o papel com avidez e leu gaguejando:

"*Socorro, patrão!... Estou com medo!... Estou com medo!...*"

Ela deixou a carta cair. Suas mãos se agitaram no vazio. Era como se seus olhos arregalados contemplassem a visão sinistra que já havia aterrorizado Lupin tantas vezes. Ela deu um grito de horror, tentou se levantar e desmaiou.

# CAPÍTULO 5

# OS VINTE E SETE

A criança estava dormindo tranquilamente na cama. A mãe não se moveu do sofá em que Lupin a havia deitado, mas sua respiração mais fácil e o sangue que agora voltava ao seu rosto anunciavam sua iminente recuperação do desmaio.

Ele observou que ela usava uma aliança de casamento. Ao ver um medalhão pendurado em seu corpete, ele se abaixou e, ao virá-lo, encontrou uma fotografia em miniatura que representava um homem de cerca de quarenta anos e um garoto – um garoto mais jovem – em um uniforme de colegial. Ele estudou o rosto jovem e revigorado com cabelos cacheados:

– É como eu pensava – disse ele. – Ah, pobre mulher!

A mão que ele segurou entre as suas foi ficando cada vez mais quente. Os olhos se abriram e depois se fecharam novamente. Ela murmurou:

– Jacques...

– Não se aflija... está tudo bem, ele está dormindo.

Ela recuperou totalmente a consciência. Mas, como ela não falava, Lupin lhe fez perguntas, para que ela sentisse uma necessidade gradual de se abrir com ele. Ele disse, apontando para o medalhão:

– O garoto da escola é Gilbert, não é?

– Sim – disse ela.

– E Gilbert é seu filho?

Ela estremeceu e sussurrou:

– Sim, Gilbert é meu filho, meu filho mais velho.

Então ela era a mãe de Gilbert, de Gilbert, o prisioneiro da Santé, perseguido implacavelmente pelas autoridades e que agora aguardava seu julgamento por assassinato!

Lupin continuou:

– E o outro retrato?

– Meu marido.

– Seu marido?

– Sim, ele morreu há três anos.

Ela agora estava sentada. A vida corria em suas veias mais uma vez, junto com o horror de viver e o horror de todas as coisas terríveis que a ameaçavam. Lupin continuou a perguntar:

– Qual era o nome de seu marido?
Ela hesitou um pouco e respondeu:
– Mergy.
Ele exclamou:
– Victorien Mergy, o deputado?
– Sim.
Houve uma longa pausa. Lupin se lembrou do incidente e da comoção que ele havia causado. Três anos atrás, o deputado Mergy havia estourado os miolos no saguão da Câmara, sem deixar uma palavra de explicação; e ninguém jamais havia descoberto a menor razão para aquele suicídio.
– Você sabe o motivo? – perguntou Lupin, completando seu pensamento em voz alta.
– Sim, eu sei.
– Gilbert, talvez?
– Não, Gilbert havia desaparecido por alguns anos, foi expulso de casa e amaldiçoado por meu marido. Foi uma tristeza muito grande, mas havia outro motivo.
– Qual foi? – perguntou Lupin.
Mas não era necessário que Lupin fizesse mais perguntas. Madame Mergy não conseguia mais ficar em silêncio e, lentamente, com toda a angústia do passado que precisava ser evocada, ela contou sua história:
– Vinte e cinco anos atrás, quando eu me chamava Clarisse Darcel e meus pais viviam, eu conheci três jovens em Nice. Seus nomes lhe darão uma ideia da tragédia atual: eles eram Alexis Daubrecq, Victorien Mergy e Louis Prasville. Os três eram velhos conhecidos, haviam cursado a faculdade no mesmo ano e serviam no mesmo regimento. Naquela época, Prasville estava apaixonado por uma cantora da ópera de Nice. Os outros dois, Mergy e Daubrecq, estavam apaixonados por mim. Serei breve em relação a tudo isso e quanto ao resto, em relação a toda a história, pois os fatos contam sua própria história. Eu me apaixonei por Victorien Mergy desde o início. Talvez eu tenha errado em não me declarar de imediato. Mas o verdadeiro amor é sempre tímido, hesitante e acanhado, e eu não anunciei minha escolha até que me sentisse completamente segura e livre. Infelizmente, esse período de espera, tão agradável para aqueles que nutrem uma paixão secreta, permitiu que Daubrecq tivesse esperanças. Sua raiva era algo horrível.
Clarisse Mergy parou por alguns segundos e retomou, com uma voz sufocada:
– Nunca vou me esquecer disso... Nós três estávamos na sala de visitas. Oh, eu posso ouvir até agora as terríveis palavras de ameaça e ódio que ele proferiu! Victorien estava absolutamente atônito. Ele nunca tinha visto seu amigo daquele jeito, com aquele rosto repugnante, aquela expressão bestial: sim, a expressão de uma fera selvagem...

Daubrecq rangeu os dentes. Bateu os pés. Seus olhos injetados de sangue – ele não usava óculos naqueles dias – se reviravam em suas órbitas; e ele continuava dizendo: "Eu me vingarei... Eu me vingarei... Oh, você não sabe do que sou capaz!... Esperarei dez anos, vinte anos, se necessário... Mas isso virá como um raio... Ah, você não sabe!... Para causar danos... Fazer o mal... por causa do mal... que alegria! Eu nasci para causar danos... E vocês dois implorarão minha misericórdia de joelhos, sim, de joelhos..." Naquele momento, meu pai entrou na sala e, com a ajuda dele e de seu lacaio, Victorien Mergy expulsou a odiosa criatura porta afora. Seis semanas depois, eu me casei com Victorien.

– E Daubrecq? – perguntou Lupin, interrompendo-a. – Ele não tentou...

– Não, mas no dia do nosso casamento, Louis Prasville, que foi padrinho do meu marido, desafiando a oposição de Daubrecq, foi para casa e encontrou a garota que ele amava, a cantora de ópera, morta, estrangulada...

– O quê! – disse Lupin, com um sobressalto. – Daubrecq teria...

– Sabia-se que Daubrecq a estava perseguindo insistentemente há alguns dias; mas nada mais foi descoberto. Era impossível descobrir quem havia entrado ou saído durante a ausência de Prasville. Não foi encontrado nenhum vestígio de qualquer tipo: nada, absolutamente nada.

– Mas Prasville...

– Não havia dúvida da verdade na mente de Prasville ou na nossa. Daubrecq havia tentado fugir com a garota, talvez tenha tentado forçá-la, agarrá-la e, no decorrer da luta, enlouquecido, perdendo a cabeça, pegou-a pela garganta e a matou, talvez sem saber o que estava fazendo. Mas não havia nenhuma evidência de tudo isso; e Daubrecq nem sequer foi interrogado.

– E o que aconteceu com ele depois?

– Durante alguns anos, não ouvimos falar nada sobre ele. Sabíamos apenas que ele havia perdido todo o seu dinheiro em jogos de azar e que estava viajando pela América. Esqueci sua raiva e suas ameaças e estava pronta para acreditar que ele havia deixado de me amar e que não tinha mais seus planos de vingança. Além disso, eu estava tão feliz que não me importava em pensar em nada além de minha felicidade, meu amor, a carreira política de meu marido e a saúde de meu filho Antoine.

– Antoine?

– Sim, Antoine é o nome verdadeiro de Gilbert. O infeliz rapaz pelo menos conseguiu esconder sua identidade.

Lupin perguntou, com alguma hesitação:

– Em que época... Gilbert... começou?

– Não posso lhe dizer exatamente. Gilbert – prefiro chamá-lo assim e não pronunciar seu nome verdadeiro – Gilbert, quando criança, era o que é hoje: adorável, querido por todos, encantador, mas preguiçoso e indisciplinado. Quando ele tinha quinze anos, nós o colocamos em um colégio interno em um dos subúrbios, com o objetivo deliberado de não deixá-lo ficar muito em casa. Depois de dois anos, ele foi expulso da escola e enviado de volta para nós.

– Por quê?

– Por causa de sua conduta. Os mestres descobriram que ele costumava sair à noite e também que desaparecia por semanas seguidas, enquanto fingia estar em casa conosco.

– O que ele costumava fazer?

– Divertia-se frequentando corridas de cavalos, passando seu tempo em cafés e salões de dança populares.

– Então ele tinha dinheiro?

– Sim.

– Quem o dava a ele?

– Seu gênio maligno, o homem que, secretamente, sem que seus pais soubessem, o atraiu para fora da escola, o homem que o desviou, que o corrompeu, que o tirou de nós, que o ensinou a mentir, a desperdiçar seu dinheiro e a roubar.

– Daubrecq?

– Daubrecq.

Clarisse Mergy juntou as mãos para esconder o rubor em sua face. Ela continuou, com sua voz cansada:

– Daubrecq havia se vingado. No dia seguinte ao dia em que meu marido expulsou nosso infeliz filho de casa, Daubrecq nos enviou uma carta muito cínica, na qual revelava o papel odioso que havia desempenhado e as maquinações pelas quais havia conseguido depreciar nosso filho. E continuou dizendo: "O reformatório, um dia desses... Mais tarde, o tribunal de justiça... E depois, esperemos e confiemos, a guilhotina!".

Lupin exclamou:

– O quê? Daubrecq planejou o caso atual?

– Não, não, isso é apenas um acidente. A odiosa profecia foi apenas um desejo que ele expressou. Mas, oh, como isso me aterrorizou! Eu estava doente na época; meu outro filho, meu pequeno Jacques, tinha acabado de nascer. E todos os dias ouvíamos falar de algum novo delito de Gilbert – falsificações, fraudes – a ponto de espalharmos a notícia, em nossos arredores, de sua partida para o exterior, seguida de sua morte. A vida era uma miséria, e ficou ainda mais triste quando estourou a tempestade política na qual meu marido encontraria sua morte.

– O que você quer dizer com isso?
– Uma palavra será suficiente: o nome de meu marido estava na lista dos Vinte e Sete.
– Ah!

O véu foi subitamente levantado dos olhos de Lupin e ele viu, como em um relâmpago, toda uma legião de coisas que, até então, estavam escondidas na escuridão.

Clarisse Mergy continuou, com uma voz mais firme:

– Sim, o nome dele estava lá, mas por engano, por uma incrível falta de sorte da qual ele foi vítima. É verdade que Victorien Mergy era membro do comitê designado para considerar a questão do Canal Two-Seas. É verdade que ele votou com os membros que eram a favor do esquema da empresa. Ele foi até mesmo pago – sim, eu lhe digo claramente e vou mencionar a quantia – ele recebeu quinze mil francos. Mas ele foi pago em nome de outro, de um de seus amigos políticos, um homem em quem ele tinha absoluta confiança e de quem ele era o instrumento cego e inconsciente. Ele pensou que estava fazendo uma gentileza ao amigo, o que acabou sendo sua ruína. Foi somente no dia seguinte ao suicídio do presidente da empresa e ao desaparecimento do secretário, o dia em que o caso do canal foi publicado nos jornais, com toda a sua série de fraudes e abominações, que meu marido soube que vários de seus colegas haviam sido subornados e que a lista misteriosa, da qual as pessoas começaram a falar repentinamente, mencionava seu nome junto aos deles e aos nomes de outros deputados, líderes de partidos e políticos influentes. Oh, que dias terríveis foram aqueles! A lista seria publicada? Seu nome seria divulgado? Que tortura! Vocês se lembram da agitação louca na Câmara, da atmosfera de terror e denúncia que prevalecia. A quem pertencia a lista? Ninguém sabia dizer. Sabia-se que ela existia e isso era tudo. Dois nomes foram sacrificados ao odioso público. Dois homens foram varridos pela tempestade. E não se sabia de onde vinha a denúncia e em que mãos estavam os documentos incriminadores.

– Daubrecq – sugeriu Lupin.

– Não, não! – gritou Madame Mergy. – Daubrecq não era nada naquela época: ele ainda não havia aparecido em cena. Não, não se lembra, a verdade veio à tona de repente através do próprio homem que a estava escondendo: Germineaux, o ex-ministro da justiça, primo do presidente da Canal Company. Quando estava morrendo de tuberculose, ele escreveu de seu leito para o chefe de polícia, entregando-lhe a lista de nomes que, segundo ele, seria encontrada, após sua morte, em um baú de ferro no canto de seu quarto. A casa foi cercada pela polícia e o chefe se instalou ao lado do leito do paciente. Germineaux morreu. O baú foi aberto e estava vazio.

– Daubrecq, desta vez – declarou Lupin.

– Sim, Daubrecq – disse Madame Mergy, cuja excitação estava aumentando momentaneamente. – Alexis Daubrecq, que, durante seis meses, disfarçado de forma irreconhecível, atuou como secretário de Germineaux. Não importa como ele descobriu que Germineaux era o dono do jornal em questão. O fato é que ele arrombou o baú na noite anterior à morte. Isso foi provado no inquérito; e a identidade de Daubrecq foi estabelecida.

– Mas ele não foi preso?

– Qual teria sido a utilidade? Eles sabiam muito bem que ele deveria ter depositado a lista em um lugar seguro. Sua prisão teria envolvido um escândalo, a reabertura de todo o caso...

– Então...

– Então eles fizeram acordos.

Lupin riu:

– Isso é engraçado, fazer acordos com Daubrecq!

– Sim, muito engraçado – disse Madame Mergy, com amargura. – Durante esse tempo, ele agiu sem demora, sem vergonha, direto aos objetivos. Uma semana depois do roubo, ele foi à Câmara dos Deputados, perguntou pelo meu marido e exigiu dele, sem rodeios, trinta mil francos, a serem pagos em vinte e quatro horas. Caso contrário, ele o ameaçou com exposição e desgraça. Meu marido conhecia o homem com quem estava lidando, sabia que ele era inflexível e cheio de ódio implacável. Ele perdeu a cabeça e se matou.

– Que absurdo! – Lupin não pôde deixar de dizer. – Que absurdo! Daubrecq possui uma lista de vinte e sete nomes. Para entregar qualquer um desses nomes, ele é obrigado, se quiser que sua acusação seja acreditada, a publicar a própria lista, ou seja, a se desfazer do documento, ou pelo menos de uma fotografia dele. Bem, ao fazer isso, ele cria um escândalo, é verdade, mas ele se priva, ao mesmo tempo, de todos os outros meios de fazer chantagem.

– Sim e não – disse ela.

– Como você sabe?

– Pelo próprio Daubrecq. O vilão veio me ver e, cinicamente, contou-me sobre o encontro com meu marido e as palavras que haviam sido ditas entre eles. Bem, há mais do que essa lista, mais do que aquele famoso pedaço de papel no qual o secretário anotou os nomes e as quantias pagas e no qual, você deve se lembrar, o presidente da empresa, antes de morrer, deixou sua assinatura em letras de sangue. Há mais do que isso. Há certas provas menos evidentes, que as pessoas interessadas não conhecem: a correspondência entre o presidente e o secretário, entre o presidente e seu advogado, e assim por diante. É claro que a lista rabiscada no pedaço de papel é a única prova que conta; é a única prova incontestável que não seria bom copiar ou mesmo fotografar, pois sua autenticidade pode ser testada de forma absoluta. Mas, mesmo assim, as outras provas são perigosas. Elas já foram suficientes para eliminar dois deputados. E Daubrecq é maravilhosamente esperto em transformar esse fato em algo útil. Ele escolhe sua vítima, assusta-a, aponta para ela o escândalo inevitável e a vítima paga a quantia exigida. Ou então ele se mata, como fez meu marido. Você está entendendo agora?

– Sim – disse Lupin.

E, no silêncio que se seguiu, ele desenhou uma imagem mental da vida de Daubrecq. Ele o viu como o dono daquela lista, usando seu poder, emergindo gradualmente da sombra, esbanjando o dinheiro que extorquia de suas vítimas, garantindo sua eleição como conselheiro distrital e deputado, mantendo o controle por meio de ameaças e terror, impune, invulnerável, inatacável, temido pelo governo, que preferia se submeter às suas ordens a declarar guerra contra ele, respeitado pelas autoridades judiciais. Tão poderoso, em uma palavra, que Prasville havia sido nomeado secretário-geral da polícia, passando por cima de todos os que tinham reivindicações anteriores, pela única razão de que ele odiava Daubrecq com um ódio pessoal.

– E você o viu de novo? – perguntou ele.

– Eu o vi novamente. Tive que fazê-lo. Meu marido estava morto, mas sua honra permaneceu intocada. Ninguém suspeitava da verdade. Para pelo menos defender o nome que ele me deixou, aceitei meu primeiro encontro com Daubrecq.

– Sua primeira, sim, pois houve outras.

– Muitas outras – disse ela, com voz tensa –, sim, muitas outras... no teatro... ou à noite, em Enghien... ou então em Paris, à noite... pois eu estava envergonhada de encontrar aquele homem e não queria que as pessoas soubessem disso... Mas era necessário... Um dever mais imperativo do que qualquer outro o ordenava: o dever de vingar meu marido...

Ela se curvou sobre Lupin e, ansiosamente:

– Sim, a vingança tem sido o motivo de minha conduta e a única preocupação de minha vida. Para vingar meu marido, para vingar meu filho arruinado, para me vingar de todo o mal que ele me fez; eu não tinha nenhum outro sonho, nenhum outro objetivo na vida. Era isso que eu queria: ver aquele homem esmagado, reduzido à pobreza, às lágrimas – como se ele ainda soubesse chorar –, soluçando em meio ao desespero...

– Você queria a morte dele – disse Lupin, lembrando-se da cena entre eles no escritório de Daubrecq.

– Não, não a morte dele. Muitas vezes pensei nisso, até levantei meu braço para golpeá-lo, mas de que adiantaria? Ele deve ter tomado suas precauções. O papel permaneceria. E não haveria vingança em matar um homem... Meu ódio foi além disso... Exigia sua ruína, sua queda; e, para conseguir isso, só havia uma maneira: cortar suas garras. Daubrecq, privado do documento que lhe dá seu imenso poder, deixa de existir. Isso significa falência imediata e desastre... sob as condições mais miseráveis. Foi isso que busquei.

– Mas Daubrecq devia estar ciente de suas intenções?

– Com certeza. E, garanto-lhe, aqueles nossos encontros eram estranhos: eu o observando de perto, tentando adivinhar o segredo por trás de suas ações e palavras, e ele... ele...

– E ele – disse Lupin, concluindo o pensamento de Clarisse –, à espreita da presa que ele deseja... para a mulher que ele nunca deixou de amar... que ele ama... e que ele cobiça com toda a sua força e com toda a sua furiosa paixão...

Ela abaixou a cabeça e disse, simplesmente:

– Sim.

Um duelo estranho, de fato, foi aquele que colocou frente a frente esses dois seres separados por tantas coisas implacáveis! Quão desenfreada devia ser a paixão de Daubrecq para que ele arriscasse aquela ameaça perpétua de morte e introduzisse na privacidade de sua casa essa mulher, cuja vida ele havia destruído! Mas também como ele próprio deve se sentir absolutamente seguro!

– E sua busca terminou... como? – perguntou Lupin.

– Minha busca – respondeu ela – ficou muito tempo sem resultados. Você conhece os métodos de investigação que você seguiu e que a polícia seguiu. Bem, eu mesma os utilizei, anos antes de qualquer um de vocês, e em vão. Eu estava começando a me desesperar. Então, um dia, quando fui ver Daubrecq em sua casa, em Enghien, peguei sob sua mesa de trabalho uma carta que ele havia começado a escrever, amassada e jogada no cesto do lixo. Consistia em algumas linhas em inglês ruim, e eu consegui ler o seguinte:

*"Esvazie o cristal por dentro, de modo a deixar um vazio do qual é impossível suspeitar".*

Talvez eu não tivesse dado a essa frase toda a importância que ela merecia, se Daubrecq, que estava no jardim, não tivesse entrado correndo e começado a virar o cesto do lixo, com uma ansiedade que era muito significativa. Ele me lançou um olhar desconfiado: "Havia uma carta lá", disse ele. Fingi não ter entendido. Ele não insistiu, mas sua agitação não me escapou; e continuei minha busca nessa direção. Um mês depois, descobri, entre as cinzas da lareira da sala de visitas, a metade rasgada de uma fatura inglesa. Percebi que um soprador de vidro de Stourbridge, chamado John Howard, havia fornecido a Daubrecq uma garrafa de cristal feita segundo um modelo. A palavra "cristal" me chamou a atenção de imediato. Fui a Stourbridge, falei com o encarregado da fábrica de vidro e descobri que a rolha dessa garrafa havia sido esvaziada por dentro, de acordo com as instruções do pedido, de modo a deixar uma cavidade cuja existência escaparia à observação.

Lupin acenou com a cabeça:

– Não há dúvidas. No entanto, não me pareceu que, mesmo sob a camada dourada... E então o esconderijo seria muito pequeno!

– Pequeno, mas grande o suficiente – disse ela. – Quando voltei da Inglaterra, fui à delegacia de polícia para ver Prasville, cuja amizade por mim permaneceu inalterada. Não hesitei em contar a ele, em primeiro lugar, os motivos que levaram meu marido ao suicídio e, em segundo lugar, o objetivo de vingança que eu estava perseguindo. Quando o informei de minhas descobertas, ele pulou de alegria; e senti que seu ódio por Daubrecq estava mais forte do que nunca. Soube por ele que a lista estava escrita em um pedaço de papel extremamente fino, que, quando enrolado em uma espécie de pelota, caberia facilmente em um espaço extremamente limitado. Nem ele nem eu tivemos a menor hesitação. Conhecíamos o esconderijo. Concordamos em agir independentemente um do outro, mas continuamos a nos corresponder em segredo. Eu o coloquei em contato com Clémence, a criada da Praça Lamartine, que era totalmente dedicada a mim...

– Mas nem tanto a Prasville – disse Lupin –, pois posso provar que ela o trai.

– Agora, talvez, mas não no início; e as buscas policiais foram numerosas. Foi nessa época, há dez meses, que Gilbert entrou em minha vida novamente. Uma mãe nunca perde o amor pelo filho, independentemente do que ele faça ou tenha feito. E Gilbert tem um jeito tão especial... bem, você o conhece. Ele chorou, beijou meu pequeno Jacques, seu irmão, e eu o perdoei.

Ela parou e, com a voz cansada e os olhos fixos no chão, continuou:

– Quem dera aos céus que eu não o tivesse perdoado! Ah, se aquela hora pudesse voltar, como eu teria encontrado a horrível coragem de mandá-lo embora! Meu pobre filho... fui eu quem o arruinou!... E, pensativa – eu teria tido essa ou qualquer tipo de coragem, se ele fosse como eu o imaginava e como ele mesmo me disse que era há muito tempo: com as marcas do vício e da dissipação, grosseiro, deteriorado... Mas, embora sua aparência tivesse mudado completamente, tanto que eu mal conseguia reconhecê-lo, havia, do ponto de vista de – como posso dizer? – do ponto de vista moral, uma melhora indubitável. Você o havia ajudado, erguido; e, embora seu modo de vida fosse odioso para mim, ainda assim ele mantinha um certo respeito próprio... uma espécie de decência subjacente que se mostrou na superfície mais uma vez... Ele era alegre, descuidado, feliz... e costumava falar de você com tanto carinho!

Ela escolheu as palavras, revelando seu constrangimento, não ousando, na presença de Lupin, condenar a conduta de vida que Gilbert havia escolhido e, ainda assim, incapaz de falar a favor dela.

– O que aconteceu depois? – perguntou Lupin.

– Eu o via com muita frequência. Ele vinha até mim furtivamente, ou então eu ia até ele e saíamos para passear no campo. Dessa forma, fui gradualmente induzida a contar-lhe nossa história, sobre o suicídio de seu pai e o objetivo que eu estava perseguindo. Ele imediatamente se entusiasmou. Ele também queria vingar seu pai e, ao roubar a rolha de cristal, vingar-se de Daubrecq pelo mal que ele lhe havia feito. Sua primeira ideia – da qual, sou obrigada a lhe dizer, ele sempre fez questão – foi estar de acordo com você.

– Bem, então – gritou Lupin – ele deveria ter...!

– Sim, eu sei... e eu era da mesma opinião. Infelizmente, meu pobre Gilbert – você sabe como ele é fraco! – estava sob a influência de um de seus camaradas.

– Vaucheray?

– Sim, Vaucheray, um espírito debochado, cheio de amargura e inveja, um homem ambicioso, inescrupuloso, sombrio e astuto, que havia adquirido um grande império sobre meu filho. Gilbert cometeu o erro de confiar nele e pedir-lhe conselhos. Essa foi a origem de todo o mal. Vaucheray o convenceu e me convenceu também de que seria melhor agirmos sozinhos. Ele estudou o assunto, tomou a dianteira e finalmente organizou a expedição a Enghien e, sob sua direção, o roubo na Villa Marie-Thérèse, que Prasville e seus detetives não puderam vascular completamente, por causa da vigilância ativa mantida pelo criado Léonard. Foi um esquema maluco. Deveríamos ter confiado inteiramente em sua experiência ou tê-lo deixado de fora, correndo o risco de erros fatais e hesitações perigosas. Mas não pudemos nos conter. Vaucheray nos governou. Concordei em me encontrar com Daubrecq no teatro. Durante esse tempo, a coisa aconteceu. Quando voltei para casa, à meia-noite, ouvi o terrível resultado: Léonard assassinado, meu filho preso. De imediato, tive uma intuição sobre o futuro. A terrível profecia de Daubrecq estava se concretizando: significava julgamento e sentença. E isso por minha culpa, por minha culpa, a mãe, que havia conduzido seu filho em direção ao abismo do qual nada poderia tirá-lo agora.

Clarisse torceu as mãos e tremeu da cabeça aos pés. Que sofrimento pode se comparar ao de uma mãe que teme pela cabeça de seu filho? Movido pela piedade, Lupin disse:

– Nós o salvaremos. Não há a menor sombra de dúvida disso. Mas é necessário que eu saiba de todos os detalhes. Termine sua história, por favor. Como você soube, na mesma noite, o que havia acontecido em Enghien?

Ela se controlou e, com o rosto contorcido por uma angústia febril, respondeu: Por meio de dois de seus cúmplices, ou melhor, dois cúmplices de Vaucheray, a quem eles eram totalmente devotados e que os havia escolhido para remar os barcos.

Os dois homens do lado de fora: Growler e Masher?

— Sim. Ao voltar da vila, quando desembarcou depois de ter sido perseguido no lago pelo comissário de polícia, você disse algumas palavras a eles, a título de explicação, enquanto se dirigia ao seu carro. Loucos de medo, eles correram para minha casa, onde já haviam estado antes, e me deram a terrível notícia. Gilbert estava na prisão! Oh, que noite horrível! O que eu deveria fazer? Procurar por você? Com certeza, e implorar sua ajuda. Mas onde eu poderia encontrá-lo? Foi então que os dois que você chama de Growler e Masher, encurralados pelas circunstâncias, decidiram me contar sobre o papel desempenhado por Vaucheray, suas ambições, seu plano, que há muito estava amadurecendo...

— Para se livrar de mim, suponho? — disse Lupin, com um sorriso.

— Sim, como Gilbert tinha sua total confiança, Vaucheray o observava e, dessa forma, conheceu todos os lugares em que você vive. Mais alguns dias e, de posse da rolha de cristal, com a lista dos Vinte e Sete, herdando todo o poder de Daubrecq, ele o teria entregue à polícia, sem comprometer um único membro de sua quadrilha, que ele considerava como sendo dele a partir de então.

— O asno! — murmurou Lupin. — Um trapalhão como esse! — E acrescentou: — Então os painéis das portas...

— Foram cortados por instruções dele, em antecipação à disputa em que ele estava embarcando contra você e contra Daubrecq, em cuja casa ele fez a mesma coisa. Ele tinha sob suas ordens uma espécie de acrobata, um anão extraordinariamente magro, que era capaz de se contorcer através dessas aberturas e que, assim, detectou toda a sua correspondência e todos os seus segredos. Foi isso que seus dois amigos me revelaram. Imediatamente tive a ideia de salvar meu filho mais velho usando o irmão dele, meu pequeno Jacques, que é tão pequeno e tão inteligente, tão corajoso, como você viu. Partimos naquela noite. Seguindo as informações de meus companheiros, fui aos aposentos de Gilbert e encontrei as chaves de seu apartamento na Rue Matignon, onde parecia que você iria dormir. Infelizmente, mudei de ideia no caminho e pensei muito menos em pedir sua ajuda do que em recuperar a rolha de cristal, que, se tivesse sido descoberta em Enghien, obviamente deveria estar em seu apartamento. Eu estava certa em meus cálculos. Em poucos minutos, meu pequeno Jacques, que havia entrado sorrateiramente em seu quarto, trouxe-a para mim. Fui embora tremendo de esperança. Senhora do talismã, sem contar a Prasville, eu tinha poder absoluto sobre Daubrecq. Eu poderia obrigá-lo a fazer tudo o que eu quisesse; ele se tornaria escravo de minha vontade e, instruído por mim, daria todos os passos a favor de Gilbert e conseguiria que ele tivesse meios de escapar ou que não fosse condenado. Isso significava a segurança do meu filho.

– E então?

Clarisse se levantou de sua cadeira, com um movimento apaixonado de todo o seu ser, inclinou-se sobre Lupin e disse, em uma voz vazia:

– Não havia nada naquele pedaço de cristal, nada, você entende? Nenhum papel, nenhum esconderijo! Toda a expedição a Enghien foi inútil! O assassinato de Léonard foi inútil! A prisão de meu filho foi inútil! Todos os meus esforços foram inúteis!

– Mas por quê? Por quê?

– Por quê? Porque o que você roubou de Daubrecq não foi a rolha feita de acordo com as instruções dele, mas a rolha que foi enviada a John Howard, o vidraceiro de Stourbridge, para servir de modelo.

Se Lupin não estivesse diante de uma dor tão profunda, não poderia ter evitado uma daquelas explosões satíricas que os truques maliciosos do destino costumam inspirar nele. Assim sendo, ele murmurou baixinho:

– Que estúpido! E ainda mais estúpido porque Daubrecq havia sido avisado.

– Não – disse ela. – Fui para Enghien no mesmo dia. Em todo esse caso, Daubrecq não viu e não vê nada além de um roubo comum, uma anexação de seus tesouros. O fato de você ter participado disso fez com que ele perdesse a noção.

– Ainda assim, o desaparecimento da rolha...

– Para começar, a coisa pode ter tido apenas uma importância secundária para ele, pois é apenas o modelo.

– Como você sabe?

– Há um arranhão na parte inferior da haste e, desde então, tenho feito investigações na Inglaterra.

– Muito bem, mas por que a chave do armário de onde ela foi roubada nunca saiu da posse do criado? E por que, em segundo lugar, ela foi encontrada mais tarde na gaveta de uma mesa na casa de Daubrecq em Paris?

– É claro que Daubrecq cuida dele e se apega a ele da mesma forma que se apega ao modelo de qualquer coisa valiosa. E é por isso que eu recoloquei a rolha no armário antes que sua ausência fosse notada. E é também por isso que, na segunda ocasião, fiz meu pequeno Jacques tirar a rolha do bolso de seu paletó e disse à criada para colocá-la de volta na gaveta.

– Então ele não suspeita de nada?

– Nada. Ele sabe que a lista está sendo procurada, mas não sabe que Prasville e eu sabemos da coisa que ele a esconde.

Lupin havia se levantado de sua cadeira e estava andando para cima e para baixo na sala, pensando. Então ele parou ao lado de Clarisse e perguntou:

– No final das contas, desde o incidente em Enghien, você não teve progresso?

– Não. Agi dia após dia, liderada por aqueles dois homens ou liderando-os, sem nenhum plano definido.

– Ou, pelo menos – disse ele – sem nenhum outro plano que não fosse o de obter a lista dos Vinte e Sete de Daubrecq.

– Sim, mas como? Além disso, suas táticas tornaram as coisas mais difíceis para mim. Não demorou muito para reconhecermos sua antiga criada Victoire na nova cozinheira de Daubrecq e para descobrirmos, pelo que a criada nos disse, que Victoire estava hospedando você no quarto dela; e eu estava com medo de seus esquemas.

– Foi você, não foi, que me escreveu para me retirar da disputa?

– Sim.

– Você também me pediu para não ir ao teatro na noite do Vaudeville?

– Sim, a criada pegou Victoire ouvindo a conversa de Daubrecq comigo ao telefone; e Masher, que estava vigiando a casa, viu você sair. Suspeitei, portanto, que você seguiria Daubrecq naquela noite.

– E a mulher que veio aqui, no final de uma tarde...

– Fui eu. Eu me senti desanimada e queria vê-lo.

– E você interceptou a carta de Gilbert?

– Sim, reconheci sua letra no envelope.

– Mas seu pequeno Jacques não estava com você?

– Não, ele estava do lado de fora, em um carro, com Masher, que o trouxe até mim pela janela da sala de estar; e ele entrou em seu quarto pela abertura no painel.

– O que havia na carta?

– Como o azar quis, censuras. Gilbert acusou-o de abandoná-lo, de assumir os negócios por conta própria. Em suma, ele confirmou minha desconfiança e eu fugi.

Lupin encolheu os ombros com irritação:

– Que perda de tempo chocante! E que fatalidade não termos sido capazes de chegar a um acordo antes! Você e eu estávamos brincando de esconde-esconde, preparando armadilhas absurdas um para o outro, enquanto os dias passavam, dias preciosos e irreparáveis.

– Está vendo, está vendo – disse ela, tremendo – você também tem medo do futuro!

– Não, eu não tenho medo – gritou Lupin. – Mas estou pensando em todo o trabalho útil que poderíamos ter feito a essa altura, se tivéssemos unido nossos esforços. Estou pensando em todos os erros e em todos os atos de imprudência que poderiam ter sido evitados se estivéssemos trabalhando juntos. Estou pensando que sua tentativa de revistar as roupas que Daubrecq estava usando foi tão vã quanto as outras e que, neste momento, graças ao nosso duelo tolo, graças ao barulho que fizemos na casa dele, Daubrecq está avisado e estará mais atento do que nunca.

Clarisse Mergy balançou a cabeça:

– Não, não, não acho isso; o barulho não o terá despertado, pois adiamos a tentativa por vinte e quatro horas para que a criada pudesse colocar um narcótico em seu vinho.

E ela acrescentou, lentamente: – E então, veja, nada pode fazer Daubrecq ficar mais alerta do que já está. Sua vida nada mais é do que um conjunto de precauções contra o perigo. Ele não deixa nada ao acaso... Além disso, ele não tem todos os trunfos em sua mão?

Lupin se aproximou dela e perguntou:

– O que você quer dizer com isso? De acordo com você, não há nada a esperar desse lado? Não há um único meio de alcançar nosso objetivo?

– Sim – ela murmurou – há um, apenas um...

Ele notou sua palidez antes que ela tivesse tempo de esconder o rosto entre as mãos novamente. E novamente um calafrio febril sacudiu seu corpo.

Ele pareceu entender o motivo de sua consternação e, inclinando-se na direção dela, tocado por sua dor:

– Por favor – disse ele – por favor, me responda aberta e francamente. É para o bem de Gilbert, não é? Embora a polícia, felizmente, não tenha conseguido resolver o enigma de seu passado, embora o nome verdadeiro do cúmplice de Vaucheray não tenha vazado, há um homem, pelo menos, que o conhece: não é mesmo? Daubrecq reconheceu seu filho Antoine, através do pseudônimo de Gilbert, não foi?

– Sim, sim...

– E ele promete salvá-lo, não é? Ele lhe oferece sua liberdade, sua libertação, sua fuga, sua vida: foi isso que ele lhe ofereceu, não foi, na noite em seu escritório, quando você tentou esfaqueá-lo?

– Sim... sim... foi isso...

– E ele impõe uma condição, não é? Uma condição abominável, como a que se sugere a um miserável como ele? Estou certo, não estou?

Clarisse não respondeu. Ela parecia exausta por sua luta prolongada com um homem que ganhava terreno diariamente e contra o qual era impossível lutar.

Lupin viu nela a presa conquistada antecipadamente, entregue aos caprichos do vencedor. Clarisse Mergy, a esposa amorosa daquele Mergy que Daubrecq havia realmente assassinado, a mãe aterrorizada daquele Gilbert que Daubrecq havia desviado do caminho, Clarisse Mergy, para salvar seu filho da condenação, deveria, fosse como fosse e por mais indigna que se apresentasse a posição, ceder aos desejos de Daubrecq. Ela seria a amante, a esposa, a escrava obediente de Daubrecq, daquele monstro com a aparência e os modos de uma fera selvagem, aquela pessoa indescritível na qual Lupin não conseguia pensar sem repulsa e nojo.

Sentando-se ao lado dela, gentilmente, com gestos de piedade, ele a fez levantar a cabeça e, com os olhos fixos nos dela, disse:

– Ouça-me. Eu juro que salvarei seu filho. Eu juro: seu filho não morrerá, está entendendo? Não há nenhum poder na Terra que possa permitir que a cabeça de seu filho seja tocada enquanto eu estiver vivo.

– Eu acredito em você... Confio em sua palavra.

– Confie. É a palavra de um homem que não conhece a derrota. Eu terei sucesso. Mas peço-lhe que me faça uma promessa irrevogável.

– O que é isso?

– Você não deve ver Daubrecq novamente.

– Eu juro.

– Você deve tirar de sua mente qualquer ideia, qualquer medo, por mais obscuro que seja, de um entendimento entre você e ele... de qualquer tipo de barganha...

– Eu juro.

Ela olhou para ele com uma expressão de absoluta segurança e confiança; e ele, sob seu olhar, sentiu a alegria da devoção e um ardente desejo de restaurar a felicidade daquela mulher, ou, pelo menos, dar-lhe a paz e o esquecimento que curam as piores feridas:

– Venha – disse ele, em um tom alegre, levantando-se da cadeira –, tudo ainda vai ficar bem. Temos dois meses, três meses pela frente. É mais do que eu preciso... com a condição, é claro, de que eu não seja impedido de me movimentar. E, para isso, você terá de se retirar da competição, sabe?

– Como assim?

– Sim, você deve desaparecer por um tempo; ir morar no campo. Você não tem pena de seu pequeno Jacques? Esse tipo de coisa acabaria destruindo os nervos do pobrezinho... E ele certamente mereceu seu descanso, não é mesmo, Hércules?

No dia seguinte, Clarisse Mergy, que estava quase entrando em colapso sob a tensão dos acontecimentos e que precisava de repouso para não adoecer gravemente, foi com seu filho para a casa de uma amiga que tinha uma casa na periferia da Floresta de Saint-Germain. Ela se sentia muito fraca, seu cérebro era assombrado por visões e seus nervos eram perturbados por problemas que a menor excitação agravava. Ela viveu lá por alguns dias em um estado de inércia física e mental, sem pensar em nada e proibida de ver os jornais.

Uma tarde, enquanto Lupin, mudando de tática, elaborava um esquema para sequestrar e confinar Daubrecq; enquanto Growler e Masher, a quem ele havia prometido perdoar se tivesse sucesso, observavam os movimentos do inimigo; enquanto os jornais anunciavam o próximo julgamento por assassinato dos dois cúmplices de Arsène Lupin, uma tarde, às quatro horas, a campainha do telefone tocou de repente no apartamento da Rue Chateaubriand.

Lupin tirou o fone do gancho:

– Olá!

Uma voz de mulher, uma voz sem fôlego, disse:

– Sr. Michel Beaumont?

– A senhora está falando com ele, madame. Com quem tenho a honra?...

– Rápido, monsieur, venha imediatamente; Madame Mergy tomou veneno.

Lupin não esperou para ouvir detalhes. Ele saiu correndo, entrou em seu carro e dirigiu até Saint-Germain.

O amigo de Clarisse estava esperando por ele na porta do quarto.

– Morta? – ele perguntou.

– Não – respondeu ela –, ela não tomou o suficiente. O médico acabou de sair. Ele disse que ela vai superar isso.

– E por que ela fez essa tentativa?

– Seu filho Jacques desapareceu.

– Levado embora?

– Sim, ele estava brincando dentro da floresta. Um carro foi visto parando. Então houve gritos. Clarisse tentou correr, mas sua força falhou e ela caiu no chão, gemendo: "É ele... é aquele homem... está tudo perdido!" Ela parecia uma louca.

– De repente, ela colocou uma garrafinha em seus lábios e engoliu o conteúdo.

– O que aconteceu depois?

– Meu marido e eu a carregamos para o quarto. Ela estava sentindo muita dor.

– Como você soube meu endereço, meu nome?

– Por ela mesma, enquanto o médico a atendia. Depois telefonei para o senhor.

– Mais alguém foi informado?

– Não, ninguém. Sei que Clarisse passou por coisas terríveis... e que ela prefere que não se fale dela.

– Posso vê-la?

– Ela está dormindo agora. E o médico proibiu qualquer tipo de agitação.

– O médico está preocupado com ela?

– Ele teme um ataque de febre, qualquer tensão nervosa, um ataque de algum tipo que possa levá-la a atentar novamente contra a própria vida. E isso seria...
– O que é necessário para evitar isso?
– Uma semana ou quinze dias de silêncio absoluto, o que é impossível enquanto seu pequeno Jacques...

Lupin a interrompeu:
– Você acha que, se ela tiver seu filho de volta...
– Oh, certamente, não haveria mais nada a temer!
– Você tem certeza? Tem certeza?... Sim, claro que tem!... Bem, quando Madame Mergy acordar, diga a ela que eu lhe trarei seu filho de volta esta noite, antes da meia-noite. Esta noite, antes da meia-noite: é uma promessa solene.

Com essas palavras, Lupin saiu correndo da casa e, entrando em seu carro, gritou para o motorista:
– Vá para Paris, Praça Lamartine, Daubrecq, o deputado!

# CAPÍTULO 6

# A SENTENÇA DE MORTE

O automóvel de Lupin não era apenas um escritório, uma sala de redação mobiliada com livros, artigos de papelaria, canetas e tinta, mas também um camarim de ator comum, contendo uma caixa de maquiagem completa, um porta-malas repleto de todos os tipos de vestuário, outro abarrotado de "pertences" – guarda-chuvas, bengalas, lenços, óculos e assim por diante – em suma, um conjunto completo de parafernália que lhe permitia alterar sua aparência da cabeça aos pés durante uma viagem.

O homem que bateu à porta do Daubrecq, o deputado, às seis horas daquela noite, era um senhor idoso e robusto, de paletó preto, chapéu-coco, óculos e bigodes.

A criada o levou até a porta da frente da casa e tocou a campainha. Victoire apareceu. Lupin perguntou:

– Sr. Daubrecq pode ver o Dr. Vernes?

– Sr. Daubrecq está em seu quarto; e é um pouco tarde...

– Dê a ele meu cartão, por favor.

Ele escreveu as palavras "De Mme. Mergy", na margem e acrescentou:

– Lá, ele certamente me verá.

– Mas... – Victoire começou.

– Oh, deixe de lado seus "mas", querida, faça o que eu digo e não faça tanto alarde sobre isso!

Ela ficou totalmente surpresa e gaguejou:

– Você! É você?

– Não, é Luís XIV! – E, empurrando-a para um canto do salão – Ouça... no momento em que eu terminar com ele, vá para o seu quarto, junte suas coisas como puder e saia.

– O quê!

– Faça o que eu lhe disser. Você encontrará meu carro esperando na avenida. Venha, mexa seus tocos! Anuncie-me. Eu o esperarei no escritório.

– Mas está escuro lá dentro.

– Acenda a luz.

Ela acendeu a luz elétrica e deixou Lupin sozinho.

– É aqui – ele refletiu, enquanto se sentava –, é aqui que a rolha de cristal vive... A não ser que Daubrecq a mantenha sempre ao seu lado... Mas não, quando as pessoas têm um bom esconderijo, elas fazem uso dele. E este é um esconderijo importante, pois nenhum de nós... até agora...

Concentrando toda a sua atenção, ele examinou os objetos no quarto e se lembrou do bilhete que Daubrecq escreveu para Prasville:

"Ao alcance de sua mão, meu caro Prasville!... Você a tocou! Um pouco mais e o truque estava feito..."

Nada parecia ter mudado desde aquele dia. As mesmas coisas estavam espalhadas sobre a escrivaninha: livros de contabilidade, um frasco de tinta, uma caixa de selos, cachimbos, tabaco, coisas que haviam sido revistadas e examinadas várias vezes.

"O sujeito!", pensou Lupin. "Ele organizou seu negócio de forma muito inteligente. Tudo se encaixa como uma peça bem feita."

Em seu íntimo, embora soubesse exatamente o que tinha vindo fazer e como pretendia agir, Lupin estava completamente ciente do perigo e da incerteza que acompanhavam sua visita a um adversário tão poderoso. Era perfeitamente possível que Daubrecq, armado como estava, continuasse a dominar o campo e que a conversa tomasse um rumo absolutamente diferente daquele que Lupin havia previsto.

E essa perspectiva o irritou um pouco.

Ele se levantou, enquanto ouvia o som de passos se aproximando.

Daubrecq entrou.

Entrou sem dizer uma palavra, fez um sinal para que Lupin, que havia se levantado da cadeira, retomasse seu lugar e se sentou na escrivaninha. Olhando para o cartão que segurava em sua mão, ele disse:

– Dr. Vernes?

– Sim, monsieur le député, Dr. Vernes, de Saint-Germain.

– E vejo que o senhor vem de Mme. Mergy. Uma paciente sua?

– Uma paciente recente. Eu não a conhecia até ser chamado para vê-la, outro dia, em circunstâncias particularmente trágicas.

– Ela está doente?

– Mme. Mergy tomou veneno.

– O quê!

Daubrecq deu um sobressalto e continuou, sem esconder sua angústia:

– O que é isso que você está dizendo? Veneno! Ela está morta?

– Não, a dose não foi grande o suficiente. Se não houver complicações, considero que a vida de Mme. Mergy está salva.

Daubrecq não disse nada e ficou em silêncio, com a cabeça voltada para Lupin. "Ele está olhando para mim? Seus olhos estão abertos ou fechados?", Lupin se perguntou.

Lupin se preocupava terrivelmente em não ver os olhos de seu adversário, aqueles olhos ocultos pelo duplo obstáculo dos óculos de grau e dos óculos pretos: olhos fracos e ensanguentados. Como ele poderia acompanhar a linha secreta de pensamento do homem sem ver a expressão de seu rosto? Era quase como lutar contra um inimigo que empunhava uma espada invisível.

Em seguida, Daubrecq falou:

– Então a vida de Mme. Mergy está salva... E ela o enviou a mim... Eu não entendo muito bem... Eu mal conheço a senhora.

"Agora, o momento delicado", pensou Lupin. "Vamos a ele!"

E, em um tom genial, bem-humorado e bastante tímido, ele disse:

– Não, monsieur le député, há casos em que o dever de um médico se torna muito complexo... muito intrigante... E você pode pensar que, ao dar esse passo... No entanto, para resumir a história, enquanto eu estava atendendo a Sra. Mergy, ela fez uma segunda tentativa de se envenenar... Sim; o frasco, infelizmente, havia sido deixado ao alcance dela. Eu o tirei dela. Tivemos uma luta. E, com sua febre, ela me disse, com palavras quebradas: "Ele é o homem... Ele é o homem... Daubrecq, o deputado... Faça com que ele me devolva meu filho. Diga a ele para... ou então eu preferiria morrer... Sim, agora, hoje à noite... Eu preferiria morrer". Foi o que ela disse, monsieur le député... Portanto, achei que deveria informá-lo. É certo que, no estado de espírito altamente nervoso da senhora... É claro que não sei o significado exato de suas palavras... Eu não fiz perguntas a ninguém... obedeci a um impulso espontâneo e fui direto ao senhor.

Daubrecq refletiu um pouco e disse:

– Resume-se a isso, doutor, que o senhor veio me perguntar se eu sei o paradeiro dessa criança que presumo ter desaparecido. É isso?

– Sim.

– E, se por acaso eu soubesse, o senhor o levaria de volta para a mãe?

Houve uma pausa mais longa. Lupin se perguntou:

"Ele pode, por acaso, ter engolido a história? A ameaça de morte é suficiente? Oh, que absurdo, está fora de questão! E ainda assim... e ainda assim... ele parece estar hesitando."

– Você me dá licença? – perguntou Daubrecq, puxando o telefone, em sua escrivaninha, em sua direção. – Tenho uma mensagem urgente.

– Com certeza, monsieur le député.
Daubrecq chamou:
– Olá!... 822.19, por favor, 822.19.
Depois de repetir o número, ele se sentou sem se mexer.
Lupin sorriu:
– É a sede da polícia, não é? O escritório do secretário-geral...
– Sim, doutor... Como você sabe?
– Ah, como cirurgião de divisão, às vezes tenho de ligar para eles.
E Lupin se perguntou:
– O que diabos significa tudo isso? O secretário-geral é Prasville... Então, o quê?...
Daubrecq colocou os dois receptores nos ouvidos e disse:
– Você é o 822.19? Quero falar com Sr. Prasville, o secretário-geral... Você diz que ele não está lá? Sim, sim, ele está: ele sempre está em seu escritório a essa hora... Diga a ele que é Sr. Daubrecq... Sr. Daubrecq, o deputado... um comunicado muito importante.
– Talvez eu esteja atrapalhando? – sugeriu Lupin.
– De modo algum, doutor, de modo algum – disse Daubrecq. – Além disso, o que tenho a dizer tem uma certa relação com sua missão. – E, pelo telefone – Olá! Sr. Prasville?... Ah, é você, Prasville, seu velho galo!... Ora, o senhor parece bastante atordoado! Sim, você tem razão, faz uma eternidade que nos conhecemos. Mas, afinal de contas, nunca estivemos muito longe em... E já recebi muitas visitas suas e de seus capangas... Em minha ausência, é verdade. Alô!... O quê?... Oh, você está com pressa? Peço perdão!... Eu também, aliás... Bem, indo direto ao ponto, há um pequeno favor que quero lhe fazer... Espere, seu bruto! Você não vai se arrepender... Trata-se de sua glória... Alô!... Está ouvindo?... Bem, leve meia dúzia de homens com você, de preferência, detetives à paisana: você os encontrará no escritório... Entre em um táxi, dois táxis, e venha para cá o mais rápido que puder... Tenho uma pedra rara para você, meu velho. Um dos dez melhores... um lorde, um marquês, o próprio Napoleão... em uma palavra, Arsène Lupin!
Lupin se levantou. Ele estava preparado para tudo, menos para isso. No entanto, algo dentro dele, mais forte do que o espanto, um impulso de toda a sua natureza, o fez dizer, com uma risada:
– Oh, muito bem, muito bem!
Daubrecq inclinou a cabeça, em sinal de agradecimento, e murmurou:
– Eu ainda não terminei... Um pouco de paciência, se você não se importa. E continuou: – Alô! Prasville!... Não, não, meu velho, não estou brincando... Você encontrará Lupin aqui, comigo, em meu escritório... Lupin, que está me preocupando como o resto de vocês... Oh, um a mais ou a menos não faz diferença para

mim! Mas, mesmo assim, este é um pouco ousado demais. E estou apelando para o seu senso de bondade. Livre-me desse sujeito, por favor... Meia dúzia de seus agentes e os dois que estão andando para cima e para baixo do lado de fora da minha casa serão suficientes... Ah, já que está falando disso, vá até o terceiro andar e prenda minha cozinheira também... Ela é a famosa Victoire: você sabe, a antiga cuidadora do Mestre Lupin... E, olha só, mais uma dica, para mostrar como eu amo você: mande um esquadrão de homens para a Rue Chateaubriand, na esquina da Rue Balzac... É lá que mora nosso herói nacional, sob o nome de Michel Beaumont... Está percebendo, velho prodígio? E agora vamos aos negócios. Vamos lá!

Quando Daubrecq virou a cabeça, Lupin estava de pé, com os punhos cerrados. Sua explosão de admiração não sobrevivera ao resto do discurso e às revelações que Daubrecq fizera sobre Victoire e o apartamento na Rue Chateaubriand. A humilhação foi grande demais, e Lupin não se preocupou mais em fazer o papel do pequeno clínico geral. Ele tinha apenas uma ideia na cabeça: não ceder ao tremendo ataque de raiva que o estava impelindo a correr para Daubrecq como um touro.

Daubrecq deu um tipo de soluço que, para ele, era motivo de riso. Ele se aproximou, com as mãos nos bolsos da calça, e disse, incisivamente:

– Você não acha que tudo isso é o melhor? Limpei o terreno, aliviei a situação... Pelo menos, agora sabemos em que pé estamos. Lupin versus Daubrecq; e isso é tudo. Além disso, pense no tempo economizado! O Dr. Vernes, o cirurgião da divisão, teria levado duas horas para contar sua história! Enquanto que, assim, o Mestre Lupin será obrigado a contar sua pequena história em trinta minutos... a menos que ele queira ser preso e seus cúmplices detidos. Que choque! Que surpresa! Trinta minutos e nem um minuto a mais. Daqui a trinta minutos, você terá de sair, fugir como uma lebre e bater em retirada desordenada. Ha, ha, ha, que divertido! Eu digo, Polônio, você é realmente azarado, cada vez que se depara com Bibi Daubrecq! Pois era você que estava escondido atrás daquela cortina, não era, meu malfadado Polônio?

Lupin não mexeu um músculo sequer. A única solução que teria acalmado seus sentimentos, ou seja, que ele esganasse seu adversário ali mesmo, era tão absurda que ele preferiu aceitar os gracejos de Daubrecq sem tentar retrucar, embora cada um deles o cortasse como o açoite de um chicote. Era a segunda vez, na mesma sala e em circunstâncias semelhantes, que ele tinha de se curvar diante daquele Daubrecq do infortúnio e manter a atitude mais ridícula em silêncio. E ele se sentia convencido em seu íntimo de que, se abrisse a boca, seria para cuspir palavras de raiva e insulto no rosto de seu vencedor. Qual era a vantagem? Não era essencial que ele mantivesse a calma e fizesse as coisas que a nova situação exigia?

– E então, Sr. Lupin? – continuou o deputado. – Você parece um tanto abatido. Vamos, console-se e admita que às vezes nos deparamos com um brincalhão que não é tão idiota quanto seus companheiros. Então você pensou que, por eu usar óculos, eu era cego? Abençoada seja a minha alma, não digo que suspeitei imediatamente de Lupin por trás de Polônio e de Polônio por trás do cavalheiro que veio e me aborreceu no camarote do Vaudeville. Não, não! Mas, mesmo assim, isso me preocupou. Eu podia ver que, entre a polícia e Mme. Mergy, havia um terceiro envolvido tentando colocar um dedo na torta. E, gradualmente, com as palavras ditas pela criada, observando os movimentos de minha cozinheira e fazendo perguntas sobre ela no local apropriado, comecei a entender. Então, na outra noite, veio o relâmpago. Ouvi a discussão na casa, apesar de estar dormindo. Consegui reconstruir o incidente, seguir os rastros de Mme. Mergy, primeiro, até a Rue Chateaubriand e, depois, até Saint-Germain... E então... o que aconteceu? Juntei diferentes fatos: o roubo em Enghien... a prisão de Gilbert... o inevitável tratado de aliança entre a mãe chorosa e o líder da quadrilha... a velha cuidadora instalada como cozinheira... todas essas pessoas entrando em minha casa pelas portas ou pelas janelas... E eu sabia o que tinha de fazer. Mestre Lupin estava farejando o segredo. O cheiro do Vinte e Sete o atraía. Eu só tinha de esperar por sua visita. A hora chegou. Boa noite, Mestre Lupin.

Daubrecq fez uma pausa. Ele havia proferido seu discurso com a satisfação evidente de um homem com o direito de reivindicar a apreciação dos críticos mais exigentes.

Como Lupin não falou, ele pegou seu relógio: – Eu digo! Apenas vinte e três minutos! Como o tempo voa! Nesse ritmo, não teremos tempo de chegar a uma explicação.

E, aproximando-se ainda mais de Lupin:

– Devo dizer que estou desapontado. Pensei que Lupin fosse um tipo diferente de cavalheiro. Então, no momento em que ele encontra um adversário mais ou menos sério, o colosso cai aos pedaços? Pobre jovem! Tome um copo d'água para se recuperar!

Lupin não disse uma palavra, não fez um gesto de irritação. Com absoluta compostura, com uma precisão de movimentos que mostrava seu perfeito autocontrole e o claro plano de conduta que havia adotado, ele gentilmente empurrou Daubrecq para o lado, foi até a mesa e, por sua vez, pegou o receptor do telefone:

– Quero 565,34, por favor – disse ele.

Ele esperou até terminar e, então, falando em voz baixa e captando cada sílaba, disse:

– Alô!... Rue Chateaubriand?... É você, Achille?... Sim, é o patrão. Ouça-me com atenção, Achille... Você deve deixar o apartamento! Olá!... Sim, imediatamente. A polícia chegará em alguns minutos. Não, não, não perca a cabeça... Você tem tempo. Apenas faça o que eu lhe disser. Sua mala ainda está pronta? Sim. E um dos lados está vazio, como eu lhe disse? Está bem. Bem, vá até meu quarto e fique de frente para a chaminé. Pressione com a mão esquerda a pequena roseta entalhada na frente da placa de mármore, no meio, e com a mão direita o topo da prateleira da lareira. Você verá uma espécie de gaveta, com duas caixinhas dentro. Tome cuidado. Uma delas contém todos os nossos documentos; a outra, cédulas e joias. Coloque as duas no compartimento vazio da bolsa. Pegue a bolsa e vá o mais rápido que puder, a pé, até a esquina da Avenue Victor-Hugo com a Avenue de Montespan. Você encontrará o carro esperando, com Victoire. Eu me juntarei a você lá... O quê?... Minhas roupas? Minhas bugigangas?... Não se preocupe com isso... Vá embora. Vejo você em breve.

Lupin afastou discretamente o telefone. Então, pegando Daubrecq pelo braço, ele o fez sentar em uma cadeira ao seu lado e disse:

– E agora me escute, Daubrecq.

– Hum! – sorriu o deputado. Teremos uma conversa íntima, não é?

– Sim – disse Lupin – eu permito.

E, quando Daubrecq soltou seu braço com um certo receio, ele disse:

– Não, não tenha medo. Não vamos nos desentender. Nenhum de nós tem nada a ganhar se acabar com o outro. Uma facada com uma faca? Qual é a vantagem? Não, senhor! Palavras, nada além de palavras. Mas palavras que acertam em cheio. Aqui estão as minhas: elas são claras e diretas. Responda-me da mesma forma, sem refletir: é muito melhor. O garoto?

– Estou com ele.

– Devolva-o.

– Não.

– A Sra. Mergy vai se matar.

– Não, ela não vai.

– Eu lhe digo que ela vai.

– E eu lhe digo que ela não vai.

– Mas ela já tentou, uma vez.

– Essa é a razão pela qual ela não tentará novamente.

– Bem, então...

– Não.

Lupin, depois de um momento, continuou:

– Eu já esperava isso. Além disso, pensei, no meu caminho para cá, que você dificilmente cairia na história do Dr. Vernes e que eu teria de usar outros métodos.
– Os métodos de Lupin.
– Como você diz. Eu tinha decidido tirar a máscara. Você a tirou para mim. Muito bem! Mas isso não muda meus planos.
– Fale.

Lupin tirou de um caderno de bolso uma folha dupla de papel almaço, desdobrou-a e a entregou a Daubrecq, dizendo:

– Aqui está um inventário exato e detalhado, com números consecutivos, das coisas retiradas por meus amigos e por mim da sua Villa Marie-Thérèse no Lac d'Enghien. Como pode ver, há cento e treze itens. Desses cento e treze itens, sessenta e oito, que contêm uma cruz vermelha, foram vendidos e enviados para a América. O restante, em número de quarenta e cinco, está em minha posse... até novas ordens. Acontece que eles são os melhores. Eu os ofereço a você em troca da entrega imediata da criança.

Daubrecq não conseguiu reprimir um movimento de surpresa:

– Hum! – disse ele. – Você parece muito empenhado nisso.
– Infinitamente – disse Lupin – pois estou convencido de que uma separação mais longa de seu filho significará a morte para a Sra. Mergy.
– E isso o incomoda, não é? Conquistador?
– O quê!

Lupin se colocou na frente do outro e repetiu:

– O quê! O que você quer dizer?
– Nada... Nada... Algo que passou pela minha cabeça... Clarisse Mergy ainda é uma mulher jovem, e uma mulher bonita.

Lupin encolheu os ombros:

– Seu bruto! – murmurou ele. – Você imagina que todos são como você, sem coração e sem piedade. Você fica sem fôlego ao pensar que um tubarão como eu pode perder seu tempo brincando de Dom Quixote? E você se pergunta que motivo sujo eu posso ter? Não tente descobrir: isso está além de seus poderes de percepção. Em vez disso, responda-me: você aceita?

– Então você está falando sério? – perguntou Daubrecq, que parecia pouco incomodado com o tom desdenhoso de Lupin.

– Sem dúvida. As quarenta e cinco peças estão em um galpão; eu lhe darei o endereço, e elas lhe serão entregues, se você ligar para lá, às nove horas da noite, com a criança.

Não havia dúvida quanto à resposta de Daubrecq. Para ele, o sequestro do pequeno Jacques havia representado apenas um meio de mexer com os sentimentos

de Clarisse Mergy e talvez também um aviso para que ela parasse com a disputa na qual havia se envolvido. Mas a ameaça de um suicídio deveria mostrar a Daubrecq que ele estava no caminho errado. Sendo assim, por que recusar a barganha útil que Arsène Lupin estava lhe oferecendo agora?
— Eu aceito — disse ele.
— Aqui está o endereço do meu galpão: 99, Rue Charles-Lafitte, Neuilly. Você só precisa tocar a campainha.
— E se eu mandar Prasville, o secretário-geral, em seu lugar?
— Se o senhor mandar Prasville — declarou Lupin — o lugar está tão organizado que eu o verei chegar e terei tempo de escapar, depois de atear fogo às treliças de feno e palha que cercam e escondem suas mesas de credenciais, relógios e virgens góticas.
— Mas seu galpão será queimado...
— Não me importo com isso: a polícia já está de olho nele. De qualquer forma, vou abandoná-lo.
— E como vou saber se isso não é uma armadilha?
— Comece recebendo as mercadorias e só entregue a criança depois. Eu confio em você, veja bem.
— Ótimo — disse Daubrecq; — você previu tudo. Muito bem, você terá o menino; a bela Clarisse viverá; e todos nós seremos felizes. E agora, se eu puder lhe dar um conselho, é que dê o fora o mais rápido possível.
— Ainda não.
— Eh?
— Eu disse, ainda não.
— Mas você está louco! Prasville está a caminho!
— Ele pode esperar. Eu ainda não terminei.
— Ora, o que mais você quer? Clarisse terá seu filho. Isso não é suficiente para você?
— Não.
— Por que não?
— Há outro filho.
— Gilbert.
— Sim.
— E daí?
— Quero que você salve o Gilbert.
— O que está dizendo? Eu salvar o Gilbert!
— Você pode, se quiser; isso só significa dar um pouco de trabalho.

Até aquele momento, Daubrecq havia permanecido bastante calmo. Agora, de repente, ele explodiu e bateu na mesa com o punho:

– Não – ele gritou –, isso não! Nunca! Não contem comigo! Não, isso seria muito idiota!

Ele andava para cima e para baixo, em um estado de intensa agitação, com aquele seu passo estranho, que o balançava da direita para a esquerda em cada uma de suas pernas, como uma fera selvagem, um urso pesado e desajeitado. E, com uma voz rouca e feições distorcidas, ele gritou:

– Deixem-na vir aqui! Que ela venha e implore pelo perdão de seu filho! Mas que venha desarmada, não com intenções criminosas, como da última vez! Que ela venha como uma suplicante, como uma mulher domesticada, como uma mulher submissa, que entende e aceita a situação... Gilbert? A sentença de Gilbert? A guilhotina? Ora, é aí que reside minha força! Por mais de vinte anos esperei minha hora; e quando essa hora chegar, quando a sorte me trouxer essa chance inesperada, quando eu finalmente estiver prestes a conhecer a alegria de uma vingança completa – e uma vingança e tanto! Eu salvei Gilbert? Eu? Por nada? Por amor? Eu, Daubrecq?... Não, não, você não me conhece!

Ele riu, com uma risada feroz e odiosa. Visivelmente, ele viu diante de si, ao alcance de sua mão, a presa que ele estava caçando há tanto tempo. E Lupin também evocou a visão de Clarisse, como ele a havia visto vários dias antes, desmaiada, já derrotada, fatalmente vencida, porque todos os poderes hostis estavam em aliança contra ela.

Ele se conteve e disse:

– Ouça-me.

E, quando Daubrecq se afastou impaciente, ele o pegou pelos dois ombros, com aquela força sobre-humana que Daubrecq conhecia, por tê-la sentido no camarote do Vaudeville, e, mantendo-o imóvel, disse:

– Uma última palavra.

– Você está desperdiçando seu fôlego – rosnou o deputado.

– Uma última palavra. Ouça, Daubrecq: esqueça a Sra. Mergy, desista de todos os atos absurdos e imprudentes que seu orgulho e suas paixões o estão levando a cometer; deixe tudo isso de lado e pense apenas em seu interesse...

– Meu interesse – disse Daubrecq, em tom de deboche –, sempre coincide com meu orgulho e com o que você chama de minhas paixões.

– Até o momento, talvez. Mas não agora, não agora que estou participando do negócio. Isso constitui um novo fator, que você prefere ignorar. O senhor está errado. Gilbert é meu amigo. Gilbert é meu amigo. O Gilbert tem de ser salvo da condenação. Use sua influência para esse fim e eu juro, está ouvindo, juro que o deixaremos em paz. A segurança de Gilbert, é tudo o que peço. Você não terá mais batalhas a travar com Mme. Mergy, comigo; não haverá mais armadilhas para você. Você será o mestre, livre para agir como quiser. A segurança de Gilbert, Daubrecq! Se você recusar...

– E se eu recusar?

– Se você recusar, será guerra, guerra implacável; em outras palavras, uma derrota certa para você.

– O que quer dizer com isso?

– Quero dizer que tomarei de você a lista dos Vinte e Sete.

– Podre! Você acha isso, não é?

– Eu juro.

– O que Prasville e todos os seus homens, o que Clarisse Mergy, o que ninguém foi capaz de fazer, você acha que vai fazer!

– Farei!

– E por quê? Por qual milagre você terá sucesso onde todos os outros falharam? Deve haver um motivo?

– Há.

– Qual é?

– Meu nome é Arsène Lupin.

Ele havia soltado Daubrecq, mas o manteve por um tempo sob o domínio de seu olhar e vontade autoritários. Por fim, Daubrecq se levantou, deu-lhe dois tapinhas fortes no ombro e, com a mesma calma, a mesma obstinação intensa, disse:

– E meu nome é Daubrecq. Toda a minha vida foi uma batalha desesperada, uma longa série de catástrofes e desastres em que gastei todas as minhas energias até a vitória chegar: vitória completa, decisiva, esmagadora e irrevogável. Tenho contra mim a polícia, o governo, a França, o mundo. Que diferença você espera que faça para mim se eu tiver o Sr. Arsène Lupin contra mim na barganha? Vou além: quanto mais numerosos e habilidosos forem meus inimigos, mais cautelosamente serei obrigado a jogar. E é por isso, meu caro senhor, que, em vez de mandar prendê-lo, como eu poderia ter feito – sim, como eu poderia ter feito e com muita facilidade –, eu o deixo em liberdade e peço caridosamente que o lembre de que deve sair em menos de três minutos.

– Então a resposta é não?

– A resposta é não.

– Você não fará nada por Gilbert?

– Sim, continuarei a fazer o que tenho feito desde que ele foi preso, ou seja, exercer influência indireta sobre o ministro da Justiça, para que o julgamento seja apressado e termine da maneira que eu quero que termine.

– O quê! – gritou Lupin, sem conseguir conter a indignação. – É por sua causa, é por você...

– Sim, é por mim, Daubrecq; sim, por Deus! Eu tenho um trunfo, a cabeça do filho, e estou jogando. Quando eu tiver conseguido uma bela sentença de morte para Gilbert, quando os dias passarem e a petição de Gilbert por um indulto for rejeitada por meus bons ofícios, você verá, Sr. Lupin, que a mamãe dele deixará de lado todas as objeções a se chamar Alexis Daubrecq e a me dar uma garantia inaceitável de sua boa vontade. Esse feliz acontecimento é inevitável, quer você goste ou não. Está fadado ao fracasso. Tudo o que posso fazer por você é convidá-lo para o casamento. Isso lhe convém? Não? Você persiste em seus planos sinistros? Bem, boa sorte, coloque suas armadilhas, espalhe suas redes, esfregue suas armas e trabalhe com o Manual Completo do Ladrão de Papel Postal Estrangeiro. Você vai precisar dele. E agora, boa noite. As regras da hospitalidade aberta e desinteressada exigem que eu o leve para fora de casa. Fora daqui!

Lupin permaneceu em silêncio por algum tempo. Com os olhos fixos em Daubrecq, ele parecia estar avaliando o tamanho do adversário, medindo seu peso, estimando sua força física, discutindo, em suma, em que parte exata poderia atacá-lo. Daubrecq cerrou os punhos e elaborou seu plano de defesa para enfrentar o ataque quando ele viesse.

Meio minuto se passou. Lupin colocou a mão no bolso da calça. Daubrecq fez o mesmo e segurou o cabo de seu revólver.

Mais alguns segundos. Com calma, Lupin pegou uma caixinha dourada do tipo que as senhoras usam para guardar doces, abriu-a e a entregou a Daubrecq:

– Uma pastilha?

– O que é isso? – perguntou o outro, surpreso.

– Pastilhas para tosse.

– Para quê?

– Para a corrente de ar que você vai sentir!

E, aproveitando-se da agitação momentânea em que Daubrecq se encontrava por causa de sua provocação, ele rapidamente pegou seu chapéu e saiu.

– É claro – disse ele, ao atravessar o salão –, que fui atacado. Mas, mesmo assim, aquela brincadeira de viajante comercial foi bastante inovadora, dadas as circunstâncias. Esperar um comprimido e receber uma pastilha para tosse é uma espécie de decepção. Isso deixou o velho chimpanzé bastante confuso.

Quando ele fechou o portão, um carro chegou e um homem saiu rapidamente, seguido por vários outros.

Lupin reconheceu Prasville:

– Monsieur le secrétaire-général – murmurou ele –, seu humilde criado. Tenho a ideia de que, algum dia, o destino nos colocará frente a frente: e lamento, por sua causa, pois o senhor não me inspira nenhuma estima especial e, nesse dia, terá um mau momento pela frente. Enquanto isso, se eu não estivesse com tanta pressa, esperaria até que você partisse e seguiria Daubrecq para descobrir a quem ele confiou a criança que vai me devolver. Mas estou com pressa. Além disso, não posso dizer que Daubrecq não agirá por telefone. Portanto, não vamos nos perder em esforços vãos, mas sim nos juntar a Victoire, Achille e nossa preciosa mala.

Duas horas mais tarde, Lupin, depois de tomar todas as medidas, estava de vigia em seu galpão em Neuilly e viu Daubrecq sair de uma rua adjacente e caminhar com um ar desconfiado.

O próprio Lupin abriu o portão:

– Suas coisas estão aqui, monsieur le député – disse ele. – Pode dar uma volta e dar uma olhada. Há um pátio de um mestre de obras aqui ao lado: basta pedir uma van e alguns homens. Onde está a criança?

Daubrecq primeiro inspecionou os itens e depois levou Lupin até a Avenue de Neuilly, onde duas senhoras velhas, de véu fechado, estavam esperando com o pequeno Jacques.

Lupin carregou a criança até seu carro, onde Victoire o aguardava.

Tudo isso foi feito rapidamente, sem palavras inúteis e como se as partes tivessem sido decoradas e os vários movimentos tivessem sido acertados com antecedência, como tantas entradas e saídas de palco.

Às dez horas da noite, Lupin cumpriu sua promessa e entregou o pequeno Jacques à sua mãe. Mas o médico teve de ser chamado às pressas, pois a criança, perturbada por todos aqueles acontecimentos, mostrava grandes sinais de excitação e terror. Passaram-se mais de quinze dias até que ele estivesse suficientemente recuperado para suportar o esforço pelo deslocamento que Lupin considerava necessário. A própria Sra. Mergy só estava em condições de viajar quando chegou a hora. A viagem foi feita à noite, com todas as precauções possíveis e sob a escolta de Lupin.

Ele levou a mãe e o filho para um pequeno lugar à beira-mar na Bretanha e os confiou aos cuidados e à vigilância de Victoire.

– Finalmente – refletiu ele, depois de vê-los instalados –, não há ninguém entre o pássaro Daubrecq e eu. Ele não pode fazer mais nada com Mme. Mergy e com a criança, e ela não corre mais o risco de desviar a luta com sua intervenção. Minha nossa, já cometemos erros suficientes! Primeiro, tive de me revelar a Daubrecq. Em segundo lugar, tive de entregar minha parte dos bens móveis de Enghien. É verdade que vou recuperá-los, mais cedo ou mais tarde; disso não há a menor dúvida. Mas, mesmo assim, não estamos nos dando bem; e, daqui a uma semana, Gilbert e Vaucheray serão julgados.

O que Lupin mais sentiu em toda essa história foi a revelação de Daubrecq sobre o paradeiro do apartamento. A polícia havia entrado em sua casa na Rue Chateaubriand. A identidade de Lupin e Michel Beaumont havia sido reconhecida e certos documentos descobertos; e Lupin, enquanto perseguia seu objetivo, enquanto, ao mesmo tempo, gerenciava vários empreendimentos nos quais havia embarcado, enquanto evitava as buscas da polícia, que estavam se tornando mais zelosas e persistentes do que nunca, teve que começar a trabalhar e reorganizar seus negócios em uma nova base.

Sua raiva por Daubrecq, portanto, aumentava proporcionalmente à preocupação que o deputado lhe causava. Ele tinha apenas um desejo: embolsá-lo, como ele dizia, para tê-lo a seu serviço por meios justos ou sujos, para extrair dele seu segredo. Ele sonhava com torturas capazes de soltar a língua do mais silencioso dos homens. A bota[5], a guilhotina, pinças em brasa, tábuas pregadas: nenhuma forma de sofrimento, pensava ele, era mais do que o inimigo merecia; e o fim a ser alcançado justificava todos os meios.

"Ah", ele pensou, "ah, uma banca decente de inquisidores e um par de carrascos corajosos! Que diversão nós teríamos!"

Todas as tardes, Growler e Masher vigiavam o caminho que Daubrecq fazia entre a Praça Lamartine, a Câmara dos Deputados e seu clube. Suas instruções eram escolher a rua mais deserta e o momento mais favorável e, certa noite, colocá-lo em um carro.

Lupin, por sua vez, preparou um prédio antigo, situado no meio de um grande jardim, não muito longe de Paris, que apresentava todas as condições necessárias de segurança e isolamento e que ele chamou de Gaiola dos Macacos.

Infelizmente, Daubrecq deve ter suspeitado de alguma coisa, pois a cada dia, por assim dizer, ele mudava sua rota, ou pegava o trem subterrâneo ou um bonde; e a jaula permanecia desocupada.

Lupin elaborou outro plano. Ele mandou buscar em Marselha um de seus aliados, um velho merceeiro aposentado chamado Brindebois, que morava no distrito eleitoral de Daubrecq e se interessava por política. O velho Brindebois escreveu para Daubrecq de Marselha, anunciando sua visita. Daubrecq deu boas-vindas calorosas a esse importante eleitor, e um jantar foi marcado para a semana seguinte.

---

5 Instrumento de tortura medieval cuja função era causar traumas graves nas pernas e nos pés. (N. do E.)

O eleitor sugeriu um pequeno restaurante na margem esquerda do Sena, onde a comida, segundo ele, era maravilhosa. Daubrecq aceitou.

Era isso que Lupin queria. O proprietário do restaurante era um de seus amigos. A tentativa, que aconteceria na quinta-feira seguinte, dessa vez estava fadada ao sucesso.

Enquanto isso, na segunda-feira da mesma semana, foi aberto o julgamento de Gilbert e Vaucheray.

O leitor deve se lembrar – e o caso ocorreu há pouquíssimo tempo para que eu possa recapitular seus detalhes – da parcialidade realmente incompreensível que o juiz presidente demonstrou no interrogatório de Gilbert. O fato foi notado e severamente criticado na época. Lupin reconheceu a influência odiosa de Daubrecq.

A atitude observada pelos dois prisioneiros era muito diferente. Vaucheray era sombrio, silencioso, de feições rígidas. Cinicamente, em frases curtas, zombeteiras e quase desafiadoras, ele admitiu os crimes dos quais havia sido culpado anteriormente. Mas, com uma inconsistência que intrigou a todos, exceto Lupin, ele negou qualquer participação no assassinato do criado Léonard e acusou violentamente Gilbert. Seu objetivo, ao vincular seu destino ao de Gilbert, era forçar Lupin a tomar medidas idênticas para o resgate de ambos os cúmplices.

Gilbert, por outro lado, cujo semblante franco e olhos sonhadores e melancólicos conquistaram toda a simpatia, foi incapaz de se proteger das armadilhas preparadas para ele pelo juiz ou de neutralizar as mentiras de Vaucheray. Ele começou a chorar, falou demais ou não falou quando deveria ter falado. Além disso, seu advogado, um dos líderes da ordem dos advogados, adoeceu no último momento – e aqui novamente Lupin viu a mão de Daubrecq – e foi substituído por um júnior que falou mal, atrapalhou todo o caso, colocou o júri contra ele e não conseguiu apagar a impressão produzida pelos discursos do advogado-geral e do advogado de Vaucheray.

Lupin, que teve a audácia inconcebível de estar presente no último dia do julgamento, na quinta-feira, não tinha dúvidas quanto ao resultado. O veredito de culpado era certo em ambos os casos.

Era certo porque todos os esforços da acusação, apoiando assim as táticas de Vaucheray, tenderam a ligar os dois prisioneiros intimamente. Era certo, também e acima de tudo, porque se tratava de dois dos cúmplices de Lupin. Desde a abertura do inquérito perante o magistrado até a emissão do veredito, todos os procedimentos haviam sido dirigidos contra Lupin; Ele era o adversário visado, o líder que deveria ser punido na pessoa de seus amigos, o famoso e popular canalha cujo fascínio aos olhos da multidão deveria ser destruído de uma vez por todas. Com a execução de Gilbert e Vaucheray, a auréola de Lupin se desvaneceria e a lenda seria destruída.

Lupin... Lupin... Arsène Lupin: esse foi o único nome ouvido durante os quatro dias. O advogado-geral, o juiz presidente, o júri, os advogados e as testemunhas não tinham outras palavras em seus lábios. A todo momento, Lupin era mencionado e xingado, ridicularizado, insultado e responsabilizado por todos os crimes cometidos. Era como se Gilbert e Vaucheray figurassem apenas como dois inúteis, enquanto o verdadeiro criminoso que estava sendo julgado era ele, Lupin, Mestre Lupin, Lupin, o ladrão, o líder de uma quadrilha de ladrões, o falsificador, o incendiário, o criminoso, o ex-presidiário, Lupin, o assassino, Lupin manchado com o sangue de sua vítima, Lupin à espreita na sombra, como um covarde, depois de mandar seus amigos para o pé da guilhotina.

– Oh, os patifes sabem o que estão fazendo! – murmurou ele. – É a minha dívida que eles estão fazendo meu pobre e velho Gilbert pagar.

E a terrível tragédia continuou.

Às sete horas da noite, depois de uma longa deliberação, o júri retornou ao tribunal e o capataz leu as respostas para as perguntas feitas pela bancada. A resposta foi "Sim" para todas as acusações, um veredito de culpa sem circunstâncias atenuantes.

Os prisioneiros foram trazidos para dentro. De pé, mas cambaleantes e com o rosto branco, eles receberam a sentença de morte.

E, em meio a um grande e solene silêncio, no qual a ansiedade dos espectadores se misturava à piedade, o presidente do tribunal perguntou:

– Você tem algo mais a dizer, Vaucheray?

– Nada, senhor presidente. Agora que meu companheiro foi condenado, assim como eu, estou tranquilo... Nós dois estamos no mesmo pé... O patrão precisa encontrar uma maneira de salvar nós dois.

– O patrão?

– Sim, Arsène Lupin.

Houve uma risada entre a multidão.

O presidente perguntou:

– E você, Gilbert?

Lágrimas escorreram pelo rosto do pobre rapaz e ele gaguejou algumas frases inarticuladas. Mas, quando o juiz repetiu a pergunta, ele conseguiu se controlar e respondeu, com a voz trêmula:

– Gostaria de dizer, monsieur le president, que sou culpado de muitas coisas, é verdade... Fiz muitas coisas ruins... Mas, mesmo assim, não isso. Não, eu não cometi assassinato... Eu nunca cometi assassinato... E não quero morrer... seria horrível demais...

Ele se balançava de um lado para o outro, apoiado pelos carcereiros, e foi ouvido chorando, como uma criança pedindo ajuda:

– Patrão... me salve!... Salve-me!... Eu não quero morrer!

Então, no meio da multidão, em meio à agitação geral, uma voz se elevou acima do clamor circundante:

– Não tenha medo, pequeno!... O patrão está aqui! O patrão está aqui!

Seguiu-se um tumulto. Os guardas municipais e os policiais entraram correndo no tribunal e detiveram um homem grande e de rosto vermelho, que seus vizinhos afirmaram ser o autor daquela explosão e que se debatia com as mãos e os pés.

Interrogado sem demora, ele disse seu nome, Philippe Bonel, um agente funerário, e declarou que alguém sentado ao seu lado havia lhe oferecido uma nota de cem francos se ele consentisse, no momento apropriado, em gritar algumas palavras que seu vizinho rabiscou em um pedaço de papel. Como ele poderia recusar?

Como prova de suas declarações, ele apresentou a nota de cem francos e o pedaço de papel.

Philippe Bonel foi liberado.

Enquanto isso, Lupin, que, é claro, havia evidentemente ajudado na prisão do indivíduo e o entregou aos guardas, deixou os tribunais, com o coração pesado de angústia. Seu carro estava esperando por ele no cais. Ele se jogou nele, desesperado, tomado por uma tristeza tão grande que teve de fazer um esforço para conter as lágrimas. O choro de Gilbert, sua voz embargada pela aflição, suas feições distorcidas, sua estrutura cambaleante: tudo isso assombrava seu cérebro; e ele sentiu como se nunca fosse esquecer essas impressões, nem por um segundo sequer.

Ele dirigiu para casa, para o novo local que havia escolhido entre suas diferentes residências e que ocupava um canto da Place de Clichy. Ele esperava encontrar Growler e Masher, com os quais ele sequestraria Daubrecq naquela noite. Mas mal havia aberto a porta de seu apartamento, quando um grito lhe escapou: Clarisse estava diante dele; Clarisse, que havia retornado da Bretanha no momento do veredito.

Ele imediatamente percebeu, por sua atitude e palidez, que ela sabia. E, imediatamente, recuperando sua coragem em sua presença, sem lhe dar tempo para falar, ele exclamou:

– Sim, sim, sim... mas isso não importa. Nós prevíamos isso. Não podemos evitar isso. O que temos de fazer é acabar com a maldade. E hoje à noite, você entende, hoje à noite, isso será feito.

Imóvel e trágica em sua tristeza, ela gaguejou:

– Hoje à noite?

– Sim. Eu preparei tudo. Em duas horas, Daubrecq estará em minhas mãos. Hoje à noite, seja qual for o meio que eu tenha de empregar, ele falará.

– Você está falando sério? – perguntou ela, fracamente, enquanto um raio de esperança começava a iluminar seu rosto.

– Ele falará. Eu terei seu segredo. Vou arrancar dele a lista dos Vinte e Sete. E essa lista libertará seu filho.

– Tarde demais – murmurou Clarisse.

– Tarde demais? Por quê? Você acha que, em troca de tal documento, eu não conseguirei a pretensa fuga de Gilbert? Ora, Gilbert estará em liberdade em três dias! Em três dias...

Ele foi interrompido por um toque na campainha:

– Ouça, aqui estão nossos amigos. Confiem em mim. Lembre-se de que cumpro minhas promessas. Eu lhe devolvi seu pequeno Jacques. Vou lhe devolver o Gilbert.

Ele foi deixar Growler e Masher entrarem e disse:

– Está tudo pronto? O velho Brindebois está no restaurante? Rápido, vamos embora!

– Não adianta, patrão – respondeu Masher.

– Não adianta? O que você quer dizer com isso?

– Há novidades.

– Que novidades? Fale, homem!

– Daubrecq desapareceu.

– Eh? O que é isso? Daubrecq desapareceu?

– Sim, levado de sua casa, em plena luz do dia.

– O diabo! Por quem?

– Ninguém sabe... quatro homens... havia pistolas disparadas... A polícia está no local. Prasville está dirigindo as investigações.

Lupin não moveu um membro. Ele olhou para Clarisse Mergy, que estava encolhida em uma cadeira.

Ele mesmo teve de abaixar a cabeça. O fato de Daubrecq ter sido levado significava mais uma chance de sucesso perdida...

# CAPÍTULO 7

# O PERFIL DE NAPOLEÃO

Assim que o chefe de polícia, o chefe do departamento de investigação criminal e os juízes de instrução deixaram a casa de Daubrecq, após uma investigação preliminar e totalmente infrutífera, Prasville retomou sua busca pessoal.

Ele estava examinando o escritório e os vestígios da luta que havia ocorrido lá, quando a criada lhe trouxe um cartão de visita, com algumas palavras rabiscadas a lápis.

– Mostre à senhora – disse ele.

– A senhora está com alguém – disse a criada.

– Ah? Bem, mostre à outra pessoa também.

Clarisse Mergy entrou imediatamente e apresentou o cavalheiro que estava com ela, um cavalheiro com um paletó preto, que era muito apertado para ele e que parecia não ter sido escovado há muito tempo. Ele era tímido em seus modos e parecia muito constrangido com relação à sua cartola velha e enferrujada, ao seu guarda-chuva de guingão[6], à sua única luva, enfim, à sua pessoa como um todo.

– Sr. Nicole – disse Clarisse – um professor particular, que está atuando como tutor do meu pequeno Jacques. Sr. Nicole foi de grande ajuda para mim com seus conselhos durante o ano passado. Ele elaborou toda a história da rolha de cristal. Eu gostaria que ele, assim como eu – se você não tiver nenhuma objeção em me contar –, soubesse os detalhes dessa história de sequestro, que me alarma e perturba meus planos; os seus também, eu suponho?

Prasville tinha toda a confiança em Clarisse Mergy. Ele conhecia seu ódio implacável por Daubrecq e apreciava a ajuda que ela havia prestado no caso. Por isso, não teve dificuldade em lhe contar o que sabia, graças a certas pistas e, principalmente, ao depoimento da criada.

Aliás, a coisa era extremamente simples. Daubrecq, que havia assistido ao julgamento de Gilbert e Vaucheray como testemunha e que foi visto no tribunal durante os discursos, voltou para casa às seis horas. A criada afirmou que ele entrou sozinho e que não havia ninguém na casa naquele momento. No entanto, alguns

---

6 Tecido estampado também chamado de xadrez simples, em geral, com cores contrastantes. (N. do E.)

minutos depois, ela ouviu gritos, seguidos pelo som de uma luta e dois tiros de pistola; e de seu quarto ela viu quatro homens mascarados descendo as escadas da frente, carregando Daubrecq, o deputado, e correndo em direção ao portão. Eles abriram o portão. No mesmo instante, um carro chegou à porta da casa. Os quatro homens entraram nele, e o carro, que mal tivera tempo de parar, partiu a toda velocidade.

– Não havia sempre dois policiais de plantão? – perguntou Clarisse.

– Eles estavam lá – disse Prasville –, mas a cento e cinquenta metros de distância; e Daubrecq foi levado tão rapidamente que eles não puderam interferir, embora tenham se apressado o máximo que puderam.

– E eles não descobriram nada, não encontraram nada?

– Nada, ou quase nada... apenas isso.

– O que é isso?

– Um pequeno pedaço de marfim, que eles pegaram no chão. Havia um quinto sujeito no carro, e a criada o viu descer enquanto os outros estavam levando Daubrecq para dentro. Quando ele estava voltando para o carro, deixou cair alguma coisa e a pegou imediatamente. Mas a coisa, qualquer que fosse, deve ter se quebrado na calçada, pois este é o pedaço de marfim que meus homens encontraram.

– Mas como os quatro homens conseguiram entrar na casa? – perguntou Clarisse.

– Por meio de chaves falsas, evidentemente, enquanto a criada estava fazendo suas compras, no decorrer da tarde; e eles não tiveram dificuldade em se esconder, pois Daubrecq não tem outros criados. Tenho todos os motivos para acreditar que eles se esconderam no quarto ao lado, que é a sala de jantar, e depois atacaram Daubrecq aqui, no escritório. A bagunça nos móveis e em outros itens prova como a luta foi violenta. Encontramos um revólver de alto calibre, pertencente a Daubrecq, sobre o carpete. Uma das balas quebrou o vidro sobre a lareira, como você pode ver.

Clarisse se virou para seu companheiro para que ele expressasse uma opinião. Mas o Sr. Nicole, com os olhos obstinadamente baixos, não tinha se agitado da cadeira; estava sentado mexendo na aba do chapéu, como se ainda não tivesse encontrado um lugar adequado para ele.

Prasville deu um sorriso. Era evidente que ele não considerava o conselheiro de Clarisse um homem muito inteligente.

– O caso é um tanto intrigante, monsieur – disse ele – não é?

– Sim... sim – confessou Nicole –, muito intrigante.

– Então você não tem uma teoria própria sobre o assunto?

– Bem, monsieur le secrétaire, general, acho que Daubrecq tem muitos inimigos.

– Ah, é verdade!

– E que vários desses inimigos, que estão interessados em seu desaparecimento, devem ter se unido contra ele.

– Crucial! Crucial – disse Prasville, com aprovação satírica. – Tudo está ficando claro como a luz do dia. Só falta você nos dar uma pequena sugestão que nos permita direcionar nossa busca para o caminho certo.

– O senhor não acha, monsieur secretário-geral, que esse pedaço de marfim quebrado que foi pego no chão...

– Não, Sr. Nicole, não. Esse pedaço de marfim pertence a algo que não conhecemos e que seu dono fará questão de esconder imediatamente. Para rastrear o proprietário, devemos pelo menos ser capazes de definir a natureza da coisa em si.

Sr. Nicole refletiu e então começou:

– Monsieur secretário-geral, quando Napoleão I caiu do poder...

– Oh, Sr. Nicole, oh, uma lição de história francesa!

– Apenas uma frase, monsieur secretário-geral, apenas uma frase que pedirei sua permissão para completar. Quando Napoleão I foi deposto, a Restauração deixou uma certa quantia de soldados aposentados. Esses soldaros se tornaram suspeitos pelas autoridades e foram mantidos em observação pela polícia. Eles permaneceram fiéis à memória do imperador e conseguiram reproduzir a feição de seu ídolo em todos os tipos de objetos de uso cotidiano: maletas, anéis, broches canetas-tinteiro e tudo mais.

– E depois?

– Bem, essa parte vem de uma bengala, ou melhor, uma espécie de bengala espada, ou talvez uma clava, cuja ponta é feita de marfim esculpido. Quando você olha para essa parte de certa maneira, acaba vendo que seu contorno mostra o perfil do Pequeno Corso. O que o senhor tem em mãos, monsieur secretário-geral, é um pedaço da ponta de marfim que fica na bengala de um oficial aposentado.

– Sim – disse Prasville, examinando a peça – sim, consigo ver um perfil... mas não vejo a conclusão...

– A conclusão é muito simples. Entre as vítimas de Daubrecq, entre aqueles cujos nomes estão inscritos na famosa lista, está o descendente de uma família da Córsega a serviço de Napoleão, que obteve sua riqueza e título do imperador e foi posteriormente arruinada durante a Restauração. É dez contra um que esse descendente, que era o líder do partido Bonapartista há alguns anos, era a quinta pessoa escondida no carro. Preciso dizer seu nome?

– O Marquês d'Albufex? – disse Prasville.

– O Marquês d'Albufex – disse Sr. Nicole.

Sr. Nicole, que já não parecia nem um pouco preocupado com seu chapéu, sua luva e seu guarda-chuva, levantou-se e disse a Prasville:

– Monsieur secretário-geral, eu poderia ter guardado minha descoberta para mim mesmo, e não lhe contar nada até depois da vitória final, ou seja, depois de lhe trazer a lista dos Vinte e Sete. Mas os assuntos são urgentes. O desaparecimento de Daubrecq, ao contrário do que seus sequestradores esperam, pode apressar a catástrofe que você deseja evitar. Portanto, devemos agir com toda a rapidez. Monsieur secretário-geral, peço sua ajuda imediata e prática.

– De que forma posso ajudá-lo? – perguntou Prasville, que estava começando a ficar impressionado com seu visitante peculiar.

– Dando-me, amanhã, os detalhes sobre o Marquês d'Albufex que eu levaria vários dias para coletar pessoalmente.

Prasville pareceu hesitar e dirigiu o olhar para a Sra. Mergy. Clarisse disse:

– Eu lhe peço que aceite os serviços de Sr. Nicole. Ele é um aliado inestimável e dedicado. Eu responderei por ele como responderia por mim mesma.

– De quais detalhes você precisa, monsieur? – perguntou Prasville.

– Tudo o que diz respeito ao marquês d'Albufex: a posição de sua família, a maneira como ele passa seu tempo, suas conexões familiares, as propriedades que ele possui em Paris e no campo.

Prasville se opôs:

– Afinal, seja o marquês ou outro, o sequestrador de Daubrecq está trabalhando a nosso favor, já que, ao capturar a lista, ele desarma Daubrecq.

– E quem disse, monsieur secretário-geral, que ele não está trabalhando em seu próprio benefício?

– Isso não é possível, pois seu nome está na lista.

– E se ele a apagar? Suponha então que você se encontre lidando com um segundo chantagista, ainda mais ambicioso e mais poderoso do que o primeiro e que, como adversário político, esteja em melhor posição do que Daubrecq para manter a disputa?

O secretário-geral ficou impressionado com o argumento. Depois de pensar por um momento, ele disse:

– Venha me ver em meu escritório às quatro horas de amanhã. Eu lhe darei os detalhes. Qual é o seu endereço, caso eu precise de você?

– Sr. Nicole, 25, Place de Clichy. Estou hospedado no apartamento de um amigo, que ele me emprestou durante sua ausência.

A conversa estava no fim. Nicole agradeceu ao secretário-geral, com uma reverência muito respeitosa, e saiu, acompanhado pela Sra. Mergy:

– Esse é um excelente trabalho – disse ele, do lado de fora, esfregando as mãos.
– Posso entrar no escritório da polícia quando quiser e colocar todo mundo para trabalhar.

Sra. Mergy, que estava menos inclinada à esperança, disse:

– Você chegará a tempo? O que me aterroriza é a ideia de que a lista pode ser destruída.

– Meu Deus, por quem? Por Daubrecq?

– Não, mas pelo marquês, quando ele a tiver.

– Ele ainda não a pegou! Daubrecq resistirá por tempo suficiente, pelo menos, para que possamos alcançá-lo. Pense bem! Prasville está sob minhas ordens!

– Suponha que ele descubra quem você é? A menor investigação provará que não existe um Sr. Nicole.

– Mas não provará que Sr. Nicole é a mesma pessoa que Arsène Lupin. Além disso, fique tranquilo. Prasville não é apenas desprezado como detetive: ele tem apenas um objetivo na vida, que é destruir seu velho inimigo, Daubrecq. Para atingir esse objetivo, todos os meios são igualmente bons; e ele não perderá tempo em verificar a identidade de um Sr. Nicole que lhe promete Daubrecq. Sem mencionar que fui trazido por você e que, no final das contas, meus pequenos presentes o deslumbraram até certo ponto. Portanto, vamos em frente com coragem.

Clarisse sempre recuperava a confiança na presença de Lupin. O futuro parecia menos terrível para ela; e ela admitia, forçava-se a admitir, que as chances de salvar Gilbert não haviam diminuído com aquela horrível sentença de morte. Mas ele não conseguiu convencê-la a voltar para a Bretanha. Ela queria lutar ao lado dele. Queria estar lá e compartilhar todas as suas esperanças e decepções.

No dia seguinte, as investigações da polícia confirmaram o que Prasville e Lupin já sabiam. O Marquês d'Albufex estava profundamente envolvido nos negócios do canal, tão profundamente que o Príncipe Napoleão foi obrigado a afastá-lo da administração de sua campanha política na França; e ele mantinha seu estilo de vida extravagante apenas por meio de constantes empréstimos e improvisações. Por outro lado, no que se refere ao sequestro de Daubrecq, foi descoberto que, ao contrário de seu costume, o marquês não havia aparecido em seu clube entre seis e sete da noite e não havia jantado em casa. Ele não voltou até a meia-noite, e então veio a pé.

A acusação de Sr. Nicole, portanto, estava recebendo uma prova antecipada. Infelizmente – e Lupin não foi mais bem-sucedido em suas próprias tentativas – era impossível obter a menor pista sobre o carro, o motorista e as quatro pessoas que haviam entrado na casa de Daubrecq. Seriam eles associados do marquês, comprometidos com o caso do canal como ele próprio? Eram homens pagos por ele? Ninguém sabia.

Toda a busca, portanto, teve de se concentrar no marquês e nas casas e propriedades rurais que ele poderia possuir a uma certa distância de Paris, uma distância que, considerando a velocidade média de um carro e as inevitáveis paradas, poderia ser estimada em cento e cinquenta quilômetros por hora.

Agora d'Albufex, tendo vendido tudo o que tinha, não possuía nem casas de campo nem propriedades rurais.

Eles voltaram sua atenção para os parentes e amigos íntimos do marquês. Será que ele poderia dispor de algum refúgio seguro para aprisionar Daubrecq?

O resultado foi igualmente infrutífero.

E os dias se passaram. E que dias para Clarisse Mergy! Cada um deles aproximava Gilbert do terrível dia do acerto de contas. Cada um deles significava vinte e quatro horas a menos da data que Clarisse havia instintivamente fixado em sua mente. E ela disse a Lupin, que estava sendo atormentado pela mesma ansiedade:

— Mais cinquenta e cinco dias... Mais cinquenta dias... O que se pode fazer em tão poucos dias? Oh, eu lhe peço... Eu imploro a você...

O que eles poderiam fazer, de fato? Lupin, que não deixaria a tarefa de vigiar o marquês para ninguém além dele mesmo, praticamente vivia sem dormir. Mas o marquês havia retomado sua vida normal e, sem dúvida suspeitando de algo, não se arriscou a ir embora.

Uma vez sozinho, ele foi até a casa do duque de Montmaur, durante o dia. O duque mantinha uma matilha de cães de caça, com a qual caçava na Floresta de Durlaine. D'Albufex não mantinha relações com ele fora da caçada.

— É pouco provável — disse Prasville — que o duque de Montmaur, um homem extremamente rico, que se interessa apenas por suas propriedades e sua caça e não participa da política, se prestasse à detenção ilegal do deputado Daubrecq em seu castelo.

Lupin concordou; mas, como não queria deixar nada ao acaso, na semana seguinte, ao ver d'Albufex sair uma manhã em traje de montaria, ele o seguiu até a Gare du Nord e pegou o mesmo trem.

Ele desceu em Aumale, onde d'Albufex encontrou um vagão na estação que o levou ao Chateau de Montmaur.

Lupin almoçou tranquilamente, alugou uma bicicleta e chegou à vista da casa no momento em que os convidados estavam entrando no parque, em carros motorizados ou montados. O Marquês d'Albufex era um dos cavaleiros.

Três vezes, ao longo do dia, Lupin o viu galopando. E ele o encontrou, à noite, na estação, onde d'Albufex subiu, seguido por um caçador.

A prova, portanto, era conclusiva, e não havia nada de suspeito nesse sentido. Por que Lupin, no entanto, resolveu não se contentar com as aparências? E por que, no dia seguinte, ele enviou Masher para descobrir coisas na vizinhança de Montmaur? Era uma precaução adicional, não baseada em nenhuma razão lógica, mas de acordo com sua maneira metódica e cuidadosa de agir.

Dois dias depois, ele recebeu de Masher, entre outras informações de menor importância, uma lista da casa de Montmaur e de todos os empregados e guardiões.

Um nome lhe chamou a atenção, entre os dos caçadores. Ele imediatamente enviou um telegrama:

"Informe-se sobre o caçador Sébastiani."

A resposta de Masher foi recebida no dia seguinte:

"*Sébastiani, um corso, foi recomendado ao duque de Montmaur pelo marquês d'Albufex. Ele mora a um quilômetro e meio ou dois da casa, em um pavilhão de caça construído entre as ruínas da fortaleza feudal que foi o berço da família Montmaur.*"

– É isso mesmo – disse Lupin a Clarisse Mergy, mostrando-lhe a carta do Masher. – Esse nome, Sébastiani, imediatamente me fez lembrar que d'Albufex é descendente de corsos. Havia uma conexão...

– Então, o que você pretende fazer?

– Se Daubrecq estiver preso nessas ruínas, pretendo entrar em contato com ele.

– Ele desconfiará de você.

– Ultimamente, agindo com base nas informações da polícia, acabei descobrindo as duas senhoras idosas que levaram seu pequeno Jacques em Saint-Germain e que o levaram, na mesma noite, para Neuilly. São duas solteironas, primas de Daubrecq, que lhes dá uma pequena mesada. Fui visitar essas Demoiselles Rousselot; lembre-se do nome e do endereço: 134 bis, Rue du Bac. Eu lhes inspirei confiança, prometi-lhes encontrar seu primo e benfeitor; e a irmã mais velha, Euphrasie Rousselot, me deu uma carta na qual ela implora a Daubrecq que confie inteiramente em Sr. Nicole. Como vê, tomei todas as precauções. Partirei hoje à noite.

– Nós, você quer dizer – disse Clarisse.

– Você!

– Posso continuar vivendo assim, em uma inação febril? – E ela sussurrou: – Não estou mais contando os dias, os trinta e oito ou quarenta dias que nos restam, estou contando as horas.

Lupin sentiu que a resolução dela era forte demais para que ele tentasse combatê-la. Ambos partiram às cinco horas da manhã, de carro. Growler foi com eles.

Para não levantar suspeitas, Lupin escolheu uma cidade grande como seu quartel-general. Em Amiens, onde instalou Clarisse, ele estava a apenas dezoito milhas de Montmaur.

Às oito horas, ele encontrou Masher não muito longe da antiga fortaleza, que era conhecida na vizinhança pelo nome de Mortepierre, e examinou a localidade sob sua orientação.

Nos limites da floresta, o pequeno rio Ligier, que cavou um vale profundo nesse local, forma uma curva que é dominada pelo enorme penhasco de Mortepierre.

– Não há nada a ser feito deste lado – disse Lupin. – O penhasco é íngreme, com mais de duzentos metros de altura, e o rio o abraça por todos os lados.

Não muito longe, eles encontraram uma ponte que levava ao pé de um caminho que serpenteava entre carvalhos e pinheiros até uma pequena esplanada, onde havia um portão maciço de ferro, cravejado de pregos e ladeado de ambos os lados por uma grande torre.

– É aqui que Sébastiani, o caçador, mora? – perguntou Lupin.

– Sim – disse Masher – com sua esposa, em uma cabana que fica no meio das ruínas. Também fiquei sabendo que ele tem três filhos altos e que todos os quatro deveriam estar de férias no dia em que Daubrecq foi levado.

– Hum! – disse Lupin. – A coincidência vale a pena ser lembrada. Parece bastante provável que o negócio tenha sido feito por aqueles rapazes e o pai deles.

No final da tarde, Lupin aproveitou uma brecha à direita das torres para escalar a cortina. De lá, ele pôde ver a cabana do caçador e os poucos vestígios da antiga fortaleza: aqui, um pedaço de parede, sugerindo a manta de uma chaminé; mais longe, um tanque de água; deste lado, os arcos de uma capela; do outro, um monte de pedras caídas.

Um caminho de patrulha margeava o penhasco à frente e, em uma das extremidades desse caminho, havia os restos de uma formidável torre de menagem, arrasada quase até o nível do chão.

Lupin voltou para Clarisse Mergy à noite. A partir daquele momento, ele passou a se deslocar entre Amiens e Mortepierre, deixando Growler e Masher permanentemente de vigia.

E seis dias se passaram. Os hábitos de Sébastiani pareciam estar sujeitos apenas aos deveres de seu posto. Ele costumava ir até o Chateau de Montmaur, caminhar pela floresta, observar os rastros da caça e fazer suas rondas à noite.

Mas, no sétimo dia, ao saber que haveria um encontro e que uma carruagem havia sido enviada para a estação de Aumale pela manhã, Lupin assumiu seu posto em um grupo de caixas e louros que cercava a pequena esplanada em frente ao portão.

Às duas horas, ele ouviu os latidos da matilha. Eles se aproximaram, acompanhados de gritos de caça, e depois se afastaram. Ele os ouviu novamente, por volta do meio da tarde, não tão distintamente, e isso foi tudo. Mas, de repente, em meio ao silêncio, o som de cavalos galopando chegou a seus ouvidos e, alguns minutos depois, ele viu dois cavaleiros subindo a trilha do rio.

Ele reconheceu o Marquês d'Albufex e Sébastiani. Ao chegarem à esplanada, ambos desceram, e uma mulher – a esposa do caçador, sem dúvida – abriu o portão. Sébastiani prendeu as rédeas dos cavalos em argolas fixadas em um poste a alguns metros de Lupin e correu para se juntar ao marquês. O portão se fechou atrás deles.

Lupin não hesitou e, embora ainda fosse plena luz do dia, confiando na solidão do lugar, ele se ergueu até a abertura da brecha. Passando a cabeça cautelosamente, ele viu os dois homens e a esposa de Sébastiani correndo em direção às ruínas da fortaleza.

O caçador afastou uma tela de hera que estava pendurada e revelou a entrada de uma escada, pela qual ele desceu, assim como d'Albufex, deixando sua esposa de guarda no terraço.

Não havia como ir atrás deles, e Lupin voltou ao seu esconderijo. Ele não esperou muito até que o portão se abrisse novamente.

O Marquês d'Albufex parecia estar em uma grande fúria. Ele estava batendo na perna de sua bota com o chicote e murmurando palavras raivosas que Lupin conseguiu distinguir quando a distância se tornou menor:

– Ah, o cão de caça!... Eu o farei falar... Voltarei hoje à noite... hoje à noite, às dez horas, está ouvindo, Sébastiani?... E faremos o que for necessário... Oh, que diabo!

Sébastiani soltou os cavalos. D'Albufex se voltou para a mulher:

– Faça com que seus filhos fiquem bem atentos... Se alguém tentar libertá-lo, tanto pior para ele. O alçapão está ali. Posso contar com eles?

– Tanto quanto comigo, monsieur marquês – declarou o caçador. – Eles sabem o que o monsieur marquês fez por mim e o que pretende fazer por eles. Eles não se intimidarão diante de nada.

– Vamos montar e voltar para os cães de caça – disse d'Albufex.

Então, as coisas estavam indo como Lupin havia suposto. Durante essas corridas, d'Albufex, seguindo sua própria linha, se dirigia a Mortepierre, sem que ninguém suspeitasse de seu truque. Sébastiani, que era devotado a ele de corpo e alma, por razões relacionadas ao passado que não valia a pena investigar, o acompanhava; e juntos foram ver o prisioneiro, que era vigiado de perto pela esposa do caçador e seus três filhos.

– É assim que ficamos – disse Lupin a Clarisse Mergy, quando se juntou a ela em uma estalagem vizinha. – Esta noite, o marquês fará a pergunta a Daubrecq – de forma um pouco brutal, mas indispensável – como eu mesmo pretendia fazer.

– E Daubrecq entregará seu segredo – disse Clarisse, já bastante perturbada.

– Suponho que sim.

– Então...

– Estou hesitando entre dois planos – disse Lupin, que parecia muito calmo. – Ou para impedir o encontro...

– Como?

– Prevenindo d'Albufex. Às nove horas, Growler, Masher e eu escalamos as muralhas, invadimos a fortaleza, atacamos a torre de menagem, desarmamos a guarnição... e a coisa está feita: Daubrecq é nosso.

– A menos que os filhos de Sébastiani o joguem pelo alçapão ao qual o marquês aludiu...

– Por essa razão – disse Lupin – pretendo arriscar essa medida violenta apenas como último recurso e no caso de meu outro plano não ser viável.

– Qual é o outro plano?

– Testemunhar a conversa. Se Daubrecq não falar, isso nos dará tempo para nos prepararmos para levá-lo em condições mais favoráveis. Se ele falar, se o obrigarem a revelar o local onde a lista dos Vinte e Sete está escondida, eu saberei a verdade ao mesmo tempo que d'Albufex, e juro por Deus que a revelarei antes dele.

– Sim, sim – disse Clarisse. – Mas como você pretende estar presente?

– Eu ainda não sei – confessou Lupin. – Depende de certos detalhes que Masher vai me trazer e de outros que eu mesmo vou descobrir.

Ele saiu da pousada e só retornou uma hora depois, quando a noite estava caindo. Masher se juntou a ele.

– Você tem o pequeno livro? – perguntou Lupin.

– Sim, patrão. Foi o que eu vi na banca de jornal de Aumale. Comprei-o por dez francos.

– Dê-me isso.

Masher lhe entregou um panfleto velho, sujo e rasgado, intitulado, na capa, "A Visita para Mortepierre, 1824", com planos e ilustrações.

Lupin imediatamente procurou a planta da torre.

– É isso – disse ele. – Acima do solo havia três andares, que foram demolidos, e abaixo do solo, escavados na rocha, dois andares, um dos quais foi bloqueado pelo lixo, enquanto o outro... Ali, é onde está nosso amigo Daubrecq. O nome é significativo: a câmara de tortura... Pobre, querido amigo!... Entre a escada e a câmara de tortura, duas portas. Entre essas duas portas, um espaço no qual os três irmãos obviamente se colocam, de arma em punho.

– Então é impossível para você entrar por ali sem ser visto.

– Impossível... a menos que eu venha pelo andar de cima, que se tornou conhecido, e procure um meio de entrar pelo teto... Mas isso é muito arriscado...

Ele continuou a virar as páginas do livro. Clarisse perguntou:

– Não há janela para o quarto?

– Sim – disse ele. – De baixo, do rio – acabei de passar por lá – você pode ver uma pequena abertura, que também está marcada na planta. Mas ela fica a cinquenta metros de altura, e mesmo assim a rocha se sobrepõe à água. Portanto, isso também está fora de questão.

Ele deu uma olhada em algumas páginas do livro. O título de um capítulo lhe chamou a atenção: *The Lovers' Towers* (As torres dos amantes). Ele leu as primeiras linhas:

"Antigamente, o local era conhecido pelas pessoas da vizinhança como a Torre dos Amantes, em memória de uma tragédia fatal que o marcou na Idade Média. O conde de Mortepierre, tendo recebido provas da infidelidade de sua esposa, aprisionou-a na câmara de tortura, onde ela passou vinte anos. Certa noite, seu amante, o Sire de Tancarville, com coragem, montou uma escada no rio e subiu pela face do penhasco até chegar à janela do quarto. Depois de preencher as barras, ele conseguiu soltar a mulher que amava e trazê-la para baixo com ele por meio de uma corda. Ambos chegaram ao topo da escada, que era vigiada por seus amigos, quando um tiro foi disparado do caminho da patrulha e atingiu o homem no ombro. Os dois amantes foram lançados no vazio..."

Houve uma pausa, depois que ele leu isso, uma longa pausa durante a qual cada um deles fez um desenho mental da trágica fuga. Então, três ou quatro séculos antes, um homem, arriscando sua vida, havia tentado aquela façanha surpreendente e teria conseguido se não fosse a vigilância de alguma sentinela que ouviu o barulho. Um homem havia se aventurado! Um homem ousou! Um homem fez isso!

Lupin ergueu os olhos para Clarisse. Ela estava olhando para ele... com um olhar tão desesperado, tão suplicante! O olhar de uma mãe que exigia o impossível e que teria sacrificado qualquer coisa para salvar seu filho.

– Masher – disse ele – pegue uma corda forte, mas bem fina, para que eu possa enrolá-la em minha cintura, e bem longa: cinquenta ou sessenta metros. Você, Growler, vá procurar três ou quatro escadas e prenda-as de ponta a ponta.

– Ora, o que está pensando, patrão? – gritaram os dois cúmplices. – O que, você quer dizer com... Mas isso é loucura!

– Loucura? Por quê? O que outro fez, eu posso fazer.

– Mas há cem chances em uma de você quebrar o pescoço.

– Bem, veja, Masher, há uma chance de que eu não quebre.

– Mas, patrão...

– Já chega, meus amigos. Encontrem-me em uma hora na margem do rio.

Os preparativos levaram muito tempo. Foi difícil encontrar o material para uma escada de 15 metros que alcançasse a primeira saliência do penhasco, e foi necessário um esforço e um cuidado sem fim para unir as diferentes partes.

Finalmente, um pouco depois das nove horas, ela foi montada no meio do rio e mantida em posição por um barco, cuja proa foi presa entre dois dos degraus, enquanto a popa foi empurrada para a margem.

A estrada que atravessa o vale do rio era pouco usada, e ninguém veio interromper o trabalho. A noite estava escura, com o céu carregado de nuvens sem movimento.

Lupin deu as últimas instruções para Masher e Growler e disse, com uma risada:

– Não sei dizer como me divirto com a ideia de ver a cara de Daubrecq quando eles começarem a tirar seu couro cabeludo ou cortar sua pele em fitas. Em minha palavra, vale a pena a viagem.

Clarisse também havia se sentado no barco. Ele disse a ela:

– Até nos encontrarmos novamente. E, acima de tudo, não se mexa. Aconteça o que acontecer, nem um movimento, nem um grito.

– Pode acontecer alguma coisa? – perguntou ela.

– Ora, lembre-se do senhor de Tancarville! Foi no exato momento em que ele estava alcançando seu objetivo, com seu verdadeiro amor nos braços, que um acidente o traiu. Mas fique tranquila: eu ficarei bem.

Ela não respondeu. Ela pegou a mão dele e a segurou calorosamente entre as suas.

Ele colocou o pé na escada e se certificou de que ela não balançasse muito. Em seguida, subiu.

Logo alcançou o degrau mais alto.

Foi aí que a perigosa subida começou, uma subida difícil no início, devido à excessiva inclinação, e que se transformou, no meio do caminho, em uma escalada absoluta.

Felizmente, aqui e ali havia pequenos buracos, nos quais seus pés encontravam um lugar para descansar, e pedras salientes, nas quais suas mãos se agarravam. Mas, por duas vezes, essas pedras cederam e ele escorregou; e por duas vezes ele acreditou firmemente que tudo estava perdido. Encontrando um buraco mais profundo, ele descansou. Estava exausto, pronto para desistir da empreitada, perguntando a si mesmo se realmente valia a pena se expor a tal perigo:

"Vale!", pensou "Parece-me que você está levantando a bandeira branca, Lupin, meu velho. Jogar fora o empreendimento? Então Daubrecq balbuciará seu segredo, o marquês se apossará da lista, Lupin voltará de mãos vazias e Gilbert..."

A longa corda que ele havia amarrado em volta da cintura lhe causava incômodo e fadiga desnecessários. Ele prendeu uma das pontas na alça da calça e deixou a corda desenrolar por toda a subida, para que pudesse usá-la, ao retornar, como corrimão.

Em seguida, agarrou-se mais uma vez à superfície áspera do penhasco e continuou a escalada, com as unhas machucadas e os dedos sangrando. A todo momento ele esperava a queda inevitável. E o que mais o desanimava era ouvir o murmúrio de vozes vindo do barco, um murmúrio tão distinto que parecia que ele não estava aumentando a distância entre seus companheiros e ele mesmo.

E lembrou-se do Sire de Tancarville, sozinho, ele também, em mcio à escuridão, que deve ter tremido com o barulho das pedras que ele soltou e mandou para baixo do penhasco. Como o menor som repercutia no silêncio! Se um dos guardas de Daubrecq estivesse espiando na escuridão da Torre dos Amantes, isso significava um tiro... e a morte.

E ele escalou... escalou... Ele havia escalado por tanto tempo que acabou imaginando que a meta havia sido ultrapassada. Sem dúvida, ele havia se inclinado desprevenidamente para a direita ou para a esquerda e terminaria no caminho da patrulha. Que conclusão estúpida! E que outro desfecho poderia haver em uma tentativa que a rápida força dos acontecimentos não lhe permitira estudar e preparar?

Loucamente, ele redobrou seus esforços, ergueu-se alguns metros, escorregou, recuperou o terreno perdido, agarrou-se a um monte de raízes que se soltaram em sua mão, escorregou mais uma vez e estava abandonando o jogo em desespero quando, de repente, enrijecendo-se e contraindo toda a sua estrutura, seus músculos e sua vontade, ele parou: um som de vozes parecia sair da própria rocha em que ele estava agarrando.

Ele prestou atenção. Vinha da direita. Virando a cabeça, ele pensou ter visto um raio de luz penetrando na escuridão do vazio. Com que esforço de energia e com que movimentos imperceptíveis ele conseguiu se arrastar até o local, nunca foi capaz de perceber exatamente. Mas, de repente, ele se viu na borda de uma abertura bastante ampla, com pelo menos três metros de profundidade, que se encaixava na parede do penhasco como uma passagem, enquanto sua outra extremidade, muito mais estreita, era fechada por três barras.

Lupin se arrastou. Sua cabeça alcançou as barras. E ele viu...

# CAPÍTULO 8

# A TORRE DOS AMANTES

A sala de tortura apareceu abaixo dele. Era uma sala grande e irregular, dividida em partes desiguais pelos quatro pilares largos e maciços que sustentavam o teto em arco. Um cheiro de umidade e mofo vinha de suas paredes e de suas bandeiras umedecidas pela água que escorria do lado de fora. Sua aparência em qualquer momento deve ter sido horrível. Mas, naquele momento, com as figuras altas de Sébastiani e seus filhos, com os raios de luz que caíam por entre os pilares, com a visão do prisioneiro acorrentado no leito da carroça, ela assumia um aspecto sinistro e bárbaro.

Daubrecq estava na parte da frente da sala, a quatro ou cinco metros da janela onde Lupin se escondia. Além das correntes antigas que haviam sido usadas para prendê-lo à cama e para prender a cama a um gancho de ferro na parede, seus pulsos e tornozelos estavam presos com tiras de couro; e um arranjo engenhoso fazia com que seu menor movimento acionasse um sino pendurado no pilar mais próximo.

Uma lâmpada colocada em um banco o iluminava totalmente.

O Marquês d'Albufex estava de pé ao seu lado. Lupin podia ver suas feições pálidas, seu bigode grisalho, sua forma longa e magra enquanto olhava para seu prisioneiro com uma expressão de satisfação e de ódio.

Alguns minutos se passaram em profundo silêncio. Então o marquês deu uma ordem:

– Acenda essas três velas, Sébastiani, para que eu possa vê-lo melhor.

E, quando as três velas foram acesas e ele deu uma longa olhada em Daubrecq, inclinou-se sobre ele e disse, quase gentilmente:

– Não sei dizer qual será o fim de nós dois. Mas, de qualquer forma, terei passado momentos muito felizes neste quarto. Você me fez muito mal, Daubrecq! As lágrimas que você me fez derramar! Sim, lágrimas de verdade, verdadeiros soluços de desespero... O dinheiro que você me roubou! Uma fortuna!... E meu terror ao pensar que você poderia me entregar! Bastava pronunciar meu nome para completar minha ruína e provocar minha desgraça! Oh, seu vilão!...

Daubrecq não se mexeu. Ele havia sido privado de seus óculos pretos, mas ainda mantinha suas lentes, que refletiam a luz das velas. Ele havia emagrecido muito, e os ossos se destacavam acima de suas bochechas encovadas.

– Venha – disse d'Albufex. – Chegou a hora de agir. Parece que há bandidos rondando a vizinhança. Deus nos livre de que eles estejam aqui por sua causa e tentem libertá-lo, pois isso significaria sua morte imediata, como você sabe... O alçapão ainda está funcionando, Sébastiani?

Sébastiani se aproximou, ajoelhou-se, levantou e girou um anel, ao pé da cama, que Lupin não havia notado. Uma das lajes se moveu em um pivô, revelando um buraco negro.

– Veja – continuou o marquês – tudo está previsto; e eu tenho tudo o que quero à mão, inclusive masmorras: masmorras sem fundo, diz a lenda do castelo. Portanto, não há nada a esperar, nenhuma ajuda de qualquer tipo. Você vai falar?

Daubrecq não respondeu e continuou:

– Esta é a quarta vez que o interrogo, Daubrecq. É a quarta vez que me preocupo em pedir-lhe o documento que você possui, para que eu possa escapar de suas chantagens. É a quarta vez e a última. Vai falar?

O mesmo silêncio de antes. D'Albufex fez um sinal para Sébastiani. O caçador deu um passo à frente, seguido por dois de seus filhos. Um deles segurava uma vara na mão.

– Vá em frente – disse d'Albufex, depois de esperar alguns segundos.

Sébastiani afrouxou as correias que prendiam os pulsos de Daubrecq, inseriu e fixou a vara entre as correias.

– Devo me virar, monsieur marquês?

Mais um silêncio. O marquês esperou. Ao ver que Daubrecq não se retraía, ele sussurrou:

– Você vai falar? Por que se expor ao sofrimento físico?

Não houve resposta.

– Inicie, Sébastiani.

Sébastiani fez o bastão dar uma volta completa. As correias se esticavam e se apertavam. Daubrecq deu um gemido.

– Não vai falar? Mesmo assim, você sabe que não vou ceder, que não posso ceder, que eu o seguro e que, se necessário, vou torturá-lo até você morrer. Você não vai falar? Não vai?... Sébastiani, mais uma vez.

O caçador obedeceu. Daubrecq teve um violento sobressalto de dor e caiu de costas na cama, com um pigarro na garganta.

– Seu tolo! – gritou o marquês, tremendo de raiva. – Por que você não fala? Não está farto dessa lista? Com certeza é a vez de outra pessoa! Vamos, fale... Onde está? Uma palavra. Apenas uma palavra... e nós o deixaremos em paz... E, amanhã, quando eu tiver a lista, você será livre. Livre, está entendendo? Mas, em nome do céu, fale!... Oh, que diabo! Sébastiani, mais uma volta.

Sébastiani fez um novo esforço. Os ossos estalaram.

– Socorro! Socorro! – gritou Daubrecq, com voz rouca, lutando em vão para se soltar. E, em um sussurro gaguejante – Misericórdia... misericórdia.

Foi uma visão terrível... Os rostos dos três filhos estavam horrorizados. Lupin estremeceu, com o coração apertado, e percebeu que ele mesmo jamais poderia ter feito aquela coisa abominável. Ele ficou atento às palavras que estavam prestes a vir. Ele precisava saber a verdade. O segredo de Daubrecq estava prestes a ser expresso em sílabas, em palavras arrancadas dele pela dor. E Lupin começou a pensar em sua retirada, no carro que o esperava, na corrida desenfreada para Paris, na vitória que estava próxima.

– Fale – sussurrou d'Albufex. – Fale e tudo estará terminado.

– Sim... sim... – ofegou Daubrecq.

– Então...?

– Mais tarde... amanhã...

– Oh, você está louco!... Do que está falando: amanhã?... Sébastiani, outra vez!

– Não, não! – gritou Daubrecq. – Pare!

– Fale!

– Bem, então... o papel... Eu escondi o jornal...

Mas sua dor era muito grande. Com um último esforço, ele levantou a cabeça, pronunciou palavras incoerentes, conseguiu dizer duas vezes: "Marie... Marie..." e caiu para trás, exausto e sem vida.

– Solte-o imediatamente! – disse d'Albufex a Sébastiani. – Puxa vida, será que estamos exagerando?

Mas um rápido exame lhe mostrou que Daubrecq havia apenas desmaiado. Em seguida, ele próprio, exausto com a agitação, caiu aos pés da cama e, limpando as gotas de suor da testa, gaguejou:

– Oh, que coisa mais suja!

– Talvez seja o suficiente por hoje – disse o caçador, cujo rosto áspero revelava certa emoção. – Podemos tentar novamente amanhã ou no dia seguinte...

O marquês ficou em silêncio. Um dos filhos lhe entregou um frasco de brandy[7]. Ele serviu meio copo e o bebeu de uma só vez:

– Amanhã? – disse ele. – Não. Aqui e agora. Mais um pouco de esforço. No estágio em que ele se encontra, não será difícil. – E, deixando o caçador de lado –

---

7 Bebida alcoólica destilada de vinho, semelhante ao uísque. (N. do E.)

Você ouviu o que ele disse? O que ele quis dizer com essa palavra, "Marie"? Ele a repetiu duas vezes.

– Sim, duas vezes – disse o caçador. – Talvez ele tenha confiado o documento a uma pessoa chamada Marie.

– Ele não! – protestou d'Albufex. – Ele nunca confia nada a ninguém. Isso significa algo diferente.

– Mas o quê, monsieur marquês?

– Logo descobriremos, eu lhe asseguro.

Naquele momento, Daubrecq deu um longo suspiro e se remexeu em sua cama.

D'Albufex, que agora havia recuperado toda a sua compostura e não tirava os olhos do inimigo, foi até ele e disse:

– Veja, Daubrecq, é uma loucura resistir... Uma vez derrotado, não há nada a fazer a não ser se submeter ao seu conquistador, em vez de se permitir ser torturado como um idiota... Venha, seja sensato.

Ele se voltou para Sébastiani:

– Aperte a corda... deixe-o sentir um pouco, isso o despertará... Ele está enganando a morte...

Sébastiani segurou a vara novamente e girou-a até que a corda tocasse a carne inchada. Daubrecq deu um sobressalto.

– Isso basta, Sébastiani – disse o marquês. – Nosso amigo parece estar bem-disposto e entende a necessidade de chegar a um acordo. É isso mesmo, Daubrecq, não é? Você prefere acabar com isso? E tem toda a razão!

Os dois homens estavam inclinados sobre o doente, Sébastiani com a mão no bastão, d'Albufex segurando a lâmpada de modo a jogar a luz no rosto de Daubrecq:

– Seus lábios estão se movendo... ele vai falar. Solte um pouco a corda, Sébastiani: não quero que nosso amigo se machuque... Não, aperte-a: Acredito que nosso amigo esteja hesitando... Mais uma volta... pare!... Está feito! Oh, meu caro Daubrecq, se você não consegue falar mais claro do que isso, não adianta! O que foi? O que você disse?

Arsène Lupin murmurou um juramento. Daubrecq estava falando e ele, Lupin, não conseguia ouvir uma palavra do que ele dizia! Em vão, ele apurou os ouvidos, reprimiu as batidas de seu coração e o latejar de suas têmporas: nenhum som chegava até ele.

"Que droga!", pensou ele. "Não esperava por isso. O que devo fazer?"

Ele estava a um passo de cobrir Daubrecq com seu revólver e disparar uma bala que acabaria com qualquer explicação. Mas refletiu que, nesse caso, ele próprio não saberia de nada e que era melhor confiar nos acontecimentos na esperança de tirar o máximo proveito deles.

Enquanto isso, a confissão continuava abaixo dele, indistintamente, interrompida por silêncios e misturada com gemidos. D'Albufex se agarrou à sua presa:

– Continue!... Termine, você não consegue?...

E ele pontuava as frases com exclamações de aprovação:

– Bom!... Bom!... Oh, que engraçado!... E ninguém suspeitou?... Nem mesmo Prasville?... Que burro!... Afrouxe um pouco, Sébastiani: não está vendo que nosso amigo está sem fôlego?... Mantenha a calma, Daubrecq... não se canse... E assim, meu caro amigo, você estava dizendo...

Foi o fim. Houve um longo murmúrio que d'Albufex ouviu sem mais interrupções e do qual Arsène Lupin não conseguiu captar a menor sílaba. Então o marquês se levantou e exclamou, alegremente:

– É isso!... Obrigado, Daubrecq. E, acredite, jamais esquecerei o que você acabou de fazer. Se algum dia você precisar, basta bater à minha porta e sempre haverá um pedaço de pão para você na cozinha e um copo de água do filtro. Sébastiani, cuide do monsieur deputado como se ele fosse um de seus filhos. E, antes de tudo, liberte-o de suas amarras. É uma coisa sem coração amarrar seu semelhante dessa forma, como um frango no espeto!

– Vamos lhe dar algo para beber? – sugeriu o caçador.

– Sim, é isso mesmo, dê-lhe um drinque.

Sébastiani e seus filhos soltaram as tiras de couro, esfregaram os pulsos machucados, aplicaram uma pomada e os enfaixaram. Em seguida, Daubrecq engoliu algumas gotas de conhaque.

– Está se sentindo melhor? – disse o marquês. – Oh, não é nada demais! Em algumas horas, não vai mais aparecer; e você poderá se gabar de ter sido torturado, como nos bons e velhos tempos da Inquisição. Seu cachorro sortudo!

Ele pegou seu relógio.

– Já disse o suficiente! Sébastiani, deixe que seus filhos o vigiem em turnos. Você, leve-me à estação para o último trem.

– Então vamos deixá-lo assim, monsieur marquês, livre para se mover como quiser?

– Por que não? Você não acha que vamos mantê-lo aqui até o dia de sua morte? Não, Daubrecq, durma tranquilo. Irei à sua casa amanhã à tarde; e, se o documento estiver onde você me disse, um telegrama será enviado imediatamente e você será libertado. Você não me mentiu, suponho?

Ele voltou para Daubrecq e, inclinando-se sobre ele novamente, disse:

– Nada de brincadeiras, hein? Isso seria uma grande bobagem de sua parte. Eu perderia um dia, só isso. Enquanto você perderia todos os dias que lhe restam de vida. Mas não, o esconderijo é bom demais. Um homem não inventa uma coisa dessas por diversão. Vamos, Sébastiani. Você receberá o telegrama amanhã.

– E se eles não o deixarem entrar na casa, monsieur marquês?

– Por que não deixariam?

– A casa na Praça Lamartine está ocupada pelos homens de Prasville.

– Não se preocupe, Sébastiani. Eu vou entrar. Se eles não abrirem a porta, há sempre a janela. E, se a janela não abrir, vou combinar com um dos homens de Prasville. É uma questão de dinheiro, só isso. E, graças a Deus, isso não vai me faltar de agora em diante! Boa noite, Daubrecq.

Ele saiu, acompanhado por Sébastiani, e a pesada porta se fechou atrás deles.

Lupin imediatamente fez sua retirada, de acordo com um plano que ele havia elaborado durante essa cena.

O plano era bastante simples: escalar, por meio de sua corda, até o fundo do penhasco, levar seus amigos com ele, entrar no carro e atacar d'Albufex e Sébastiani na estrada deserta que leva à estação de Aumale. Não havia dúvidas sobre a questão da disputa. Com d'Albufex e Sébastiani prisioneiros, seria fácil fazer com que um deles falasse. D'Albufex havia lhe mostrado como fazer isso; e Clarisse Mergy seria inflexível quando se tratasse de salvar seu filho.

Ele pegou a corda com a qual havia se munido e tateou em busca de um pedaço de rocha irregular para passá-la ao redor, de modo a deixar dois comprimentos iguais pendurados, pelos quais ele poderia se soltar. Mas, quando encontrou o que queria, em vez de agir rapidamente – pois o assunto era urgente –, ficou imóvel, pensando. Seu esquema não o satisfez no último momento.

"É absurdo o que estou propondo", pensou. "Absurdo e irracional. Como posso dizer que d'Albufex e Sébastiani não escaparão de mim? Como posso saber que, quando estiverem em meu poder, eles falarão? Não, eu ficarei. Há coisas melhores para tentar... coisas muito melhores. Não é com esses dois que devo ir, mas com Daubrecq. Ele está acabado; não lhe resta nem um chute. Se ele contou seu segredo ao marquês, não há razão para que não o conte a Clarisse e a mim, quando usarmos os mesmos métodos. Está decidido! Vamos raptar o pássaro Daubrecq". E ele continuou: "Além disso, o que eu arrisco? Se o esquema não der certo, Clarisse e eu iremos correndo para Paris e, junto com Prasville, organizaremos uma vigilância cuidadosa na Praça Lamartine para evitar que d'Albufex se beneficie das revelações de Daubrecq. O mais importante é que Prasville seja avisado do perigo. Ele será."

O relógio da igreja em um vilarejo vizinho bateu meio-dia. Isso deu a Lupin seis ou sete horas para colocar seu novo plano em execução. Ele começou a trabalhar imediatamente.

Quando estava se afastando da fresta que tinha a janela no fundo, ele se deparou com um grupo de pequenos arbustos em uma das cavidades do penhasco. Ele cortou uma dúzia deles com sua faca e os reduziu ao mesmo tamanho. Em seguida, cortou dois comprimentos iguais de sua corda. Esses eram os pilares da escada. Ele prendeu os doze gravetos entre as colunas e, assim, construiu uma escada de corda com cerca de seis metros de comprimento.

Quando retornou a esse posto, havia apenas um dos três filhos ao lado da cama de Daubrecq na sala de tortura. Ele estava fumando seu cachimbo perto da lâmpada. Daubrecq estava dormindo.

"Droga!", pensou Lupin. "O sujeito vai ficar sentado ali a noite toda? Nesse caso, não há nada que eu possa fazer a não ser sair de fininho...".

A ideia de que d'Albufex estava de posse do segredo o irritava muito. O interrogatório que ele havia assistido deixou a clara impressão em sua mente de que o marquês estava trabalhando "por conta própria" e que, ao obter a lista, ele pretendia não apenas escapar da atividade de Daubrecq, mas também ganhar o poder de Daubrecq e construir sua fortuna novamente pelos mesmos meios que Daubrecq havia empregado.

Isso teria significado, para Lupin, uma nova batalha a ser travada contra um novo inimigo. A rápida marcha dos acontecimentos não permitia a contemplação de tal possibilidade. Ele deveria, a todo custo, espicaçar as armas do Marquês d'Albufex, avisando Prasville.

No entanto, Lupin permaneceu preso à esperança obstinada de algum incidente que lhe desse a oportunidade de agir.

O relógio bateu meia-noite e meia.

Bateu uma.

A espera tornou-se terrível, ainda mais quando uma névoa gelada se ergueu do vale e Lupin sentiu o frio penetrar em sua medula.

Ele ouviu o trote de um cavalo ao longe:

"Sébastiani voltando da estação", pensou ele.

Mas o filho que estava observando na sala de tortura, depois de terminar seu maço de tabaco, abriu a porta e perguntou a seus irmãos se eles tinham um maço para ele. Eles responderam e ele saiu para ir até o alojamento.

E Lupin ficou surpreso. Assim que a porta foi fechada, Daubrecq, que estava dormindo profundamente, sentou-se em seu sofá, ouviu, colocou um pé no chão, seguido pelo outro, e, levantando-se, cambaleando um pouco, mas mais firme em suas pernas do que se poderia esperar, testou sua força.

"Bem", pensou Lupin, "o miserável não demora muito para se recuperar. Ele pode muito bem ajudar em sua própria fuga. Há apenas um ponto que me incomoda: ele se deixará convencer? Será que ele vai concordar em ir comigo? Será que ele não vai pensar que essa ajuda milagrosa que vem diretamente do céu para ele é uma armadilha preparada pelo marquês?"

Mas, de repente, Lupin se lembrou da carta que havia feito as primas mais velhas de Daubrecq escreverem, a carta de recomendação, por assim dizer, que a mais velha das duas irmãs Rousselot havia assinado com seu nome de batismo, Euphrasie.

Ela estava em seu bolso. Ele a pegou e ficou ouvindo. Nenhum som, exceto o leve ruído dos passos de Daubrecq nas lajes. Lupin pensou que o momento havia chegado. Ele enfiou o braço por entre as grades e jogou a carta lá dentro.

Daubrecq pareceu surpreso.

A carta havia voado pela sala e estava no chão, a três passos dele. De onde ela veio? Ele levantou a cabeça em direção à janela e tentou penetrar na escuridão que escondia toda a parte superior do cômodo de seus olhos. Em seguida, olhou para o envelope, sem ainda ousar tocá-lo, como se temesse uma armadilha. Então, de repente, depois de dar uma olhada na porta, ele se abaixou rapidamente, pegou o envelope e o abriu.

– Ah – disse ele, com um suspiro de prazer, quando viu a assinatura.

Ele leu a carta em voz alta:

*"Confie no portador desta nota. Ele conseguiu descobrir o segredo do marquês, com o dinheiro que lhe demos, e elaborou um plano de fuga. Tudo está preparado para sua fuga.*

*Euphrasie Rousselot.*

Ele leu a carta novamente, repetiu: "Euphrasie... Euphrasie..." e levantou a cabeça mais uma vez.

Lupin sussurrou:

– Levarei duas ou três horas para passar por uma das grades. Sébastiani e seus filhos estão voltando?

– Sim, com certeza – respondeu Daubrecq, com a mesma voz baixa – mas acho que eles vão me deixar sozinho.

– Mas eles dormem na casa ao lado?

– Sim.

– Eles não vão ouvir?

– Não, a porta é muito grossa.

– Muito bem. Nesse caso, isso será feito em breve. Eu tenho uma escada de corda. Você será capaz de subir sozinho, sem minha ajuda?

– Acho que sim... Vou tentar... São meus pulsos que eles quebraram... Oh, os brutos! Mal consigo mover minhas mãos... e tenho muito pouca força. Mas vou tentar mesmo assim... é preciso...

Ele parou, ouviu e, com o dedo na boca, sussurrou:

– Silêncio!

Quando Sébastiani e seus filhos entraram no quarto, Daubrecq, que havia escondido a carta e se deitado em sua cama, fingiu acordar com um sobressalto.

O caçador lhe trouxe uma garrafa de vinho, uma taça e um pouco de comida:

– Como vai, monsieur deputado? – ele gritou. – Bem, talvez tenhamos nos apertado um pouco... É muito doloroso esse aperto com o polegar. Parece que eles faziam isso com frequência na época da Grande Revolução e de Bonaparte... na época dos motoristas[8]. Uma bela invenção! Boa e limpa... sem derramamento de sangue... E também não durou muito tempo! Em vinte minutos, você saiu com a palavra que faltava!

Sébastiani começou a rir.

– A propósito, monsieur deputado, meus parabéns! Um esconderijo perfeito. Quem poderia suspeitar disso? Veja bem, o que nos desanimou, monsieur marquês e eu, foi o nome de Marie que você deixou escapar no início. Você não estava mentindo; mas aí está, sabe: a palavra estava apenas pela metade. Nós tínhamos que saber o resto. Diga o que quiser, é divertido! Pense só, em sua escrivaninha! Puxa vida, que piada!

O caçador se levantou e andou para cima e para baixo na sala, esfregando as mãos:

– Monsieur marquês está muito satisfeito, tão satisfeito, na verdade, que ele mesmo virá amanhã à noite para deixá-lo sair. Sim, ele pensou bem; haverá algumas formalidades: talvez o senhor tenha que assinar um ou dois cheques, pagar uma prestação e compensar as despesas e os problemas do senhor marquês. Mas o que é isso para você? Uma bagatela! Sem mencionar que, de agora em diante, não haverá mais correntes, nem correias nos pulsos; em resumo, você será tratado como um rei! E até me disseram – veja só! – para lhe dar uma boa garrafa de vinho velho e um frasco de conhaque.

Sébastiani soltou mais algumas piadas, depois pegou a lamparina, fez uma última inspeção no quarto e disse a seus filhos:

– Vamos deixá-lo dormir. Vocês também descansem, todos os três. Mas durmam com um olho aberto. Nunca se sabe... Eles se retiraram.

---

8 Nome dado aos bandidos da Vendeia, que torturavam suas vítimas com fogo para fazê-las confessar onde seu dinheiro estava escondido. (N. do T.)

Lupin esperou um pouco mais e perguntou, em voz baixa:
- Posso começar?
- Sim, mas tenha cuidado. Não é impossível que eles façam uma ronda em uma ou duas horas.

Lupin começou a trabalhar. Ele tinha uma lima muito potente, e o ferro das barras, enferrujado e roído pelo tempo, estava, em alguns lugares, quase reduzido a pó. Por duas vezes, Lupin parou para ouvir, com os ouvidos atentos. Mas era apenas o barulho de um rato sobre o lixo no andar superior, ou o voo de algum pássaro noturno; e ele continuou sua tarefa, encorajado por Daubrecq, que estava de pé junto à porta, pronto para avisá-lo ao menor alarme.

- Ufa! - disse ele, dando um último golpe na lima. - Fico feliz que isso tenha acabado, pois, juro, eu estava um pouco apertado neste túnel maldito... para não falar do frio...

Ele se apoiou com toda a sua força na barra que havia serrado por baixo e conseguiu forçá-la o suficiente para que o corpo de um homem pudesse deslizar entre as duas barras restantes. Em seguida, ele teve de voltar à extremidade da abertura, a parte mais larga, onde havia deixado a escada de corda. Depois de fixá-la nas barras, ele chamou Daubrecq:

- Psst!... Está tudo certo... Você está pronto?
- Sim... vindo... Mais um segundo, enquanto eu escuto... Tudo bem... Eles estão dormindo... me dê a escada.

Lupin a baixou e perguntou:
- Tenho de descer?
- Não... estou me sentindo um pouco fraco, mas vou conseguir.

De fato, ele chegou rapidamente à janela do vão e se arrastou pelo corredor atrás de seu salvador. O ar livre, entretanto, parecia deixá-lo tonto. Além disso, para se fortalecer, ele havia bebido metade da garrafa de bebida alcoólica e teve um desmaio que o manteve deitado sobre as pedras abraçadas por meia hora. Lupin, perdendo a paciência, estava prendendo-o a uma ponta da corda, cuja outra ponta estava amarrada nas barras, e se preparava para soltá-lo como um fardo de mercadorias, quando Daubrecq acordou, em melhores condições:

- Estou recuperado - disse ele. - Estou me sentindo em forma agora. Vai demorar muito?
- Muito tempo. Estamos a cento e cinquenta metros de altura.
- Como foi que d'Albufex não previu que era possível escapar por esse caminho?
- O penhasco é perpendicular.
- E você foi capaz de...

– Bem, suas primas insistiram... E então é preciso viver, você sabe, e elas foram generosas com o dinheiro.
– As queridas e boas almas! – disse Daubrecq. – Onde elas estão?
– Lá embaixo, em um barco.
– Há um rio, então?
– Sim, mas não vamos falar, se não se importa. É perigoso.
– Mais uma palavra. Você estava lá há muito tempo quando me jogou a carta?
– Não, não. Uns quinze minutos, mais ou menos. Eu lhe contarei tudo sobre isso... Enquanto isso, precisamos nos apressar.

Lupin foi primeiro, depois de recomendar a Daubrecq que se segurasse bem na corda e descesse de costas. Ele lhe daria uma mão nos pontos mais difíceis.

Levaram mais de quarenta minutos para chegar à plataforma da saliência formada pelo penhasco, e Lupin teve de ajudar várias vezes seu companheiro, cujos pulsos, ainda machucados pela tortura, haviam perdido toda a força e flexibilidade.

Ele gemia repetidamente:

– Oh, esses porcos, o que eles fizeram comigo! Esses porcos! Ah, d'Albufex, eu vou fazer você pagar caro por isso!...

– Ssh! – disse Lupin.

– O que foi?

– Um barulho... lá em cima...

Parados na plataforma, imóveis, eles escutaram. Lupin pensou no Sire de Tancarville e no sentinela que o havia matado com um tiro de seu revólver. Ele estremeceu, sentindo toda a angústia do silêncio e da escuridão.

– Não – disse ele –, eu estava enganado... Além disso, é absurdo... Eles não podem nos atingir aqui.

– Quem nos atingiria?

– Ninguém... ninguém... foi uma ideia boba...

Ele tateou até encontrar os montantes da escada; então disse:

– Aqui, aqui está a escada. Ela está fixada no leito do rio. Um amigo meu está cuidando dela, assim como suas primas.

Ele assobiou:

– Aqui estou eu – disse ele, em voz baixa. – Segure a escada com firmeza. – E, para Daubrecq – Eu vou primeiro.

Daubrecq se opôs:

– Talvez seja melhor que eu desça primeiro.

– Por quê?

– Estou muito cansado. Você pode amarrar sua corda em minha cintura e me segurar... Caso contrário, há o risco de eu...

– Sim, você está certo – disse Lupin. – Chegue mais perto.

Daubrecq se aproximou e se ajoelhou na rocha. Lupin prendeu a corda a ele e depois, abaixando-se, segurou um dos montantes com as duas mãos para evitar que a escada tremesse:

– Agora vá – disse ele.

No mesmo instante, ele sentiu uma dor violenta no ombro:

– Droga! – disse ele, afundando no chão.

Daubrecq o havia apunhalado com uma faca abaixo da nuca, um pouco à direita.

– Seu canalha! Seu canalha!

Ele meio que viu Daubrecq, no escuro, livrando-se de sua corda e o ouviu sussurrar:

– Você é um pouco tolo, sabia? Você me trouxe uma carta de minhas primas Rousselot, na qual reconheço a letra da mais velha, Adelaide, mas que aquela gatinha astuta da Adelaide, suspeitando de alguma coisa e querendo me colocar em alerta, se necessário, teve o cuidado de assinar com o nome da irmã mais nova, Euphrasie Rousselot. Veja bem, eu caí na armadilha! Então, com um pouco de reflexão... você é o Mestre Arsène Lupin, não é? O protetor de Clarisse, o salvador de Gilbert... Pobre Lupin, temo que você esteja em uma situação ruim... Não uso a faca com frequência; mas, quando uso, uso-a com vingança.

Ele se curvou sobre o homem ferido e procurou em seus bolsos:

– Dê-me seu revólver. Veja bem, seus amigos saberão imediatamente que não é o patrão deles e tentarão arrumar problemas... E, como não me restam muitas forças, uma bala ou duas... Adeus, Lupin. Nós nos encontraremos no outro mundo, não é? Reserve-me um belo apartamento, com todas as comodidades mais atuais.

– Adeus, Lupin. E meus melhores agradecimentos. Pois realmente não sei o que teria feito sem você. Por Deus, d'Albufex estava me batendo forte! Vai ser uma piada encontrar o miserável de novo!

Daubrecq havia terminado seus preparativos. Ele assobiou mais uma vez. Uma resposta veio do barco.

– Aqui estou eu – disse ele.

Com um último esforço, Lupin estendeu o braço para detê-lo. Mas sua mão não tocou nada além do vazio. Ele tentou gritar, para avisar seus cúmplices: sua voz ficou engasgada na garganta.

Ele sentiu uma terrível dormência se apoderar de todo o seu ser. Suas têmporas zumbiam.

De repente, gritos lá embaixo. Depois, um tiro. Depois outro, seguido de uma risada triunfante. E o choro e os gemidos de uma mulher. E, logo depois, mais dois tiros.

Lupin pensou em Clarisse, ferida, talvez morta; em Daubrecq, fugindo vitoriosamente; em d'Albufex; na rolha de cristal, que um ou outro dos dois adversários recuperaria sem resistir. Então, uma súbita visão lhe mostrou o Sire de Tancarville caindo com a mulher que amava. Então ele murmurou:

– Clarisse... Clarisse... Gilbert... Um grande silêncio o dominou; uma paz infinita o invadiu; e, sem a menor revolta, ele teve a impressão de que seu corpo exausto, sem nada agora para segurá-lo, estava rolando até a borda da rocha, em direção ao abismo.

# CAPÍTULO 9

# NA ESCURIDÃO

Um quarto de hotel em Amiens.

Lupin estava recuperando um pouco da consciência pela primeira vez. Clarisse e Masher estavam sentados ao lado de sua cama.

Ambos estavam conversando, e Lupin os ouvia sem abrir os olhos. Ele ficou sabendo que eles haviam temido por sua vida, mas que todo o perigo estava afastado. Em seguida, no decorrer da conversa, ele captou certas palavras que lhe revelaram o que havia acontecido na trágica noite em Mortepierre: A descida de Daubrecq; a consternação dos cúmplices, quando viram que não era o patrão; depois, a breve luta: Clarisse se atirando sobre Daubrecq e recebendo um ferimento no ombro; Daubrecq pulando para a margem; Growler disparando dois tiros de revólver e partindo em sua perseguição; Masher subindo a escada e encontrando o patrão desmaiado:

– É verdade que estou vivo – disse Masher –, mas não consigo entender até agora como ele não rolou. Havia uma espécie de buraco naquele lugar, mas era um buraco inclinado; e, meio morto como estava, ele deve ter se segurado com seus dez dedos. Caramba, já estava na hora de eu chegar!

Lupin escutou, escutou em desespero. Ele reuniu suas forças para captar e entender as palavras. Mas, de repente, uma frase terrível foi proferida: Clarisse, chorando, falou dos dezoito dias que haviam se passado, mais dezoito dias perdidos para a segurança de Gilbert.

Dezoito dias! Isso aterrorizou Lupin. Ele sentiu que tudo estava acabado, que ele nunca seria capaz de recuperar suas forças e retomar a luta e que Gilbert e Vaucheray estavam condenados... Seu pensamento lhe fugiu. A febre voltou e o delírio também.

E mais dias vieram e se passaram. Talvez tenha sido o período de sua vida do qual Lupin fala com o maior horror. Ele manteve a consciência suficiente e teve momentos de lucidez suficientes para entender exatamente a situação. Mas não era capaz de coordenar suas ideias, de seguir uma linha de argumentação, nem de instruir ou proibir seus amigos de adotar esta ou aquela linha de conduta.

Muitas vezes, quando saía de seu torpor, encontrava sua mão na mão de Clarisse e, naquele estado meio sonolento em que a febre o mantinha, dirigia-lhe palavras estranhas, palavras de amor e paixão, implorando-lhe, agradecendo-lhe e abençoando-a por toda a luz e alegria que ela havia trazido à sua escuridão.

Então, ficando mais calmo e sem entender completamente o que havia dito, ele tentava brincar:

– Eu estava delirando, não estava? Que monte de bobagens eu devo ter falado!

Mas Lupin sentiu, pelo silêncio de Clarisse, que poderia dizer com segurança todas as bobagens que sua febre lhe sugerisse. Ela não ouvia. O cuidado e a atenção que ela dedicava ao paciente, sua devoção, sua vigilância, seu alarme à menor recaída: tudo isso não era para ele, mas para o possível salvador de Gilbert. Ela observava ansiosamente o progresso de sua convalescença. Em quanto tempo ele estaria apto a retomar a campanha? Não seria loucura ficar ao lado dele, quando cada dia trazia um pouco de esperança?

Lupin não parava de repetir para si mesmo, com a crença interior de que, ao fazer isso, poderia influenciar o curso de sua doença:

– Eu vou ficar bom... Eu vou ficar bom...

E ele ficou deitado por dias a fio sem se mover, para não perturbar o curativo de seu ferimento nem aumentar a excitação de seus nervos no menor grau.

Ele também se esforçou para não pensar em Daubrecq. Mas a imagem de seu terrível adversário o assombrava; e ele reconstituiu as várias fases da fuga, a descida do penhasco... Um dia, atingido por uma terrível lembrança, ele exclamou:

– A lista! A lista dos Vinte e Sete! Daubrecq já deve tê-la... ou então d'Albufex. Ela estava sobre a mesa!

Clarisse o tranquilizou:

– Ninguém pode tê-la levado – declarou ela. – Growler estava em Paris naquele mesmo dia, com um bilhete meu para Prasville, pedindo que ele redobrasse a vigilância na Praça Lamartine, para que ninguém entrasse, especialmente d'Albufex...

– Mas Daubrecq?

Ele está ferido. Não pode ter ido para casa.

– Ah, bem – disse ele – está tudo bem!... Mas você também foi ferida...

– Um mero arranhão no ombro.

Lupin ficou com a mente mais tranquila depois dessas revelações. No entanto, ele era perseguido por ideias insistentes que não conseguia expulsar de seu cérebro ou colocar em palavras. Acima de tudo, ele pensava incessantemente no nome "Marie", que os sofrimentos de Daubrecq haviam tirado dele. A que se referia esse nome? Seria o título de um dos livros nas prateleiras ou uma parte do título? O livro em questão forneceria a chave para o mistério? Ou seria a palavra combinada de um cofre? Seria uma série de letras escritas em algum lugar: em uma parede, em um papel, em um painel de madeira, na montagem de um desenho, em uma fatura?

Essas perguntas, para as quais ele não conseguia encontrar uma resposta, o obcecavam e o deixavam exausto.

Em uma manhã, Arsène Lupin acordou sentindo-se muito melhor. O ferimento estava fechado e a temperatura quase normal. O médico, um amigo pessoal, que vinha todos os dias de Paris, prometeu que ele poderia se levantar depois de dois dias. E, naquele dia, na ausência de seus cúmplices e de Sra. Mergy, todos os três haviam saído dois dias antes em busca de informações, ele mesmo foi para a janela aberta.

Sentiu a vida voltar para ele com a luz do sol, com o ar agradável que anunciava a aproximação da primavera. Recuperou a construção de suas ideias, e os fatos voltaram a ocupar seu lugar no cérebro em sua sequência lógica e de acordo com suas relações.

À noite, ele recebeu um telegrama de Clarisse dizendo que as coisas estavam indo mal e que ela, Growler e Masher estavam todos hospedados em Paris. Ele ficou muito perturbado com esse telegrama e teve uma noite menos tranquila. Quais poderiam ser as notícias que deram origem ao telegrama de Clarisse?

Mas, no dia seguinte, ela chegou ao quarto dele muito pálida, com os olhos vermelhos de tanto chorar e, completamente exausta, caiu em uma cadeira:

– A apelação foi rejeitada – gaguejou ela.

Ele controlou sua emoção e perguntou, com uma voz de surpresa:

– Você estava contando com isso?

– Não, não – disse ela – mas, mesmo assim... eu ainda tinha esperança.

– Ela foi rejeitada ontem?

– Há uma semana. Masher não me contou nada e eu não tenho me atrevido a ler os jornais ultimamente.

– Sempre há a substituição da sentença – sugeriu ele.

– A substituição? Você imagina que eles vão substituir a sentença dos cúmplices de Arsène Lupin?

Ela pronunciou as palavras com uma violência e uma amargura que ele fingiu não notar; e ele disse:

– Vaucheray talvez não... Mas eles terão pena de Gilbert, de sua juventude...

– Eles não farão nada disso.

– Como você sabe?

– Eu vi o advogado dele.

– Você viu o advogado dele! E você disse a ele...

– Eu disse a ele que era a mãe de Gilbert e perguntei se, ao proclamar a identidade de meu filho, não poderíamos influenciar o resultado... ou pelo menos atrasá-lo.

– Você faria isso? – ele sussurrou. – Você admitiria...

– A vida de Gilbert vem antes de tudo. O que me importa meu nome? O que me importa o nome do meu marido?

– E seu pequeno Jacques? – objetou ele. – Você tem o direito de arruinar Jacques, de fazer dele o irmão de um homem condenado à morte?

Ela baixou a cabeça. E ele continuou:

– O que disse o advogado?

– Ele disse que um ato desse tipo não ajudaria Gilbert em nada. E, apesar de todos os seus protestos, eu pude ver que, no que lhe dizia respeito, ele não tinha mais ilusões e que a comissão de perdão estava fadada a decidir a favor da execução.

– A comissão, eu concordo com você; mas e o presidente da República?

– O presidente sempre segue o conselho da comissão.

– Ele não fará isso desta vez.

– E por que não?

– Porque nós exerceremos influência sobre ele.

– Como?

– Pela entrega condicional da lista dos Vinte e Sete!

– Você a tem?

– Não, mas eu a terei.

Sua certeza não havia vacilado. Ele fez a declaração com a mesma calma e fé no poder infinito de sua vontade.

Ela havia perdido parte de sua confiança nele e encolheu os ombros levemente:

– Se d'Albufex não roubou a lista, apenas um homem pode exercer alguma influência; apenas um homem: Daubrecq.

Ela disse essas palavras em uma voz baixa, o que o fez estremecer. Será que ela ainda estava pensando, como ele muitas vezes parecia sentir, em voltar para Daubrecq e pagar-lhe pela vida de Gilbert?

– Você fez um juramento a mim – disse ele. – Estou lhe lembrando disso. Foi acordado que a luta com Daubrecq deveria ser dirigida por mim e que nunca haveria a possibilidade de qualquer acordo entre você e ele.

Ela retrucou:

– Eu nem sequer sei onde ele está. Se eu soubesse, você não saberia?

Foi uma resposta evasiva. Mas ele não insistiu, decidindo observá-la no momento oportuno; e ele perguntou a ela, pois ainda não havia sido informado de todos os detalhes:

– Então não se sabe o que aconteceu com Daubrecq?

– Não. É claro que uma das balas de Growler o atingiu. Pois, no dia seguinte, pegamos, em uma moita, um lenço coberto de sangue. Além disso, parece que um homem foi visto na estação de Aumale, parecendo muito cansado e andando com muita dificuldade. Ele pegou uma passagem para Paris, entrou no primeiro trem e isso é tudo...

– Ele deve estar gravemente ferido – disse Lupin – e está se tratando em algum refúgio seguro. Talvez, também, ele considere prudente ficar quieto por algumas semanas e evitar quaisquer armadilhas por parte da polícia, d'Albufex, você, eu e todos os outros inimigos dele.

Ele parou para pensar e continuou:

– O que aconteceu em Mortepierre desde a fuga de Daubrecq? Não houve nenhuma conversa na vizinhança?

– Não, a corda foi retirada antes do amanhecer, o que prova que Sébastiani ou seus filhos descobriram a fuga de Daubrecq na mesma noite. Sébastiani esteve fora durante todo o dia seguinte.

– Sim, ele deve ter informado o marquês. E onde está o próprio marquês?

– Em casa. E, pelo que Growler ouviu, também não há nada suspeito lá.

– Eles têm certeza de que ele não esteve na casa de Daubrecq?

– Tanto quanto é possível.

– Nem Daubrecq?

– Nem Daubrecq.

– Você viu Prasville?

– Prasville está fora, de licença. Mas o inspetor-chefe Blanchon, que está encarregado do caso, e os detetives que estão vigiando a casa declaram que, de acordo com as instruções de Prasville, a vigilância deles não é relaxada nem por um momento, mesmo à noite; que um deles, de um lado para o outro, está sempre de plantão no escritório; e que ninguém, portanto, pode ter entrado.

– Então, em princípio – concluiu Arsène Lupin – a rolha de cristal ainda deve estar no escritório de Daubrecq?

– Se ela estava lá antes do desaparecimento de Daubrecq, deve estar lá agora.

– E na escrivaninha.

– Na escrivaninha? Por que você diz isso?

– Porque eu sei – disse Lupin, que não havia esquecido as palavras de Sébastiani.

– Mas você não sabe o item em que a rolha está escondida?

– Não. Mas uma escrivaninha, é um espaço limitado. É possível explorá-lo em vinte minutos. Pode-se demoli-lo, se necessário, em dez.

A conversa havia cansado um pouco Arsène Lupin. Como ele não queria cometer a menor imprudência, disse a Clarisse:

– Escute. Vou lhe pedir que me dê mais dois ou três dias. Hoje é segunda-feira, dia 4 de março. Na quarta ou quinta-feira, no máximo, estarei de pé e pronto. E você pode ter certeza de que teremos sucesso.

– E, nesse meio-tempo...

– Nesse meio-tempo, volte para Paris. Pegue um quarto, com Growler e Masher, no Hotel Franklin, perto do Trocadero, e fique de olho na casa de Daubrecq. Você é livre para entrar e sair quando quiser. Estimule o zelo dos detetives de plantão.

– E se Daubrecq voltar?

– Se ele voltar, será muito melhor: nós o teremos.

– E se ele estiver apenas de passagem? Nesse caso, Growler e Masher devem segui-lo.

– E se eles o perderem de vista?

Lupin não respondeu. Ninguém sentia mais do que ele como era fatal permanecer inativo em um quarto de hotel e como sua presença teria sido útil no campo de batalha! Talvez até mesmo essa vaga ideia já tivesse prolongado sua doença além dos limites normais.

Ele murmurou:

– Vá agora, por favor.

Havia um constrangimento entre eles que aumentava à medida que o terrível dia se aproximava. Em sua injustiça, esquecendo ou desejando esquecer que foi ela quem forçou o filho a entrar no empreendimento de Enghien, Sra. Mergy não se esqueceu de que a lei estava perseguindo Gilbert com tanto rigor, não tanto por ele ser um criminoso, mas por ser cúmplice de Arsène Lupin. E então, apesar de todos os seus esforços, apesar de seu prodigioso gasto de energia, que resultado Lupin havia alcançado, no final das contas? Até que ponto sua intervenção havia beneficiado Gilbert?

Depois de uma pausa, ela se levantou e o deixou sozinho.

No dia seguinte, ele estava se sentindo bastante abatido. Mas no dia seguinte, na quarta-feira, quando seu médico queria que ele ficasse quieto até o final da semana, ele disse:

– O que tenho a temer?

– O retorno da febre.

– Nada pior?

– Não. A ferida está bem cicatrizada.

– Então não me importo. Voltarei com você em seu carro. Estaremos em Paris ao meio-dia.

O que decidiu Lupin a partir imediatamente foi, em primeiro lugar, uma carta em que Clarisse lhe dizia que havia encontrado os rastros de Daubrecq e, também, um telegrama, publicado nos jornais de Amiens, que afirmava que o Marquês d'Albufex havia sido preso por sua cumplicidade no caso do canal.

Daubrecq estava se vingando.

Agora, o fato de Daubrecq estar se vingando provava que o marquês não tinha sido capaz de impedir essa vingança ao apreender o documento que estava sobre a escrivaninha no escritório. Isso provou que o inspetor-chefe Blanchon e os detetives haviam mantido uma boa vigilância. Isso provou que a rolha de cristal ainda estava na Praça Lamartine.

Ainda estava lá; e isso mostrava que Daubrecq não havia se aventurado a ir para casa, ou que seu estado de saúde o impedia de fazê-lo, ou ainda que ele tinha confiança suficiente no esconderijo para não se dar ao trabalho de sair.

De qualquer forma, não havia dúvida quanto ao caminho a ser seguido: Lupin deveria agir e agir com inteligência. Ele deveria se antecipar a Daubrecq e pegar a rolha de cristal.

Quando atravessaram o Bois de Boulogne e estavam se aproximando da Praça Lamartine, Lupin se despediu do médico e parou o carro. Growler e Masher, para quem ele havia mandado um telegrama, o encontraram.

– Onde está a Sra. Mergy? – ele perguntou.

– Ela não voltou desde ontem; nos enviou uma mensagem expressa dizendo que viu Daubrecq saindo da casa de suas primas e entrando em um táxi. Ela sabe o número do táxi e nos manterá informados.

– Nada mais?

– Nada mais.

– Nenhuma outra notícia?

– Sim, o Paris-Midi diz que d'Albufex cortou os pulsos ontem à noite, com um pedaço de vidro quebrado, em sua cela na Santé. Ele parece ter deixado uma longa carta, confessando sua culpa, mas acusando Daubrecq de sua morte e expondo o papel desempenhado por Daubrecq no caso do canal.

– Isso é tudo?

– Não. O mesmo jornal afirmou que tem motivos para acreditar que a comissão de perdão, depois de examinar os registros, rejeitou a petição de Vaucheray e Gilbert e que seu advogado provavelmente será recebido em audiência pelo presidente na sexta-feira.

Lupin estremeceu.

– Eles não estão perdendo tempo – disse ele. – Posso ver que Daubrecq, logo no primeiro dia, colocou o parafuso na velha máquina judicial. Mais uma semana... e a lâmina cai. Meu pobre Gilbert! Se, na próxima sexta-feira, os documentos que seu advogado apresentar ao presidente da República não contiverem a oferta condicional da lista dos Vinte e Sete, então, meu pobre Gilbert, você está acabado!

– Ora, ora, patrão, você está perdendo a coragem?

– Eu? De modo algum! Terei a rolha de cristal em uma hora. Em duas horas, verei o conselho de Gilbert. E o pesadelo terá terminado.

– Muito bem, patrão! É como o seu antigo eu. Vamos esperar pelo senhor aqui?

– Não, volte para seu hotel. Eu me juntarei a vocês mais tarde.

Eles se separaram. Lupin foi direto para a casa e tocou a campainha. Um detetive abriu a porta e o reconheceu:

– Sr. Nicole, creio eu?

– Sim – disse ele. – O inspetor-chefe Blanchon está aqui?

– Está.

– Posso falar com ele?

O homem o levou ao escritório, onde o inspetor-chefe Blanchon o recebeu com evidente prazer.

– Bem, inspetor-chefe, o que há de novo?

– Sr. Nicole, minhas ordens são para me colocar inteiramente à sua disposição; e posso dizer que estou muito feliz em vê-lo hoje.

– Por que isso?

– Porque há algo novo.

– Algo sério?

– Algo muito sério.

– Rápido, fale.

– Daubrecq voltou.

– Eh, o quê! – exclamou Lupin, com um sobressalto. – Daubrecq voltou? Ele está aqui?

– Não, ele foi embora.

– E ele entrou aqui, no escritório?

– Sim.

– Esta manhã.

– E você não o impediu?

– Que direito eu tinha?

– E vocês não o detiveram?

– Por suas ordens, não o detivemos.

Lupin se sentiu empalidecer. Daubrecq havia voltado para buscar a rolha de cristal!

Ele ficou em silêncio por algum tempo e repetiu para si mesmo:

"Ele voltou para buscá-la... Ele estava com medo de que ela fosse encontrada e a pegou... É claro que isso era inevitável... com d'Albufex preso, com d'Albufex acusado e acusando-o, Daubrecq era obrigado a se defender. É um jogo difícil para ele. Depois de meses e meses de mistério, o público está finalmente descobrindo que o ser infernal que planejou toda a tragédia dos Vinte e Sete e que arruína e mata seus adversários é ele, Daubrecq. O que aconteceria com ele se, por um milagre, se seu talismã não o protegesse? Ele o pegou de volta."

E, tentando fazer com que sua voz soasse firme, ele perguntou:

– Ele ficou muito tempo?

– Vinte segundos, talvez.

– O quê! Vinte segundos? Não ficou mais tempo?

– Não mais.

– Que horas eram?

– Dez horas.

– Será que ele já sabia do suicídio do Marquês d'Albufex?

– Sim. Eu vi a edição especial do Paris-Midi em seu bolso.

– É isso, é isso – disse Lupin. E perguntou: – O Sr. Prasville não lhe deu nenhuma instrução especial para o caso de Daubrecq voltar?

– Não. Então, na ausência do Sr. Prasville, telefonei para a delegacia de polícia e estou esperando. O desaparecimento do deputado Daubrecq causou um grande alvoroço, como você sabe, e nossa presença aqui tem um motivo, aos olhos do público, enquanto esse desaparecimento continuar. Mas, agora que Daubrecq voltou, agora que temos provas de que ele não está preso nem morto, como podemos ficar na casa?

– Não importa – disse Lupin, distraidamente. – Não importa se a casa é vigiada ou não. Daubrecq veio; portanto, a rolha de cristal não está mais aqui.

Ele não havia terminado a frase, quando uma pergunta naturalmente se impôs em sua mente. Se a rolha de cristal não estava mais lá, isso não seria óbvio por algum sinal material? Será que a remoção desse objeto, sem dúvida contido em outro objeto, não deixou nenhum rastro, nenhum vazio?

Isso era fácil de verificar. Lupin tinha apenas que examinar a escrivaninha, pois ele sabia, pela conversa de Sébastiani, que aquele era o local do esconderijo. E o esconderijo não poderia ser complicado, visto que Daubrecq não havia permanecido no escritório por mais de vinte segundos, tempo suficiente, por assim dizer, para entrar e sair novamente.

Lupin olhou. E o resultado foi imediato. Sua memória havia gravado tão fielmente a imagem da escrivaninha, com todos os itens sobre ela, que a ausência de um deles o impressionou instantaneamente, como se aquele item, e apenas aquele, fosse o sinal característico que distinguia aquela escrivaninha em particular de todas as outras mesas do mundo.

"Oh", pensou ele, tremendo de satisfação, "tudo se encaixa! Tudo!... Até aquela meia palavra que a tortura extraiu de Daubrecq na torre de Mortepierre! O enigma está resolvido. Não precisa mais hesitar, não precisa mais tatear no escuro. O fim está à vista".

E, sem responder às perguntas do inspetor, ele pensou na simplicidade do esconderijo e se lembrou da maravilhosa história de Edgar Allan Poe, na qual a carta roubada, tão ansiosamente procurada, é, de certa forma, exibida a todos os olhos. As pessoas não suspeitam do que não parece estar escondido.

– Ora, ora – disse Lupin, ao sair, muito animado com sua descoberta – parece que estou condenado, nesta aventura confusa, a enfrentar decepções até o fim. Tudo o que eu construo se desfaz em pedaços imediatamente. Toda vitória termina em desastre.

No entanto, ele não se deixou abater. Por um lado, ele agora sabia onde Daubrecq, o deputado, havia escondido a rolha de cristal. Por outro lado, ele logo saberia por Clarisse Mergy onde o próprio Daubrecq estava se escondendo. O resto, para ele, seria brincadeira de criança.

Growler e Masher estavam esperando por ele na sala de estar do Hotel Franklin, um pequeno hotel familiar perto do Trocadero. Sra. Mergy ainda não havia lhe escrito.

– Oh – disse ele –, eu posso confiar nela! Ela vai se agarrar a Daubrecq até ter certeza.

No entanto, no final da tarde, ele começou a ficar impaciente e ansioso. Ele estava lutando uma daquelas batalhas – a última, esperava – em que o menor atraso poderia colocar tudo a perder. Se Daubrecq despistou a Sra. Mergy, como ele poderia ser pego novamente? Eles não tinham mais semanas ou dias, mas apenas algumas horas, um número terrivelmente limitado de horas, para reparar quaisquer erros que pudessem cometer.

Ele viu o proprietário do hotel e lhe perguntou:

– Tem certeza de que não há nenhuma carta expressa para meus dois amigos?

– Com certeza, senhor.

– Nem para mim, Sr. Nicole?

– Não, senhor.

– Isso é curioso – disse Lupin. – Tínhamos certeza de que teríamos notícias de Sra. Audran.

Audran era o nome sob o qual Clarisse estava hospedada no hotel.

– Mas a senhora esteve aqui – disse o proprietário.

– O quê?

– Ela chegou há algum tempo e, como os cavalheiros não estavam lá, deixou uma carta em seu quarto. O porteiro não lhe disse?

Lupin e seus amigos subiram correndo as escadas. Havia uma carta sobre a mesa.

– Olá! – disse Lupin. – Ela foi aberta! Como poderia ser? E por que foi cortada com uma tesoura?

A carta continha as seguintes linhas:

*"Daubrecq passou a semana no Hotel Central. Esta manhã ele levou sua bagagem para a Estação de — e telefonou para reservar um lugar no vagão-dormitório — para —*

*"Não sei quando o trem parte. Mas estarei na estação durante toda a tarde. Venham assim que puderem, vocês três. Vamos tomar providências para sequestrá-lo."*

– E agora? – disse Masher. – Em que estação? E para onde é o vagão-dormitório? Ela cortou exatamente as palavras que queríamos!

– Sim – disse Growler. – Dois cortes com a tesoura em cada lugar, e as palavras que mais queríamos desapareceram. Quem já viu uma coisa dessas? Será que a Sra. Mergy perdeu a cabeça?

Lupin não se mexeu. Um fluxo de sangue batia em suas têmporas com tanta violência que ele colou os punhos nelas e pressionou com toda a força. Sua febre voltou, ardente e turbulenta, e sua vontade, incendiada à beira do sofrimento físico, concentrou-se naquele inimigo furtivo, que deveria ser controlado ali mesmo, se ele próprio não quisesse ser irremediavelmente derrotado.

Ele murmurou, com muita calma:

– Daubrecq esteve aqui.

– Daubrecq!

– Não podemos supor que a Sra. Mergy tenha se divertido cortando essas duas palavras. Daubrecq esteve aqui. Sra. Mergy pensou que ela o estava observando. Em vez disso, ele a estava observando.

– Como?

– Sem dúvida, por meio daquele carregador de malas que não nos disse que Sra. Mergy tinha estado no hotel, mas que deve ter contado a Daubrecq. Ele veio. Ele leu a carta. E, para nos atingir, ele se contentou em cortar as palavras essenciais.

– Podemos descobrir... podemos perguntar...

– Qual é a vantagem? Qual é a utilidade de descobrir como ele veio, quando sabemos que ele veio?

Ele examinou a carta por algum tempo, virou-a várias vezes, depois se levantou e disse:

– Venha conosco.
– Para onde?
– Estação de Lyon.
– Tem certeza?
– Não tenho certeza de nada com Daubrecq. Mas, como temos de escolher, de acordo com o conteúdo da carta, entre a Estação de l'Est e a Estação de Lyon[9] estou presumindo que seus negócios, seu prazer e sua saúde provavelmente levarão Daubrecq mais na direção de Marselha e da Riviera do que para a Estação de l'Est.

Passava das sete quando Lupin e seus companheiros deixaram o Hotel Franklin. Um carro os levou por Paris a toda velocidade, mas eles logo viram que Clarisse Mergy não estava do lado de fora da estação, nem nas salas de espera, nem em nenhuma das plataformas.

– De qualquer modo – murmurou Lupin, cuja agitação crescia à medida que os obstáculos aumentavam, – ainda assim, se Daubrecq reservou um lugar em um vagão-dormitório, só pode ter sido em um trem noturno. E mal são sete e meia!

Um trem estava partindo, o expresso noturno. Eles tiveram tempo de correr pelo corredor. Ninguém... nem Sra. Mergy nem Daubrecq...

Mas, quando os três estavam indo embora, um carregador os abordou perto da sala de bebidas:

– Algum dos senhores está procurando uma dama?
– Sim, sim... Eu estou – disse Lupin. – Rápido, o que é?
– Oh, é você, senhor! A senhora me disse que poderiam ser três ou dois de vocês... E eu não sabia...
– Mas, em nome do céu, fale, homem! Que senhora?
– A senhora que passou o dia inteiro na calçada, com a bagagem, esperando.
– Bem, fale logo! Ela pegou um trem?
– Sim, o trem de luxo, às seis e meia: ela se decidiu no último momento, ela me pediu para dizer. E eu também deveria dizer que o cavalheiro estava no mesmo trem e que eles estavam indo para Monte Carlo.
– Droga! – murmurou Lupin. – Deveríamos ter pegado o expresso agora mesmo! Não há mais nada além dos trens noturnos, e eles se arrastam! Perdemos mais de três horas.

A espera parecia interminável. Eles reservaram seus assentos. Telefonaram para o proprietário do Hotel Franklin para que enviasse suas cartas para Monte

---

9 Essas são as duas únicas estações da linha principal de Paris com a palavra "de" em seu nome. As outras têm du, como a Estação du Nord ou a Estação du Luxembourg, d', como a Estação d'Orleans, ou nenhum particípio, como a Estação Saint-Lazare ou a Estação Montparnasse. (N. do T.)

Carlo. Eles jantaram. Leram os jornais. Finalmente, às nove e meia da noite, o trem partiu.

E assim, por uma série de circunstâncias realmente trágicas, no momento mais crítico da disputa, Lupin estava dando as costas ao campo de batalha e indo embora, ao acaso, para procurar, não sabia onde, e derrotar, não sabia como, o inimigo mais formidável e esquivo que já havia combatido.

E isso se passava a quatro dias, cinco dias no máximo, antes da inevitável execução de Gilbert e Vaucheray.

Foi uma noite ruim e dolorosa para Lupin. Quanto mais ele estudava a situação, mais terrível ela lhe parecia. Por todos os lados, ele se deparava com a incerteza, a escuridão, a confusão e o desamparo.

É verdade que ele conhecia o segredo da rolha de cristal. Mas como ele poderia saber que Daubrecq não mudaria ou já não havia mudado suas táticas? Como ele poderia saber que a lista dos Vinte e Sete ainda estava dentro daquela rolha de cristal ou que a rolha de cristal ainda estava dentro do objeto onde Daubrecq a havia escondido pela primeira vez?

E havia mais uma razão séria para alarme no fato de que Clarisse Mergy pensava que estava fazendo sombra e observando Daubrecq em um momento em que, ao contrário, Daubrecq a estava observando, arrastando-a, com uma esperteza diabólica, para os lugares escolhidos por ele mesmo, longe de qualquer ajuda ou esperança de ajuda.

Oh, o jogo de Daubrecq era claro como a luz do dia! Será que Lupin não conhecia as hesitações da infeliz mulher? Será que ele não sabia – e Growler e Masher confirmaram isso muito positivamente – que Clarisse encarava a infame barganha planejada por Daubrecq como algo possível e aceitável? Nesse caso, como ele, Lupin, poderia ter sucesso? A lógica dos eventos, tão poderosamente moldada por Daubrecq, levava a um resultado fatal: a mãe deveria se sacrificar e, para salvar seu filho, jogar seus escrúpulos, sua repugnância, sua própria honra, aos ventos!

– Oh, seu canalha! – rosnou Lupin, em um acesso de raiva. – Se eu o pegar, vou fazê-lo dançar uma bela música! Eu não estaria em seu lugar por muito tempo, quando isso acontecer.

Eles chegaram a Monte Carlo às três horas da tarde. Lupin ficou imediatamente desapontado por não ver Clarisse na plataforma da estação.

Ele esperou. Nenhum mensageiro veio até ele.

Ele perguntou aos carregadores e cobradores de passagens se eles haviam notado, em meio à multidão, dois viajantes que correspondiam à descrição de Daubrecq e Clarisse. Eles não notaram.

Ele teve, portanto, que começar a trabalhar e caçar em todos os hotéis e alojamentos do principado. Ah, o tempo perdido!

Na noite seguinte, Lupin sabia, sem sombra de dúvida, que Daubrecq e Clarisse não estavam em Monte Carlo, nem em Mônaco, nem em Cap d'Ail, nem em La Turbie, nem em Cap Martin.

– Onde eles podem estar, então? – ele se perguntou, tremendo de raiva.

Finalmente, no sábado, ele recebeu, no correio restante, um telegrama que havia sido reendereçado do Hotel Franklin e que dizia:

*"Ele saiu em Cannes e está indo para San Remo, Hotel Palace des Ambassadeurs. Clarisse."*

O telegrama tinha a data do dia anterior.

– Puxa vida! – exclamou Lupin. – Eles passaram por Monte Carlo. Um de nós deveria ter ficado na estação. Eu pensei nisso; mas, em meio a toda aquela agitação...

Lupin e seus amigos pegaram o primeiro trem para a Itália.

Eles cruzaram a fronteira às 12 horas. O trem entrou na estação de San Remo às 12:40.

Eles viram imediatamente um carregador de hotel, com "Ambassadeurs-Palace" em seu boné trançado, que parecia estar procurando por alguém entre os que chegavam.

Lupin foi até ele:

– Você está procurando por Nicole?

– Sim, Sr. Nicole e dois cavalheiros.

– Da parte de uma senhora?

– Sim, Sra. Mergy.

– Ela está hospedada em seu hotel?

– Não. Ela não saiu. Ela acenou para mim, descreveu os três senhores e me disse para dizer que estava indo para Gênova, para o Hotel Continental.

– Ela estava sozinha?

– Sim.

Lupin deu uma gorjeta ao homem, dispensou-o e se voltou para seus amigos:

– Hoje é sábado. Se a execução ocorrer na segunda-feira, não há nada a ser feito. Mas segunda-feira não é um dia provável... O que tenho de fazer é colocar as mãos em Daubrecq hoje à noite e estar em Paris na segunda-feira, com o documento. É a nossa última chance. Vamos aproveitá-la.

Growler foi até o escritório de reservas e voltou com três passagens para Gênova.

O trem apitou.

Lupin teve uma última hesitação:

– Não, sério, é muito infantil! O que estamos fazendo? Deveríamos estar em Paris, não aqui!

Ele estava a ponto de abrir a porta e sair pulando pela via permanente. Mas seus companheiros o impediram. O trem partiu. Ele se sentou novamente.

E eles continuaram sua perseguição louca, viajando ao acaso, em direção ao desconhecido...

E isso aconteceu dois dias antes da inevitável execução de Gilbert e Vaucheray.

# CAPÍTULO 10

# EXTRA-SECO?

Em uma das colinas que cercam Nice com a mais bela paisagem do mundo, entre o Vallon de Saint-Silvestre e o Vallon de La Mantéga, há um enorme hotel com vista para a cidade e a maravilhosa Baie des Anges. Uma multidão vem de todas as partes, formando uma mistura de todas as classes e nações.

Na noite do mesmo sábado em que Lupin, Growler e Masher estavam mergulhando na Itália, Clarisse Mergy entrou nesse hotel, pediu um quarto voltado para o sul e escolheu o nº 130, no segundo andar, um quarto que estava vago desde aquela manhã.

O quarto era separado do nº 129 por duas portas divisórias. Assim que ficou sozinha, Clarisse puxou a cortina que ocultava a primeira porta, puxou o ferrolho sem fazer barulho e encostou o ouvido na segunda porta:

"Ele está aqui" pensou ela. "Ele está se vestindo para ir ao clube... como fez ontem."

Quando o vizinho se foi, ela entrou no corredor e, aproveitando um momento em que não havia ninguém à vista, foi até a porta do número 129. A porta estava trancada.

Ela esperou a noite toda pelo retorno do vizinho e só foi dormir às duas horas. No domingo de manhã, ela retomou sua vigília.

O vizinho saiu às onze horas. Dessa vez, ele deixou a chave na porta.

Girando apressadamente a chave, Clarisse entrou corajosamente, foi até a porta divisória, levantou a cortina, puxou o ferrolho e se viu em seu próprio quarto.

Em poucos minutos, ela ouviu duas camareiras entrando no quarto de número 129.

Ela esperou até que saíssem. Então, sentindo-se segura de que não seria incomodada, entrou mais uma vez no outro quarto.

Sua agitação a fez encostar em uma cadeira. Depois de dias e noites de perseguição obstinada, depois de esperanças e decepções alternadas, ela finalmente havia conseguido entrar em um quarto ocupado por Daubrecq. Ela poderia olhar ao redor à vontade e, se não descobrisse a rolha de cristal, poderia pelo menos se esconder no espaço entre as portas divisórias, atrás do cabide, ver Daubrecq, espionar seus movimentos e descobrir seu segredo.

Ela olhou ao seu redor. Uma mala de viagem imediatamente chamou sua atenção. Ela conseguiu abri-la, mas sua busca foi inútil.

Ela vasculhou as bandejas de um baú e os compartimentos de uma mala de viagem. Revistou o guarda-roupa, a escrivaninha, a cômoda, o banheiro, todas as mesas, todos os móveis. Não encontrou nada.

Ela teve um sobressalto quando viu um pedaço de papel na varanda, como se tivesse sido jogado ali por acidente:

"Pode ser um truque de Daubrecq?", pensou ela, em voz alta. "Será que esse pedaço de papel pode conter..."

– Não – disse uma voz atrás dela, quando ela colocou a mão no trinco.

Ela se virou e viu Daubrecq.

Não sentiu espanto nem alarme, nem mesmo qualquer constrangimento ao se encontrar frente a frente com ele. Ela havia sofrido demais durante meses para se preocupar com o que Daubrecq poderia pensar dela ou dizer, ao pegá-la no ato de espionagem.

Ela se sentou cansada.

Ele sorriu:

– Não, você está fora disso, querida amiga. Como dizem as crianças, não está "quente" de jeito nenhum. Oh, nem um pouco! E é tão fácil! Quer que eu a ajude? Está ao seu lado, cara amiga, naquela mesinha... E, no entanto, por Deus, não há muita coisa naquela mesinha! Algo para ler, algo para escrever, algo para fumar, algo para comer... e isso é tudo... Você gostaria de comer uma dessas frutas cristalizadas? Ou talvez você prefira esperar pela refeição mais substancial que eu pedi?

Clarisse não respondeu. Ela nem mesmo parecia ouvir o que ele estava dizendo, como se esperasse outras palavras, palavras mais sérias, que ele não poderia deixar de pronunciar.

Ele limpou a mesa de todas as coisas que estavam sobre ela e as colocou sobre a lareira. Em seguida, tocou a campainha.

Um garçom-chefe apareceu. Daubrecq perguntou:

– O almoço que eu pedi está pronto?

– Sim, senhor.

– É para dois, não é?

– Sim, senhor.

– E o champanhe?

– Sim, senhor.

– Extra-seco?

– Sim, senhor.

Outro garçom trouxe uma bandeja e colocou duas travessas cobertas sobre a mesa: um almoço frio, algumas frutas e uma garrafa de champanhe em um recipiente com gelo.

Em seguida, os dois garçons se retiraram.

– Sente-se, querida senhora. Como vê, eu estava pensando em você.

E, sem parecer observar que Clarisse não estava nem um pouco disposta a honrar seu convite, ele se sentou, começou a comer e continuou:

– Sim, juro, eu esperava que você acabasse consentindo com esse pequeno encontro particular. Durante a semana passada, enquanto a senhora me vigiava tão assiduamente, não fiz nada além de dizer a mim mesmo: "O que será que ela prefere: champanhe doce, champanhe seco ou extra-seco?" Eu estava realmente intrigado. Especialmente depois de nossa partida de Paris. Eu havia perdido seus rastros, ou seja, temia que você tivesse perdido os meus e abandonei a busca que era tão gratificante para mim. Quando eu saía para caminhar, sentia falta de seus belos olhos escuros, brilhando de ódio sob seus cabelos grisalhos. Mas, esta manhã, eu entendi: o quarto ao lado do meu estava finalmente vazio; e minha amiga Clarisse pôde se instalar, por assim dizer, ao lado da minha cama. A partir daquele momento, fiquei mais tranquilo. Eu tinha certeza de que, ao voltar – em vez de almoçar no restaurante, como de costume –, eu a encontraria arrumando minhas coisas de acordo com sua conveniência e seu próprio gosto. Foi por isso que pedi duas travessas: uma para seu humilde criado e outra para sua bela amiga.

Ela o estava ouvindo agora e com o maior terror. Então Daubrecq sabia que estava sendo espionado! Durante uma semana inteira, ele havia percebido que ela e todos os seus esquemas eram verdadeiros!

Em voz baixa, com os olhos ansiosos, ela perguntou:

– Você fez isso de propósito, não fez? Você só foi embora para me arrastar com você?

– Sim – disse ele.

– Mas por quê? Por quê?

– Você quer dizer que não sabe? – retrucou Daubrecq, rindo com satisfação.

Ela se levantou da cadeira e, inclinando-se na direção dele, pensou, como sempre pensava, no assassinato que poderia cometer, no assassinato que cometeria. Um tiro de revólver e o bruto odioso estaria morto.

Lentamente, sua mão deslizou até a arma escondida em seu corpete.

Daubrecq disse:

– Um segundo, querida amiga... Você pode atirar em seguida, mas peço que primeiro leia este telegrama que acabei de receber.

Ela hesitou, sem saber que armadilha ele estava preparando para ela; mas ele continuou, enquanto mostrava um telegrama:

– É sobre seu filho.

– Gilbert? – perguntou ela, muito preocupada.

– Sim, Gilbert... Aqui, leia-o.

Ela deu um grito de consternação. Ela havia lido:

*"Execução na terça-feira de manhã."*

E ela imediatamente se atirou sobre Daubrecq, chorando:

– Não é verdade!... É uma mentira... para me enlouquecer... Oh, eu o conheço: você é capaz de tudo! Confesse! Não vai ser na terça-feira, vai? Em dois dias! Não, não... Eu lhe digo, ainda temos quatro dias, cinco dias, para salvá-lo... Confesse, confesse!

Ela não tinha mais forças, exausta por esse ataque de rebeldia, e sua voz só emitia sons inarticulados.

Ele olhou para ela por um momento, depois serviu-se de uma taça de champanhe e bebeu-a de um só gole. Ele deu alguns passos pela sala, voltou para ela e disse:

– Ouça-me, querida...

O insulto a fez tremer com uma energia inesperada. Ela se levantou e, ofegante de indignação, disse:

– Eu o proíbo... Eu o proíbo de falar comigo dessa maneira. Não aceitarei tal ultraje. Seu miserável!...

Ele encolheu os ombros e continuou:

– Vejo que você não está muito consciente de sua posição. Isso acontece, é claro, porque você ainda espera receber ajuda de algum lugar. Prasville, talvez? O excelente Prasville, cujo braço direito é você... Minha cara amiga, uma esperança perdida... Você deve saber que Prasville está envolvido no caso do Canal! Não diretamente: isto é, o nome dele não está na lista dos Vinte e Sete; mas está lá sob o nome de um de seus amigos, um ex-deputado chamado Vorenglade, Stanislas Vorenglade, seu homem de palha, aparentemente: um indivíduo sem dinheiro que eu deixei sozinho e com razão. Eu não sabia de nada disso até esta manhã, quando, vejam só, recebi uma carta informando-me da existência de um pacote de documentos que provam a cumplicidade de nosso único Prasville! E quem é meu informante? O próprio Vorenglade! Vorenglade, que, cansado de viver na pobreza, quer extorquir dinheiro de Prasville, correndo o risco de ser preso, e que terá o maior prazer em entrar em acordo comigo. E Prasville será demitido. Oh, que piada! Juro a você que ele vai se ferrar, o vilão! Por Deus, mas ele já me irritou o suficiente! Prasville, meu velho, você mereceu...

Ele esfregou as mãos, deleitando-se com a vingança que estava por vir. E continuou:

– Veja, minha querida Clarisse... não há nada a ser feito nesse sentido. E então? A que palha você vai se agarrar? Ora, eu estava me esquecendo: Sr. Arsène Lupin! Sr. Growler! Sr. Masher!... você vai admitir que esses senhores não brilharam e que todas as suas proezas não me impediram de seguir meu próprio caminho. Era para ser assim. Esses sujeitos imaginam que não há ninguém que se iguale a eles. Quando encontram um adversário como eu, alguém que não pode ser rechaçado, isso os perturba e eles cometem um erro após o outro, enquanto ainda acreditam que estão enganando-o como loucos. Meninos de escola, isso é o que eles são! No entanto, como você parece ter algumas ilusões sobre o referido Lupin, como você está contando com esse pobre diabo para me esmagar e fazer um milagre em favor do seu inocente Gilbert, vamos desfazer essa ilusão. Oh! Lupin! Deus do céu, ela acredita em Lupin! Ela deposita suas últimas esperanças em Lupin! Lupin! Espere só até que eu o pique, meu ilustre saco de vento!

Ele pegou o receptor do telefone que se comunicava com o saguão do hotel e disse:

– Aqui é do número 129, senhorita. A senhora poderia pedir à pessoa sentada em frente à sua sala para vir até mim? Huh!... Sim, mademoiselle, o senhor de chapéu de feltro cinza. Ele sabe. Obrigado, senhorita.

Desligando o fone, ele se virou para Clarisse:

– Não tenha medo. O homem é a própria discrição. Além disso, é o lema de sua profissão: "Discrição e rapidez". Como detetive aposentado, ele me prestou uma série de serviços, inclusive o de segui-la enquanto você me seguia. Desde que chegamos ao sul, ele tem estado menos ocupado com você, mas isso foi porque ele estava mais ocupado em outros lugares. Entre, Jacob.

Ele mesmo abriu a porta, e um homem baixo e magro, com um bigode vermelho, entrou na sala.

– Por favor, diga a esta senhora, Jacob, em poucas palavras, o que você fez desde quarta-feira à noite, quando, depois de deixá-la entrar no trem de luxo que me levava da Estação de Lyon para o sul, você mesmo ficou na plataforma da estação. É claro que não estou perguntando como você gastou seu tempo, exceto no que diz respeito à senhora e ao negócio que lhe confiei.

Jacob tirou do bolso interno de sua jaqueta um pequeno caderno de anotações, virou as páginas e as leu em voz alta, como quem lê um relatório:

*"Quarta-feira à noite, 8:15. Estação de Lyon. Espero por dois senhores, Growler e Masher. Eles vêm com outro que eu ainda não conheço, mas que só pode ser o Sr.*

*Nicole. Dou a um carregador dez francos pelo empréstimo de seu boné e blusa. Abordo os cavalheiros e digo-lhes, a mando de uma senhora, que eles foram para Monte Carlo. Em seguida, telefono para o porteiro do Hotel Franklin. Todos os telegramas enviados a seu chefe e despachados por ele serão lidos por esse porteiro do hotel e, se necessário, interceptados.*

"*Quinta-feira. Monte Carlo. Os três senhores revistam os hotéis.*

"*Sexta-feira. Visitas de avião a La Turbie, Cap d'Ail, Cap Martin. Sr. Daubrecq me liga. Acha mais sensato enviar os cavalheiros para a Itália. Faço com que o porteiro do Hotel Franklin lhes envie um telegrama marcando um encontro em San Remo.*

"*Sábado. San Remo. Plataforma da estação. Dou ao porteiro do Ambassadeurs-Palace dez francos pelo empréstimo de seu boné. Os três cavalheiros chegam. Eles falam comigo. Explico a eles que uma senhora viajante, Sra. Mergy, está indo para Gênova, para o Hotel Continental. Os cavalheiros hesitam. Sr. Nicole quer sair. Os outros o seguram. O trem parte. Boa sorte, senhores! Uma hora depois, pego o trem para a França e saio em Nice, para aguardar novas ordens.*"

Jacob fechou seu caderno de anotações e concluiu:
– Isso é tudo. As ações de hoje serão registradas esta noite.
– Você pode registrá-las agora, Sr. Jacob. "Meio-dia. Sr. Daubrecq me envia para a Wagon-Lits Co. Reservo dois lugares no vagão-dormitório de Paris, no trem das 14h48, e os envio ao Sr. Daubrecq por mensageiro expresso. Em seguida, pego o trem das 12h58 para Vintimille, a estação de fronteira, onde passo o dia na plataforma observando todos os viajantes que chegam à França. Se os Srs. Nicole, Growler e Masher decidirem deixar a Itália e voltar a Paris por Nice, minhas instruções são para telegrafar para a sede da polícia que o Mestre Arsène Lupin e dois de seus cúmplices estão no trem número tal e tal."

Enquanto falava, Daubrecq levou Jacob até a porta. Ele a fechou, girou a chave, empurrou o ferrolho e, aproximando-se de Clarisse, disse:
– E agora, querida, me escute.

Dessa vez, ela não fez nenhum protesto. O que ela poderia fazer contra um inimigo tão poderoso, tão engenhoso, que providenciava tudo, até os mínimos detalhes, e que brincava com seus adversários de forma tão ousada? Mesmo que ela tivesse esperado até então pela interferência de Lupin, como poderia fazer isso agora, quando ele estava vagando pela Itália em busca de uma sombra?

Finalmente, ela entendeu por que os três telegramas que havia enviado ao Hotel Franklin haviam ficado sem resposta. Daubrecq estava lá, à espreita no escuro, observando, estabelecendo um vazio ao redor dela, separando-a de seus companheiros de luta, trazendo-a gradualmente, uma prisioneira derrotada, para dentro das quatro paredes daquele quarto.

Ela sentiu sua fraqueza. Ela estava à mercê do monstro. Ela deveria ficar em silêncio e resignada.

Ele repetiu, com um prazer maligno:

– Ouça-me, querida. Ouça as palavras irrevogáveis que estou prestes a dizer. Ouça-as bem. Agora são 12 horas. O último trem parte às 2h48: você entende, o último trem que pode me levar a Paris amanhã, segunda-feira, a tempo de salvar seu filho. Os trens noturnos chegariam tarde demais. Os trens de luxo estão lotados. Portanto, terei de partir às 2h48. Devo partir?

– Sim.

– Nossos beliches estão reservados. Você quer vir comigo?

– Sim.

– Você conhece minhas condições para interferir?

– Sim.

– Você as aceita?

– Sim.

– Você se casará comigo?

– Sim.

Oh, essas respostas horríveis! A infeliz mulher as deu em uma espécie de torpor terrível, recusando-se até mesmo a entender o que estava prometendo. Deixe-o começar primeiro, deixe-o arrancar Gilbert do motor da morte cuja visão a assombrava dia e noite... E então... e então... e então... deixe o que deve vir, vir...

Ele começou a rir:

– Oh, sua patife, é fácil dizer isso!... Você está pronta para se comprometer com qualquer coisa, não é? O mais importante é salvar Gilbert, não é mesmo? Depois disso, quando aquele Daubrecq de merda vier com seu anel de noivado, nada disso! Nada feito! Vamos rir da cara dele!... Não, não, chega de palavras vazias. Não quero promessas que não serão cumpridas: Quero fatos, fatos imediatos.

Ele se aproximou, sentou-se ao lado dela e disse claramente:

– É isso que proponho... o que deve ser... o que será... Vou pedir, ou melhor, vou exigir, não o perdão de Gilbert, para começar, mas um adiamento, um adiamento da execução, um adiamento de três ou quatro semanas. Eles inventarão um pretexto qualquer: isso não é problema meu. E, quando a Sra. Mergy se tornar Sra. Daubrecq, então, e não antes disso, pedirei seu perdão, ou seja, a substituição de sua sentença. E fique tranquila: eles a concederão.

– Eu aceito... Eu aceito – ela gaguejou.

Ele riu mais uma vez:

– Sim, você aceita, porque isso vai acontecer daqui a um mês... e, enquanto isso, você conta com algum truque, uma ajuda de algum tipo ou outro... Sr. Arsène Lupin...

– Eu juro pela cabeça de meu filho.

– Pela cabeça de seu filho!... Ora, meu pobre bichinho, você se venderia ao diabo para evitar que ele caísse!...

– Oh, sim – ela sussurrou, estremecendo. – Eu venderia minha alma de bom grado!

Ele se aproximou dela e, em voz baixa, disse:

– Clarisse, não é sua alma que eu peço... É outra coisa... Por mais de vinte anos, minha vida girou em torno desse desejo. Você é a única mulher que eu já amei... Odeie-me, odeie-me – eu não me importo – mas não me despreze... Devo esperar? Esperar mais um mês?... Não, Clarisse, eu já esperei muitos anos...

Ele se aventurou a tocar a mão dela. Clarisse recuou com tanto desgosto que ele foi tomado pela fúria e gritou:

– Oh, juro pelos céus, minha bela, o carrasco não fará tanta cerimônia quando pegar o seu filho!... E você se dá ao luxo! Pense, isso acontecerá em quarenta horas! Quarenta horas, não mais, e você hesita... e tem escrúpulos, quando a vida de seu filho está em jogo! Vamos, vamos, nada de choramingar, nada de sentimentalismo bobo... Encare as coisas de frente. Por seu próprio juramento, você é minha esposa, você é minha noiva a partir deste momento... Clarisse, Clarisse, dê-me seus lábios...

Meio desmaiada, ela mal teve forças para estender o braço e empurrá-lo para longe; e, com um cinismo no qual toda a sua natureza abominável se revelava, Daubrecq, misturando palavras de crueldade e palavras de paixão, continuou:

– Salve seu filho!... Pense na última manhã: os preparativos para a execução, quando lhe arrancarem a camisa e cortarem o cabelo... Clarisse, Clarisse, eu o salvarei... Tenha certeza disso... Toda a minha vida será sua... Clarisse...

Ela não resistiu mais. Estava tudo acabado. Os lábios daquele bruto repugnante estavam prestes a tocar os dela; e tinha de ser assim, e nada poderia impedi-lo. Era seu dever obedecer ao decreto do destino. Ela sabia disso há muito tempo. Ela o entendia; e, fechando os olhos para não ver o rosto sujo que lentamente se aproximava do seu, repetiu para si mesma:

– Meu filho... meu pobre filho.

Alguns segundos se passaram: dez, vinte talvez. Daubrecq não se moveu. Daubrecq não falou. E ela ficou atônita com aquele grande silêncio e aquela quietude repentina. Será que o monstro, no último momento, sentiu algum escrúpulo de remorso?

Ela levantou as pálpebras.

A visão que ela teve a deixou estupefata. Em vez das feições sorridentes que ela esperava ver, viu um rosto imóvel e irreconhecível, contorcido por uma expressão de terror indescritível; e os olhos, invisíveis sob o duplo impedimento dos óculos, pareciam estar olhando acima de sua cabeça, acima da cadeira em que ela estava prostrada.

Clarisse virou o rosto. Dois canos de revólveres, apontados para Daubrecq, apareciam à direita, um pouco acima da cadeira. Ela viu apenas isso: aqueles dois enormes e formidáveis revólveres, empunhados em duas mãos cerradas. Ela viu apenas isso e também o rosto de Daubrecq, que o medo estava descolorindo pouco a pouco, até ficar lívido. E, quase ao mesmo tempo, alguém se esgueirou por trás de Daubrecq, levantou-se ferozmente, colocou um dos braços em volta do pescoço de Daubrecq, jogou-o no chão com incrível violência e aplicou um chumaço de algodão em seu rosto. Um cheiro repentino de clorofórmio encheu a sala.

Clarisse havia reconhecido o Sr. Nicole.

– Venha, Growler! – ele gritou. – Venha, Masher! Larguem suas armas: Eu o peguei! Ele é um trapo mole... Amarrem-no.

Daubrecq, de fato, estava se dobrando em dois e caindo de joelhos como uma boneca desarticulada. Sob a ação do clorofórmio, o bruto temível afundou na impotência, tornou-se inofensivo e grotesco.

Growler e Masher o enrolaram em um dos cobertores da cama e o amarraram com segurança.

– É isso! É isso! – gritou Lupin, pulando de pé.

E, em uma súbita reação de prazer louco, ele começou a dançar uma dança selvagem no meio do quarto, uma dança misturada com pedaços de can-can e as contorçoes do andar de bicicleta e os rodopios de um mendigo dançante, e os movimentos acrobáticos de um palhaço, e os passos cambaleantes de um homem bêbado. E ele anunciou, como se fossem os números de uma apresentação de um salão de música:

– A dança do prisioneiro!... A gaita de foles do prisioneiro!... Uma fantasia sobre o cadáver de um representante do povo! A polca do clorofórmio!... As duas etapas dos óculos conquistados! Olé! Olé! O fandango do chantagista! Buzina! Buzina! O arremesso do McDaubrecq!... O trote do peru!... E o abraço do coelho!... E o urso pardo!... A dança tirolesa: tra-la-liety!... Vamos lá, crianças do jogo!... Zig, bum, bum! Zig, bum, bum!...

Toda a sua natureza brincalhona, todos os seus instintos de alegria, há tanto tempo reprimidos por sua constante ansiedade e decepção, vieram à tona e se revelaram em gargalhadas, explosões de espíritos animais e uma necessidade pitoresca de exuberância e agitação infantil.

Ele deu um último chute no alto, deu uma série de voltas ao redor da sala e terminou de pé com as mãos nos quadris e um pé sobre o corpo sem vida de Daubrecq.
– Um quadro alegórico! – ele anunciou. – O anjo da virtude destruindo a hidra do vício!

E o humor da cena era duas vezes maior porque Lupin estava aparecendo sob o aspecto de Sr. Nicole, com as roupas e a figura daquele tutor particular envelhecido, desajeitado e nervoso.

Um sorriso triste se estampou no rosto da Sra. Mergy, seu primeiro sorriso em um longo mês. Mas, voltando imediatamente à realidade das coisas, ela lhe fez uma súplica:
– Por favor, por favor... pense em Gilbert!

Ele correu até ela, pegou-a nos braços e, obedecendo a um impulso espontâneo, tão franco que ela só pôde rir dele, deu-lhe um beijo retumbante em ambas as faces:
– Pronto, senhora, esse é o beijo de um homem decente! Em vez de Daubrecq, sou eu beijando você... Mais uma palavra e eu o farei novamente... e a chamarei de querida em seguida... Fique com raiva de mim, se você ousar. Oh, como estou feliz!

Ele se ajoelhou diante dela. E, respeitosamente:
– Peço-lhe perdão, senhora. O ataque acabou.

E, levantando-se novamente, retomando seu jeito caprichoso, ele continuou, enquanto Clarisse se perguntava aonde ele queria chegar:
– Qual é o próximo desejo, madame? O perdão de seu filho, talvez? Com certeza! Madame, tenho a honra de lhe conceder o perdão de seu filho, a substituição de sua sentença de servidão penal vitalícia e, para finalizar, sua fuga antecipada. Está decidido, não é, Growler? Resolvido, Masher, não é? Vocês dois irão com o rapaz para a Nova Caledônia e tratarão de tudo. Oh, meu caro Daubrecq, temos uma grande dívida com você! Mas não estou me esquecendo de você, acredite! O que você gostaria? Um último cachimbo? Que assim seja! Que assim seja!

Ele pegou um dos cachimbos da lareira, inclinou-se sobre o prisioneiro, mudou a almofada e enfiou o bocal âmbar entre os dentes:
– Saque, meu velho, saque. Meu Deus, como você está engraçado, com o tampão sobre o nariz e o cigarro na boca. Vamos lá, sopre. Por Deus, esqueci de encher seu cachimbo! Onde está seu tabaco, seu Maryland favorito? Ah, aqui está!...

Ele pegou da chaminé um pacote amarelo fechado e arrancou a faixa do governo:
– O tabaco de Sua Senhoria! Senhoras e senhores, fiquem de olho em mim! Este é um grande momento. Estou prestes a encher o cachimbo de Sua Senhoria: por Júpiter, que honra! Observem meus movimentos! Vejam, não tenho nada em minhas mãos, nada nas mangas!...

Ele girou as algemas para trás e colocou os cotovelos para fora. Em seguida, abriu o maço e inseriu o polegar e o indicador, lentamente, com cuidado, como um mágico fazendo um truque de mágica diante de uma plateia perplexa, e, com o rosto todo radiante, extraiu do tabaco um objeto brilhante que estendeu diante dos espectadores.

Clarisse soltou um grito.

Era a rolha de cristal.

Ela correu para Lupin e a arrancou dele:

– É isso, é isso mesmo! – exclamou ela, febrilmente. – Não há nenhum arranhão na haste! E olhe para esta linha no meio, onde o dourado termina... É isso, ela se desenrosca!... Oh, meu Deus, minha força está acabando!... Ela tremia tão violentamente que Lupin pegou a rolha de volta e a desatarraxou.

A parte interna da maçaneta era oca e, no espaço oco, havia um pedaço de papel enrolado em uma pequena bolinha.

– O papel do correio estrangeiro – sussurrou ele, muito animado, com as mãos trêmulas.

Houve um longo silêncio. Todos os quatro sentiram como se seus corações estivessem prestes a explodir, e estavam com medo do que estava por vir.

– Por favor, por favor... – gaguejou Clarisse.

Lupin desdobrou o papel.

Havia um conjunto de nomes escritos um abaixo do outro, vinte e sete deles, os vinte e sete nomes da famosa lista: Langeroux, Dechaumont, Vorenglade, d'Albufex, Victorien Mergy e os demais.

E, ao pé, a assinatura do presidente da Two-Seas Canal Company, a assinatura escrita em letras de sangue.

Lupin olhou para seu relógio:

– Quinze para a uma – disse ele. – Temos vinte minutos de sobra. Vamos almoçar.

– Mas – disse Clarisse, que já estava começando a perder a cabeça –, não se esqueça...

Ele simplesmente disse:

– Tudo o que sei é que estou morrendo de fome.

Ele se sentou à mesa, cortou uma grande fatia de torta fria e disse a seus cúmplices:

– Growler? Uma mordida? Você, Masher?

– Eu gostaria de comer um pouco, patrão.

– Então se apressem, rapazes. E uma taça de champanhe para acompanhar: é o prazer do paciente de clorofórmio. Sua saúde, Daubrecq! Champanhe doce? Champanhe seco? Extra-seco?

# CAPÍTULO 11

# A CRUZ DE LORENA

No momento em que Lupin terminou de almoçar, ele recuperou imediatamente e, por assim dizer, sem transição, todo o seu domínio e autoridade. O tempo para brincadeiras havia passado; e ele não poderia mais ceder ao seu amor por surpreender as pessoas com truques e truques. Agora que ele havia descoberto a rolha de cristal no esconderijo que ele havia descoberto com absoluta certeza, agora que ele possuía a lista dos Vinte e Sete, tornou-se uma questão de jogar o último jogo até o fim.

Era uma brincadeira de criança, sem dúvida, e o que restava a ser feito não apresentava nenhuma dificuldade. No entanto, era essencial que ele cumprisse essas ações finais com rapidez, decisão e perspicácia infalíveis. O menor erro seria irremediável. Lupin sabia disso, mas seu cérebro estranhamente lúcido havia previsto todas as possibilidades. E os movimentos e palavras que ele estava agora prestes a fazer e a pronunciar estavam todos totalmente preparados e amadurecidos:

– Growler, o comissário está esperando no Boulevard Gambetta com seu carrinho de mão e o baú que compramos. Traga-o aqui e faça com que o baú seja levado para cima. Se o pessoal do hotel fizer alguma pergunta, diga que é para a senhora do número 130.

Depois, dirigindo-se a seu outro companheiro:

– Masher, volte para a garagem e assuma o controle da limusine. O preço está combinado: dez mil francos. Compre um boné e um sobretudo de motorista e traga o carro para o hotel.

– O dinheiro, patrão.

Lupin abriu uma carteira de bolso que havia sido retirada do paletó de Daubrecq e mostrou um enorme maço de notas. Ele separou dez delas:

– Aqui está. Nosso amigo parece estar se saindo bem no clube. Leve com você, Masher!

Os dois homens saíram pelo quarto de Clarisse. Lupin aproveitou um momento em que Clarisse Mergy não estava olhando para guardar a carteira com a maior satisfação:

– Terei feito um bom negócio – disse ele para si mesmo. – Quando todas as despesas forem pagas, ainda estarei muito bem; e ainda haverá sobra.

Então, voltando-se para Clarisse Mergy, ele perguntou:

– Você tem uma bolsa?

– Sim, comprei uma quando cheguei a Nice, com algumas roupas de cama e outros artigos de primeira necessidade, para não sair de Paris despreparada.

– Prepare tudo isso. Depois vá até a administração. Diga que está esperando um baú que um comissário está trazendo do guarda-volumes da estação e que você vai querer desempacotá-lo em seu quarto; e diga a eles que você está indo embora.

Quando ficou sozinho, Lupin examinou Daubrecq cuidadosamente, apalpou todos os seus bolsos e se apropriou de tudo que parecia ter qualquer interesse.

Growler foi o primeiro a retornar. O baú, um grande cesto de vime coberto com pele de toupeira preta, foi levado para o quarto de Clarisse. Com a ajuda de Clarisse e de Growler, Lupin moveu Daubrecq e o colocou no baú, sentado, mas com a cabeça inclinada de modo a permitir que a tampa fosse fechada:

– Não digo que seja tão confortável quanto sua cama em um vagão-dormitório, meu caro deputado – observou Lupin. – Mas, mesmo assim, é melhor do que um caixão. Pelo menos, você pode respirar. Três pequenos buracos em cada lado. Você não tem do que reclamar!

Depois, abriu um frasco:

– Uma gota a mais de clorofórmio? Você parece adorar!...

Ele encharcou a almofada mais uma vez, enquanto, sob suas ordens, Clarisse e Growler sustentavam o deputado com lençóis, tapetes e travesseiros, que haviam tomado a precaução de amontoar no baú.

– Magnífico! – disse Lupin. – Esse baú é digno de dar a volta ao mundo. Tranque-o e amarre-o.

Masher chegou, em um uniforme de motorista:

– O carro está lá embaixo, patrão.

– Ótimo – disse ele. – Leve o baú para baixo entre vocês. Seria perigoso entregá-lo aos empregados do hotel.

– Mas se alguém nos encontrar?

– Bem, e então, Masher? Você não é um motorista? Você está carregando o baú de sua patroa aqui presente, a senhora do número 130, que também vai descer, entrar em seu carro... e esperar por mim duzentos metros adiante. Growler, ajude a içar o baú. Ah, primeiro tranque a porta da divisória!

Lupin foi para o quarto ao lado, fechou a outra porta, saiu, trancou a porta atrás de si e desceu no elevador.

Na administração, ele disse:

– Sr. Daubrecq foi chamado às pressas para Monte Carlo. Ele me pediu para dizer que só voltaria na terça-feira e que você deveria guardar o quarto para ele. Suas coisas estão todas lá. Aqui está a chave.

Ele se afastou calmamente e foi atrás do carro, onde encontrou Clarisse se lamentando:

– Não estaremos em Paris amanhã! É uma loucura! A menor avaria...

– É por isso que você e eu vamos pegar o trem. É mais seguro...

Ele a colocou em um táxi e deu suas instruções de despedida para os dois homens:

– Cinquenta quilômetros por hora, em média, entenderam? Vocês devem se revezar para dirigir e descansar. Nesse ritmo, vocês devem estar em Paris entre seis e sete horas da noite de amanhã. Mas não force o ritmo. Estou mantendo Daubrecq, não porque o quero para meus planos, mas como um refém... e então, por precaução... Gosto de sentir que posso colocar minhas mãos nele durante os próximos dias. Portanto, cuide do querido companheiro... Dê a ele algumas gotas de clorofórmio a cada três ou quatro horas: é a única fraqueza dele... Leve com você, Masher... E você, Daubrecq, não se empolgue lá em cima. O teto o suportará muito bem... Se você se sentir mal, não fique acanhado... Vamos lá, Masher!

Ele observou o carro se distanciar e depois disse ao taxista para dirigir até uma agência dos correios, onde enviou um telegrama com as seguintes palavras:

"*Sr. Prasville, Prefeitura de Polícia, Paris:*
*Sujeito encontrado. Trarei o documento às onze horas da manhã de amanhã. Comunicação urgente.*
*Clarisse.*"

Clarisse e Lupin chegaram à estação às duas e meia.

– Se ao menos houvesse espaço! – disse Clarisse, que estava alarmada com a mínima coisa.

– Espaço? Ora, nossos assentos estão reservados!

– Por quem?

– Por Jacob... por Daubrecq.

– Como?

– Ora, na administração do hotel me deram um envelope que havia chegado para Daubrecq por expresso. Eram os dois bilhetes que Jacob havia lhe enviado. Além disso, tenho o documento do deputado. Portanto, viajaremos sob o nome de Sr. e Sra. Daubrecq e receberemos toda a atenção devida ao nosso posto e posição. Veja, minha cara senhora, que está tudo arranjado.

A viagem, dessa vez, pareceu curta para Lupin. Clarisse lhe contou o que havia feito nos últimos dias. Ele, por sua vez, explicou o milagre de sua aparição repentina no quarto de Draubecq no momento em que seu inimigo acreditava que ele estava na Itália.

– Um milagre, não – disse ele. – Mas, ainda assim, um fenômeno notável ocorreu comigo quando saí de San Remo, uma espécie de intuição misteriosa que me levou primeiro a tentar pular do trem – e Masher me impediu – e depois a correr para a janela, baixar o vidro e seguir com os olhos o porteiro do Ambassadeurs-Palace, que havia me dado sua mensagem. Bem, naquele exato momento, o referido porteiro estava esfregando as mãos com um ar de tamanha satisfação que, não por outra razão, de repente, eu entendi tudo: eu havia sido enganado, enganado por Daubrecq, assim como você. Vários pequenos detalhes passaram por minha mente. O esquema do meu adversário ficou claro para mim do início ao fim. Mais um minuto... e o desastre teria sido irreparável. Confesso que tive alguns momentos de verdadeiro desespero ao pensar que não seria capaz de consertar todos os erros cometidos. Tudo dependia simplesmente do horário dos trens, que me permitiriam ou não encontrar o emissário de Daubrecq na plataforma ferroviária de San Remo. Dessa vez, finalmente, o acaso me favoreceu. Mal tínhamos desembarcado na primeira estação quando passou um trem para a França. Quando chegamos a San Remo, o homem estava lá. Eu havia adivinhado corretamente. Ele não usava mais o boné e o paletó de hotel, mas um paletó e um chapéu-coco. Ele entrou em um compartimento de segunda classe. A partir daquele momento, a vitória estava garantida.

– Mas... como...? – perguntou Clarisse, que, apesar dos pensamentos que a obcecavam, estava interessada na história de Lupin.

– Como eu encontrei você? Senhora, simplesmente não perdendo de vista o Mestre Jacob, deixando-o livre para se movimentar como quisesse, sabendo que ele era obrigado a prestar contas de suas ações a Daubrecq. De fato, esta manhã, depois de passar a noite em um pequeno hotel em Nice, ele encontrou Daubrecq na Promenade des Anglais. Eles conversaram por algum tempo. Eu os segui. Daubrecq voltou ao hotel, colocou Jacob em um dos corredores do andar térreo, em frente à central telefônica, e subiu no elevador. Dez minutos depois, eu sabia o número do quarto dele e sabia que uma senhora estava ocupando o quarto ao lado, o de número 130, desde o dia anterior. – Acho que conseguimos – disse eu a Growler e a Masher. Bati de leve em sua porta. Ninguém respondeu. E a porta estava trancada.

– E depois? – perguntou Clarisse.

– Bem, nós a abrimos. Você acha que existe apenas uma chave no mundo que abre uma fechadura? Então eu entrei. Não havia ninguém em seu quarto. Mas a porta divisória estava entreaberta. Eu entrei por ela. Daí em diante, apenas uma cortina me separava de você, de Daubrecq e do maço de tabaco que vi na laje da chaminé.

– Então você conhecia o esconderijo?

– Uma olhada no escritório de Daubrecq em Paris me mostrou que aquele maço de tabaco havia desaparecido. Além disso...

– O quê?

– Eu sabia, a partir de certas confissões arrancadas de Daubrecq na Torre dos Amantes, que a palavra "Marie" continha a chave para o enigma. Desde então, eu certamente havia pensado nessa palavra, mas com a noção preconcebida de que ela se escrevia M A R I E. Bem, na verdade, eram as duas primeiras sílabas de outra palavra, que eu adivinhei, por assim dizer, apenas no momento em que fiquei impressionado com a ausência do maço de tabaco.

– A que palavra você se refere?

– Maryland, tabaco Maryland, o único tabaco que Daubrecq fuma.

E Lupin começou a rir:

– Não foi uma bobagem? E, ao mesmo tempo, não foi inteligente da parte de Daubrecq? Procuramos por toda parte, vasculhamos tudo. Eu não desparafusei os soquetes de latão das lâmpadas elétricas para ver se eles continham uma rolha de cristal? Mas como eu poderia pensar, como alguém, por maior que fosse sua perspicácia, poderia pensar em arrancar a faixa de papel de um pacote de Maryland, uma faixa colocada, gomada, selada, carimbada e datada pelo Estado, sob o controle da Receita Federal? Apenas pense! O Estado como cúmplice de tal ato de infâmia! A administração da R-r-r-receita amadora se prestando a tal truque! Não, mil vezes não! A Régie[10] não é perfeita. Ela produz fósforos que não acendem e cigarros cheios de feno. Mas há toda a diferença do mundo entre reconhecer esse fato e acreditar que a Receita Federal está aliada a Daubrecq com o objetivo de esconder a lista dos Vinte e Sete da curiosidade legítima do governo e dos esforços empreendedores de Arsène Lupin! Observe que tudo o que Daubrecq teve de fazer, para introduzir a rolha de cristal, foi pressionar um pouco a fita, soltá-la, puxá-la para trás, desdobrar o papel amarelo, remover o tabaco e prendê-la novamente. Observe também que tudo o que tivemos de fazer, em Paris, foi pegar o maço em nossas mãos e examiná-lo, a fim de descobrir o esconderijo. Não importa! O pacote em si, o plugue de Maryland feito e aprovado pelo Estado e pela Receita Federal, era uma coisa sagrada, intangível, uma coisa acima de qualquer suspeita! E ninguém o abriu. Foi assim que aquele demônio do Daubrecq permitiu que aquele

---

10 O departamento do imposto de consumo francês que detém o monopólio da fabricação e venda de tabaco, charutos, cigarros e fósforos. (N. do T.)

maço de tabaco intocado ficasse por meses em sua mesa, entre seus cachimbos e outros maços de tabaco não abertos. E nenhum poder na Terra poderia ter dado a alguém a mais vaga noção de olhar para aquele pequeno pacote inofensivo. Eu gostaria que você observasse, além disso...

Lupin continuou com suas observações relativas ao maço de Maryland e à rolha de cristal. A engenhosidade e a astúcia de seu adversário o interessavam tanto mais quanto Lupin tinha acabado levando a melhor sobre ele. Mas, para Clarisse, esses tópicos importavam muito menos do que sua ansiedade quanto aos atos que deveriam ser realizados para salvar seu filho; e ela se entregou a seus próprios pensamentos e mal o ouviu.

– Você tem certeza – repetia ela – de que terá sucesso?

– Estou absolutamente certo.

– Mas Prasville não está em Paris.

– Se ele não está lá, está no Havre. Eu vi isso no jornal ontem. Em todo caso, um telegrama o levará a Paris imediatamente.

– E você acha que ele tem influência suficiente?

– Para obter o perdão de Vaucheray e Gilbert pessoalmente, não. Se ele tivesse, nós o teríamos colocado para trabalhar antes. Mas ele é inteligente o suficiente para entender o valor do que estamos lhe trazendo e para agir sem demora.

– Mas, para ser precisa, você não está enganado quanto a esse valor?

– Daubrecq seria enganado? Daubrecq não estava em uma posição melhor do que qualquer um de nós para saber todo o poder desse papel? Ele não tinha vinte provas disso, cada uma mais convincente que a outra? Pense em tudo o que ele foi capaz de fazer, pela única razão de que as pessoas sabiam que ele possuía a lista. Elas sabiam disso, e isso bastava. Ele não usava a lista, mas a possuía. E, de posse dela, ele matou seu marido. Ele construiu sua fortuna com a ruína e a desgraça dos Vinte e Sete. Na semana passada, um dos maiores jogadores do grupo, d'Albufex, cortou a garganta em uma prisão. Não, acredite em mim, como preço pela entrega da lista, poderíamos pedir o que quiséssemos. E o que estamos pedindo? Quase nada... menos que nada... o perdão de uma criança de vinte anos. Em outras palavras, eles nos tomarão por idiotas. O quê? Temos em nossas mãos...

Ele parou. Clarisse, exausta de tanta excitação, sentou-se diante dele dormindo profundamente.

Eles chegaram a Paris às oito horas da manhã.

Lupin encontrou dois telegramas esperando por ele em seu apartamento na Place de Clichy.

Um deles era de Masher, despachado de Avignon no dia anterior, afirmando que tudo estava indo bem e que eles esperavam cumprir seu compromisso pontualmente naquela noite. A outra era de Prasville, datada de Havre e endereçada a Clarisse:

*"Impossível retornar amanhã, segunda-feira de manhã. Venha ao meu escritório às cinco horas. Conto com você absolutamente."*

– Cinco horas! – disse Clarisse. – Que tarde!
– É uma ótima hora – declarou Lupin.
– Ainda assim, se...
– Se a execução for ocorrer amanhã de manhã, é isso que você quer dizer? Não tenha medo de se manifestar, pois a execução não ocorrerá.
– Os jornais...
– Você não leu os jornais e não deve lê-los. Nada do que eles possam dizer tem a menor importância. Só uma coisa importa: nosso encontro com Prasville. Além disso...

Ele pegou um pequeno frasco em um armário e, colocando a mão no ombro de Clarisse, disse:

– Deite-se aqui, no sofá, e tome alguns goles dessa mistura.
– Para que serve?
– Ela vai fazer você dormir por algumas horas... e esquecer. Isso é sempre muito vantajoso.
– Não, não – protestou Clarisse – eu não quero. Gilbert não está dormindo. Ele não está esquecendo.
– Beba – disse Lupin, com uma insistência gentil. Ela cedeu de repente, por covardia, por sofrimento excessivo, e fez o que lhe foi pedido, deitou-se no sofá e fechou os olhos. Em poucos minutos, estava dormindo.

Lupin chamou seu criado:

– Os jornais... rápido!... Você os comprou?
– Aqui estão, patrão.

Lupin abriu um deles e imediatamente leu as seguintes linhas:

"CÚMPLICES DE ARSÈNE LUPIN"

*"Sabemos de fonte segura que os cúmplices de Arsène Lupin, Gilbert e Vaucheray, serão executados amanhã, terça-feira, pela manhã. Sr. Deibler inspecionou a guilhotina. Está tudo pronto".*

Ele levantou a cabeça com um olhar desafiador.

– Os cúmplices de Arsène Lupin! A execução dos cúmplices de Arsène Lupin! Que belo espetáculo! E que multidão estará presente para testemunhá-lo! Lamento, senhores, mas a cortina não vai subir. O teatro está fechado por ordem do poder maior. E o poder maior sou eu!

Ele bateu violentamente em seu peito, com um gesto orgulhoso:

– O poder maior sou eu!

Às doze horas, Lupin recebeu um telegrama que Masher havia enviado de Lyon: "Tudo bem. As mercadorias chegarão sem danos."

Às três horas, Clarisse acordou. Suas primeiras palavras foram:

– Vai ser amanhã?

Ele não respondeu. Mas ela o viu parecer tão calmo e sorridente que se sentiu permeada por uma imensa sensação de paz e teve a impressão de que tudo estava terminado, desembaraçado, resolvido de acordo com a vontade de seu companheiro.

Eles saíram de casa às quatro e dez minutos. O secretário de Prasville, que havia recebido as instruções de seu chefe por telefone, levou-os ao escritório e pediu que esperassem. Faltava quinze minutos para as cinco.

Prasville entrou correndo exatamente às cinco horas e, imediatamente, gritou:

– Você tem a lista?

– Sim.

– Me dê.

Ele estendeu a mão. Clarisse, que havia se levantado de sua cadeira, não se mexeu.

Prasville olhou para ela por um momento, hesitou e se sentou. Ele entendeu. Ao perseguir Daubrecq, Clarisse Mergy não havia agido apenas por ódio e desejo de vingança. Outra causa a motivou. O papel não seria entregue, exceto sob condições.

– Sente-se, por favor – disse ele, mostrando assim que aceitava a discussão.

Clarisse retomou seu assento e, quando ela permaneceu em silêncio, Prasville disse:

– Fale, minha amiga, e fale com toda tranqueza. Não tenho escrúpulos em dizer que desejamos ter esse documento.

– Se é apenas um desejo – observou Clarisse, a quem Lupin havia treinado até os mínimos detalhes, – se é apenas um desejo, temo que não conseguiremos chegar a um acordo.

Prasville sorriu:

– O desejo, obviamente, nos levaria a fazer certos sacrifícios.

– Todo sacrifício – disse Sra. Mergy, corrigindo-o.

– Todo sacrifício, desde que, é claro, nos mantenhamos dentro dos limites dos requisitos aceitáveis.

– E mesmo que ultrapassemos esses limites – disse Clarisse, inflexível.
Prasville começou a perder a paciência:
– Vamos, do que se trata? Explique-se.
– Perdoe-me, meu amigo, mas eu queria, acima de tudo, marcar a grande importância que você atribui a esse papel e, tendo em vista a transação imediata que estamos prestes a concluir, especificar – o que devo dizer? Esse valor, que não tem limites, deve, repito, ser trocado por um valor ilimitado.
– De acordo – disse Prasville, com ar de dúvida.
– Presumo, portanto, que não seja necessário que eu trace toda a história do negócio ou enumere, por um lado, os desastres que a posse desse papel o teria permitido evitar e, por outro lado, as vantagens incalculáveis que você poderá obter com sua posse.
Prasville teve de fazer um esforço para se conter e responder em um tom civilizado, ou quase:
– Eu admito tudo isso. Isso é suficiente?
– Peço perdão, mas não podemos nos explicar com muita clareza. E há um ponto que ainda precisa ser esclarecido. Você está em condições de tratar pessoalmente?
– Como assim?
– Não pergunto, é claro, se o senhor tem poderes para resolver esse assunto aqui e agora, mas se, ao tratar comigo, o senhor representa a opinião daqueles que conhecem o assunto e que estão qualificados para resolvê-lo.
– Sim, tenho – declarou Prasville, com veemência.
– Posso ter sua resposta dentro de uma hora depois que eu lhe disser minhas condições?
– Sim.
– A resposta será a do governo?
– Sim.
Clarisse se inclinou para a frente e, baixando a voz:
– A resposta será a do Élysée?
Prasville pareceu surpreso. Ele refletiu por um momento e depois disse:
– Sim.
– Só me resta pedir-lhe que me dê sua palavra de honra de que, por mais incompreensíveis que minhas condições lhe pareçam, você não insistirá em que eu revele o motivo. Elas são o que são. Sua resposta deve ser "sim" ou "não".
– Eu lhe dou minha palavra de honra – disse Prasville, formalmente.
Clarisse passou por um momento de agitação que a fez empalidecer ainda mais. Então, controlando-se, com os olhos fixos nos olhos de Prasville, ela disse:
– Você terá a lista dos Vinte e Sete em troca do perdão de Gilbert e Vaucheray.

– Eh? O quê?

Prasville pulou de sua cadeira, parecendo absolutamente atônito:

– O perdão de Gilbert e Vaucheray? Dos cúmplices de Arsène Lupin?

– Sim – disse ela.

– Os assassinos da Villa Marie-Thérèse? Os dois que devem morrer amanhã?

– Sim, esses dois – disse ela, em voz alta. – Eu peço... eu exijo o perdão deles.

– Mas isso é loucura! Por quê? Por que você faria isso?

– Devo lembrá-lo, Prasville, que você me deu sua palavra...

– Sim... sim... Eu sei... Mas a coisa é tão inesperada...

– Por quê?

– Por que? Por todos os tipos de razões!

– Quais razões?

– Bem... bem, mas... pense! Gilbert e Vaucheray foram condenados à morte!

– Mande-os para trabalhos forçados: isso é tudo o que você precisa fazer.

– Impossível! O caso criou uma enorme repercussão. Eles são cúmplices de Arsène Lupin. O mundo inteiro sabe do veredito.

– E daí?

– Bem, não podemos, não, não podemos ir contra os decretos da justiça.

– Não pedimos isso a vocês. O que lhe foi pedido foi a substituição da pena como um ato de misericórdia. A misericórdia é uma coisa legal.

– A comissão de perdão já deu sua conclusão...

– É verdade, mas ainda resta o presidente da República.

– Ele se recusou.

– Ele pode reconsiderar sua recusa.

– Impossível!

– Por quê?

– Não há desculpa para isso.

– Ele não precisa de desculpa. O direito de misericórdia é absoluto. Ele é exercido sem controle, sem razão, sem desculpa ou explicaçao. É uma prerrogativa real; o presidente da República pode exercê-lo de acordo com sua boa vontade, ou melhor, de acordo com sua consciência, no melhor interesse do Estado.

– Mas é tarde demais! Tudo está pronto. A execução deve ocorrer em algumas horas.

– Uma hora é tempo suficiente para obter sua resposta; você acabou de nos dizer isso.

– Mas isso é uma loucura! Há obstáculos insuperáveis para suas condições. Eu lhe digo novamente, é impossível, fisicamente impossível.

– Então a resposta é não?

– Não! Não! Mil vezes não!

– Nesse caso, não nos resta mais nada a fazer a não ser ir embora.

Ela foi em direção à porta. Sr. Nicole a seguiu. Prasville atravessou a sala e barrou seu caminho:

– Aonde você está indo?

– Bem, meu amigo, parece-me que nossa conversa chegou ao fim. Como você parece pensar, como, de fato, você tem certeza de que o presidente da República não considerará válida a famosa lista dos Vinte e Sete...

– Fique onde você está – disse Prasville.

Ele girou a chave na porta e começou a andar pela sala, com as mãos atrás das costas e os olhos fixos no chão.

E Lupin, que não havia respirado uma palavra durante toda essa cena e que prudentemente se contentou em desempenhar um papel neutro, pensou:

"Que confusão! Quanta empolgação para chegar ao resultado inevitável! Como se Prasville, que não é um gênio, mas também não é um absoluto idiota, fosse perder a chance de se vingar de seu inimigo mortal! O que eu disse? A ideia de jogar Daubrecq em um poço sem fundo o atrai. Nós ganhamos o jogo."

Prasville estava abrindo uma pequena porta interna que dava para o escritório de seu secretário particular.

Ele deu uma ordem em voz alta:

– Sr. Lartigue, telefone para Élysée e diga que solicito o favor de uma audiência para uma comunicação da maior importância.

Ele fechou a porta, voltou para Clarisse e disse:

– Em todo caso, minha intervenção se limita a apresentar sua proposta.

– Assim que você a apresentar, ela será aceita.

Seguiu-se um longo silêncio. As feições de Clarisse expressavam um prazer tão profundo que Prasville ficou impressionado e olhou para ela com uma curiosidade atenta. Por qual razão misteriosa Clarisse desejava salvar Gilbert e Vaucheray? Qual era o elo incompreensível que a ligava àqueles dois homens? Que tragédia ligava essas três vidas e, sem dúvida, também a de Daubrecq?

"Vá em frente, meu velho", pensou Lupin, "dê um jeito no seu cérebro: você nunca vai descobrir! Ah, se tivéssemos pedido apenas o perdão de Gilbert, como Clarisse queria, você poderia ter descoberto o segredo! Mas Vaucheray, aquele bruto do Vaucheray, realmente não poderia haver a menor ligação entre a Sra. Mergy e ele... Aha, minha nossa, agora é minha vez!... Ele está me observando... O monólogo interno está se voltando para mim... 'Eu me pergunto quem pode ser esse Sr. Nicole? Por que aquele pequeno contínuo provinciano se dedicou de corpo e alma a Clarisse Mergy? Quem é aquele velho chato, de fato? Cometi um erro ao não perguntar... Preciso dar uma olhada nisso... Preciso arrancar a máscara do miserável. Afinal de contas, não é natural que um homem se preocupe tanto com um assunto no qual não está diretamente interessado. Por que ele também desejaria salvar Gilbert e Vaucheray? Por quê? Por que deveria?..." Lupin virou a cabeça para o outro lado. "Cuidado!... Cuidado!... Há uma noção passando pelo crânio daquele mercador de fitas vermelhas: uma noção confusa que ele não consegue colocar em palavras. Droga, ele não deve suspeitar de Sr. Lupin por causa de Sr. Nicole! A coisa já é complicada o suficiente..."

Mas houve uma interrupção bem-vinda. O secretário de Prasville veio dizer que a audiência ocorreria dentro de uma hora.

– Muito bem. Obrigado – disse Prasville. – Isso é suficiente.

E, retomando a conversa, sem mais rodeios, falando como um homem que quer levar uma coisa até o fim, ele declarou:

– Acho que conseguiremos fazer isso. Mas, antes de tudo, para que eu possa fazer o que me comprometi a fazer, quero informações mais precisas, detalhes mais completos. Onde estava o papel?

– Na rolha de cristal, como pensávamos – disse a Sra. Mergy.

– E onde estava a rolha de cristal?

– Em um objeto que Daubrecq foi buscar, há alguns dias, na escrivaninha de seu escritório na Praça Lamartine, um objeto que eu tirei dele ontem.

– Que tipo de objeto?

– Simplesmente um maço de tabaco, tabaco Maryland, que costumava ficar sobre a escrivaninha.

Prasville ficou petrificado. Ele murmurou, sem disfarces:

– Ah, se eu soubesse! Já coloquei minha mão naquele maço de tabaco Maryland uma dúzia de vezes! Que estupidez a minha!

– O que isso importa? – disse Clarisse. – O mais importante é que a descoberta foi feita.

Prasville fez uma careta que dava a entender que a descoberta teria sido muito mais agradável se ele mesmo a tivesse feito. Então ele perguntou:

– Então você tem a lista?

– Sim.

– Mostre-a para mim.

E, quando Clarisse hesitou, ele acrescentou:

– Oh, por favor, não tenha medo! A lista pertence a você, e eu a devolverei. Mas você deve entender que eu não posso dar o passo em questão sem ter certeza.

Clarisse consultou o Sr. Nicole com um olhar que não escapou a Prasville. Então ela disse:

– Aqui está.

Ele pegou o pedaço de papel com uma certa excitação, examinou-o e quase imediatamente disse:

– Sim, sim... a escrita do secretário: Eu a reconheço... E a assinatura do presidente da empresa: a assinatura em vermelho... Além disso, tenho outras provas... Por exemplo, o pedaço rasgado que completa o canto superior esquerdo desta folha...

Ele abriu seu cofre e, de uma caixa especial, tirou um pequeno pedaço de papel que colocou no canto superior esquerdo:

– É isso mesmo. As bordas rasgadas se encaixam exatamente. A prova é inegável. Tudo o que resta é verificar a marca desse papel-postal estrangeiro.

Clarisse estava radiante de alegria. Ninguém acreditaria que a mais terrível tortura a havia atormentado por semanas e semanas e que ela ainda estava sangrando e tremendo por causa de seus efeitos.

Enquanto Prasville segurava o jornal contra a vidraça da janela, ela disse a Lupin:

– Insisto em que Gilbert seja informado esta noite. Ele deve estar terrivelmente infeliz!

– Sim – disse Lupin. – Além disso, você pode ir até o advogado dele e contar a ele.

Ela continuou:

– Além disso, eu preciso ver Gilbert amanhã. Prasville pode pensar o que quiser.

– É claro. Mas ele deve primeiro ganhar sua causa no Élysée.

– Não pode haver nenhuma dificuldade, não é mesmo?

– Não. Você viu que ele cedeu imediatamente.

Prasville continuou seu exame com o auxílio de uma lupa e comparou a folha com o pedaço de papel rasgado. Em seguida, ele tirou da caixa algumas outras folhas de papel de carta e examinou uma delas, segurando-a contra a luz:

– Está feito – disse ele. – Minha decisão está tomada. Perdoe-me, cara amiga: foi um trabalho muito difícil... Passei por vários estágios. No final das contas, eu tinha minhas suspeitas... e não sem motivo...

– O que você quer dizer com isso? – perguntou Clarisse.

– Um segundo... Preciso dar uma ordem primeiro.

Ele chamou sua secretária:

– Por favor, telefone imediatamente para o Élysée, peça desculpas e diga que não precisarei da audiência, por razões que explicarei mais tarde.

Ele fechou a porta e voltou à sua mesa. Clarisse e Lupin ficaram engasgados, olhando para ele com estupefação, sem entender essa mudança repentina. Será que ele estava louco? Era um truque de sua parte? Uma quebra de confiança? E ele estava se recusando a cumprir sua promessa, agora que possuía a lista?

Ele a estendeu para Clarisse:
– Você pode tê-la de volta.
– Pegar de volta?
– E devolvê-la a Daubrecq.
– Para Daubrecq?
– A menos que você prefira queimá-la.
– O que você diz?
– Digo que, se eu estivesse em seu lugar, eu a queimaria.
– Por que você diz isso? É ridículo!
– Pelo contrário, é muito sensato.
– Mas por quê? Por quê?
– Por quê? Vou lhe dizer. A lista dos Vinte e Sete, como sabemos com certeza absoluta, foi escrita em uma folha de papel de carta pertencente ao presidente da Canal Company, da qual há algumas amostras neste cofre. Agora, todas essas amostras têm como marca d'água uma pequena cruz de Lorena que é quase invisível, mas que pode ser vista na espessura do papel quando você o segura contra a luz. A folha que você me trouxe não contém essa pequena cruz de Lorena[11].

Lupin sentiu um tremor nervoso sacudi-lo da cabeça aos pés e não ousou voltar os olhos para Clarisse, percebendo o golpe terrível que isso representava para ela. Ele a ouviu gaguejar:
– Então devemos supor... que Daubrecq foi preso?
– Nem um pouco! – exclamou Prasville. – Foi você que foi enganada, minha pobre amiga. Daubrecq tem a lista verdadeira, a lista que ele roubou do cofre do moribundo.
– Mas esta aqui...
– Esta aqui é uma falsificação.
– Uma falsificação?
– Uma falsificação incontestável. Foi uma admirável peça de astúcia da parte de Daubrecq. Deslumbrado com a rolha de cristal que ele mostrou diante de seus olhos, a senhora não fez nada além de procurar a rolha na qual ele havia

---

11 A cruz de Lorena é uma cruz com duas linhas ou barras horizontais na metade superior da viga perpendicular. (N. do T.)

guardado, não importando o que acontecesse, o primeiro pedaço de papel que lhe viesse à mão, enquanto ele guardava em silêncio...

Prasville parou. Clarisse estava caminhando até ele com passos curtos e rígidos, como uma máquina. Ela disse:

– Então...

– Então o quê, cara amiga?

– Você se recusa?

– Certamente, sou obrigado a fazê-lo; não tenho escolha.

– Você se recusa a dar esse passo?

– Veja bem, como posso fazer o que você pede? Não é possível, com a força de um documento sem valor...

– Você não vai fazer isso?... Você não vai fazer isso?... E, amanhã de manhã... em algumas horas... Gilbert...

Ela estava assustadoramente pálida, com o rosto abatido, como o rosto de uma pessoa que está morrendo. Seus olhos se abriam cada vez mais e seus dentes batiam...

Lupin, temendo as palavras inúteis e perigosas que ela estava prestes a proferir, agarrou-a pelos ombros e tentou arrastá-la para longe. Mas ela o empurrou para trás com uma força indomável, deu mais dois ou três passos, cambaleou, como se estivesse prestes a cair, e, de repente, em uma explosão de energia e desespero, agarrou Prasville e gritou:

– Você deve ir para o Élysée!... Você deve ir imediatamente!... Você precisa ir!... Você precisa salvar Gilbert!

– Por favor, por favor, minha cara amiga, acalme-se...

Ela deu uma risada estridente:

– Acalme-se!... Quando, amanhã de manhã, Gilbert... Ah, não, não, estou apavorada... é terrível... Oh, corra, seu infeliz, corra! Peça perdão a ele!... Não está entendendo? Gilbert... Gilbert é meu filho! Meu filho! Meu filho!

Prasville deu um grito. A lâmina de uma faca brilhou na mão de Clarisse e ela levantou o braço para se golpear. Mas o movimento não foi completo. Sr. Nicole prendeu o braço dela em sua descida e, tirando a faca de Clarisse, reduzindo-a à impotência, ele disse, em uma voz que ressoou pela sala como aço:

– O que você está fazendo é uma loucura!... Quando eu lhe dei meu juramento de que o salvaria! Você deve... viver por ele... Gilbert não morrerá... Como ele pode morrer, se... eu lhe dei meu juramento?...

– Gilbert... meu filho... – gemeu Clarisse.

Ele a abraçou ferozmente, puxou-a contra si e colocou a mão sobre sua boca:

— Chega! Fique quieta!... Eu lhe peço que fique quieta... Gilbert não morrerá...

Com uma autoridade irresistível, ele a arrastou para longe como uma criança subjugada que de repente se torna obediente; mas, no momento de abrir a porta, ele se virou para Prasville:

— Espere por mim aqui, monsieur — ordenou, em um tom imperativo. — Se você se importa com a lista dos vinte e sete, a lista verdadeira, espere por mim. Voltarei em uma hora, no máximo em duas horas, e então falaremos de negócios.

E abruptamente, para Clarisse:

— E a senhora, madame, um pouco de coragem ainda. Eu lhe ordeno que mostre coragem, em nome de Gilbert.

Ele se afastou, passando pelos corredores, descendo as escadas, com um passo brusco, segurando Clarisse debaixo do braço, como poderia ter segurado uma figura leiga, apoiando-a, quase carregando-a. Um pátio, outro pátio, depois a rua.

Enquanto isso, Prasville, surpreso no início, perplexo com o curso dos acontecimentos, estava gradualmente recuperando sua compostura e pensando. Pensou naquele Sr. Nicole, a princípio uma mera pessoa a mais, que desempenhava ao lado de Clarisse o papel de um daqueles conselheiros a quem nos agarramos nas graves crises de nossas vidas e que, de repente, sacudindo seu torpor, aparecia em plena luz do dia, resoluto, magistral, metamorfo, transbordando de ousadia, pronto para derrubar todos os obstáculos que o destino colocava em seu caminho.

Quem era capaz de agir assim?

Prasville começou. Assim que a pergunta surgiu em sua cabeça, a resposta lhe veio à mente, com absoluta certeza. Todas as provas surgiram, cada uma mais exata, cada uma mais convincente do que a anterior.

Apressadamente, ele telefonou. Apressadamente, mandou chamar o inspetor-chefe de plantão. E, febrilmente:

— O senhor estava na sala de espera, inspetor-chefe?

— Sim, senhor secretário-geral.

— Viu um cavalheiro e uma dama saírem?

— Sim.

— Você reconheceria o homem novamente?

— Sim.

– Então não perca um momento, inspetor-chefe. Leve seis inspetores com você. Vá até a Place de Clichy. Façam perguntas sobre um homem chamado Nicole e vigiem a casa. O homem chamado Nicole está voltando para lá.

– E se ele sair, senhor secretário-geral?

– Prendam-no. Aqui está um mandado.

Ele se sentou à sua mesa e escreveu um nome em um formulário.

– Aqui está o senhor, inspetor-chefe. Vou avisar o detetive-chefe.

O inspetor-chefe parecia atônito:

– Mas o senhor me falou de um homem chamado Nicole, monsieur secretário-geral.

– E daí?

– O mandado está em nome de Arsène Lupin.

– Arsène Lupin e o homem chamado Nicole são a mesma pessoa.

# CAPÍTULO 12

## A CAIXA

– Eu o salvarei, eu o salvarei – repetia Lupin, sem parar, no táxi em que ele e Clarisse foram embora. – Eu juro que vou salvá-lo.

Clarisse não ouviu, ficou sentada como se estivesse entorpecida, como se estivesse possuída por algum grande pesadelo de morte, que a deixava ignorante de tudo o que estava acontecendo fora dela. E Lupin expôs seus planos, talvez mais para se tranquilizar do que para convencer Clarisse:

– Não, não, o jogo ainda não está perdido. Ainda resta um trunfo, um enorme trunfo, na forma das cartas e documentos que Vorenglade, o ex-deputado, está oferecendo para vender a Daubrecq e dos quais Daubrecq lhe falou ontem em Nice. Eu comprarei essas cartas e documentos de Stanislas Vorenglade pelo preço que ele escolher. Em seguida, voltaremos ao escritório da polícia e direi a Prasville: "Vá ao Élysée uma vez em... Use a lista como se fosse genuína, salve Gilbert da morte e se contente em reconhecer amanhã, quando Gilbert for salvo, que a lista é falsa... Vá embora, rápido!... Se você não for, bem, se você não for, as cartas e os documentos de Vorenglade serão reproduzidos amanhã, terça-feira, pela manhã, em um dos principais jornais."

Vorenglade será preso. E o Sr. Prasville se encontrará na prisão antes da noite.

Lupin esfregou as mãos:

– Ele fará o que lhe mandarem!... Ele fará o que lhe mandarem!... Eu senti isso imediatamente, quando estava com ele. A coisa me pareceu uma certeza absoluta. E encontrei o endereço de Vorenglade nos livros de bolso de Daubrecq, portanto... motorista, Boulevard Raspail!

Eles foram até o endereço dado. Lupin saltou do táxi e subiu três lances de escada.

A criada disse que Sr. Vorenglade estava fora e não voltaria até a hora do jantar da noite seguinte.

– E você não sabe onde ele está?

– O Sr. Vorenglade está em Londres, senhor.

Lupin não disse uma palavra ao voltar para o táxi. Clarisse, por sua vez, nem mesmo lhe fez perguntas, tão indiferente ela se tornara a tudo, tão absolutamente encarava a morte do filho como um fato consumado.

Eles foram de carro até a Place de Clichy. Quando Lupin entrou na casa, passou por dois homens que estavam saindo do alojamento da criada. Ele estava muito concentrado para notá-los. Eram os inspetores de Prasville.

– Nenhum telegrama? – perguntou ele a seu criado.

– Não, patrão – respondeu Achille.

– Nenhuma notícia sobre Masher e Growler?

– Não, patrão, nenhuma.

– Tudo bem – disse ele a Clarisse, em um tom casual. – São apenas sete horas e não devemos contar com a possibilidade de vê-los antes das oito ou nove. Prasville terá que esperar, só isso. Vou telefonar para ele para que espere.

Ele fez isso e estava desligando o telefone quando ouviu um gemido atrás de si. Clarisse estava de pé ao lado da mesa, lendo um jornal da noite. Ela levou a mão ao coração, cambaleou e caiu.

– Achille, Achille! – gritou Lupin, chamando seu ajudante. – Ajude-me a colocá-la em minha cama... E depois vá até o armário e traga-me o frasco de remédio marcado com o número quatro, o frasco com o sonífero.

Ele forçou a abertura dos dentes dela com a ponta de uma faca e a obrigou a engolir metade do frasco:

– Ótimo – disse ele. – Agora a pobrezinha não vai acordar até amanhã... depois.

Ele deu uma olhada no jornal, que ainda estava na mão de Clarisse, e leu as seguintes linhas:

*"As medidas mais rigorosas foram tomadas para manter a ordem na execução de Gilbert e Vaucheray, para que Arsène Lupin não faça uma tentativa de resgatar seus cúmplices da última pena. Às doze horas da noite de hoje, um cordão de tropas será colocado em todos os acessos à Prisão Santé. Como já foi dito, a execução ocorrerá fora dos muros da prisão, na praça formada pelo Boulevard Arago e a Rue de la Santé."*

*"Conseguimos obter alguns detalhes sobre a atitude dos dois condenados. Vaucheray observa uma sólida tristeza e está aguardando o evento fatal com não pouca coragem:*

*""Caramba", diz ele, 'não posso dizer que estou encantado; mas tenho de passar por isso e me manterei firme e forte.' E acrescenta: 'A morte não me preocupa nem um pouco! O que me preocupa é a ideia de que eles vão cortar minha cabeça. Ah, se o patrão conseguisse algum truque para me mandar direto para o outro mundo antes que eu tivesse tempo de dizer 'faca'! Uma gota de ácido prússico, patrão, por favor!*

"*A calma de Gilbert é ainda mais impressionante, especialmente quando nos lembramos de como ele se desmanchou no julgamento. Ele mantém uma confiança inabalável na onipotência de Arsène Lupin:*

"'*O patrão gritou para mim, diante de todo mundo, para não ter medo, que ele estava lá, que ele respondia por tudo. Bem, eu não tenho medo. Vou contar com ele até o último dia, até o último minuto, bem no pé da guilhotina. Eu conheço o patrão! Não há perigo com ele. Ele prometeu e manterá sua palavra. Se eu estivesse sem cabeça, ele viria e a colocaria sobre meus ombros e com firmeza! Arsène Lupin permitiu que seu amigo Gilbert morresse? Ele não! Desculpe meu humor!*'

"*Há uma certa franqueza comovente em todo esse entusiasmo, que não deixa de ter sua própria dignidade. Veremos se Arsène Lupin merece a confiança tão cegamente depositada nele.*"

Lupin mal conseguiu terminar de ler o artigo por causa das lágrimas que escureceram seus olhos: lágrimas de afeto, lágrimas de pena, lágrimas de angústia.

Não, ele não merecia a confiança de seu amigo Gilbert. Certamente, ele havia realizado o inacreditável; mas há circunstâncias em que devemos realizar mais do que impossibilidades, em que devemos nos mostrar mais fortes do que isso; e, desta vez, o destino havia sido mais forte do que ele. Desde o primeiro dia e durante toda essa lamentável aventura, os acontecimentos foram contrários às suas previsões, contrários à própria lógica. Clarisse e ele, embora perseguindo um objetivo idêntico, haviam perdido semanas lutando um contra o outro. Então, no momento em que estavam unindo seus esforços, uma série de desastres horríveis se sucederam: o sequestro do pequeno Jacques, o desaparecimento de Daubrecq, sua prisão na Torre dos Amantes, o ferimento de Lupin, sua inatividade forçada, seguidos pelas manobras astutas que arrastaram Clarisse – e Lupin depois dela – para o sul, para a Itália. E então, como uma catástrofe culminante, quando, depois de prodígios de força de vontade, depois de milagres de perseverança, eles tinham o direito de pensar que o Velocino de Ouro havia sido conquistado, tudo isso não deu em nada. A lista dos Vinte e Sete não tinha mais valor do que o mais insignificante pedaço de papel.

– O jogo acabou! – disse Lupin. – É uma derrota absoluta. E se eu me vingar de Daubrecq, arruiná-lo e destruí-lo? Ele é o verdadeiro vencedor, uma vez que Gilbert vai morrer.

Ele chorou mais uma vez, não de raiva ou despeito, mas de desespero. Gilbert ia morrer! O rapaz que ele chamava de amigo, o melhor de seus amigos, iria embora para sempre em poucas horas. Ele não poderia salvá-lo. Ele estava no fim de suas forças. Ele nem sequer procurou um último recurso. De que adiantava?

E a convicção de sua própria impotência era tão profunda e definitiva que ele não sentiu nenhum tipo de choque ao receber um telegrama do Masher que dizia

*"Acidente automobilístico. Peça essencial quebrada. Conserto demorado. Chegaremos amanhã de manhã."*

Era a última prova de que o destino havia proferido seu decreto. Ele não pensou mais em se rebelar contra a decisão.

Ele olhou para Clarisse. Ela estava dormindo tranquilamente; e esse esquecimento total, essa ausência de qualquer consciência, pareceu-lhe tão invejável que, de repente, cedendo a um ataque de covardia, ele pegou a garrafa, ainda cheia pela metade com o sonífero, e o bebeu.

Em seguida, ele se deitou em um sofá e chamou por seu homem:

– Vá para a cama, Achille, e não me acorde sob nenhum pretexto.

– Então não há nada a ser feito por Gilbert e Vaucheray, patrão? – disse Achille.

– Nada.

– Eles vão enfrentar isso?

– Vão.

Vinte minutos depois, Lupin caiu em um sono pesado. Eram dez horas da noite.

A noite foi cheia de incidentes e barulho ao redor da prisão. À uma hora da manhã, a Rue de la Santé, o Boulevard Arago e todas as ruas adjacentes à prisão foram vigiadas pela polícia, que não permitia que ninguém passasse sem um assíduo interrogatório.

Além disso, estava chovendo torrencialmente, e parecia que os amantes desse tipo de espetáculo não seriam muito numerosos. Os estabelecimentos públicos foram todos fechados por ordem especial. Às quatro horas, três companhias de infantaria chegaram e assumiram suas posições ao longo das calçadas, enquanto um batalhão ocupava o Boulevard Arago para o caso de uma surpresa. Guardas municipais andavam de um lado para o outro; toda uma equipe de policiais, magistrados, oficiais e funcionários, reunidos para a ocasião, circulavam entre as tropas.

A guilhotina foi montada em silêncio, no meio da praça formada pelo boulevard e pela rua, e o som sinistro de marteladas foi ouvido.

Mas, às cinco horas, a multidão se reuniu, apesar da chuva, e as pessoas começaram a cantar. Gritaram pelos holofotes, pediram que a cortina subisse, ficaram exasperados ao ver que, à distância em que as barreiras haviam sido fixadas, mal podiam distinguir os montantes da guilhotina.

Várias carruagens se aproximaram, trazendo autoridades vestidas de preto. Houve aplausos e gritos, e então uma tropa de guardas municipais montados dispersou os grupos e limpou o espaço a uma distância de trezentos metros da praça. Duas novas companhias de soldados se alinharam.

E, de repente, fez-se um grande silêncio. Uma vaga luz branca emergiu do céu escuro. A chuva cessou abruptamente.

Dentro da prisão, no final do corredor que continha as celas dos condenados, os homens de preto estavam conversando em voz baixa. Prasville estava conversando com o promotor público, que expressou seus temores:

– Não, não – declarou Prasville –, eu lhe asseguro que isso passará sem nenhum tipo de incidente.

– Seus relatórios não mencionam nada suspeito, monsieur secretário-geral?

– Nada. E eles não podem mencionar nada, pela simples razão de que temos Lupin.

– O que está dizendo?

– Sim, nós conhecemos seu esconderijo. A casa onde ele mora, na Place de Clichy, e para onde ele foi às sete horas da noite passada, está cercada. Além disso, conheço o esquema que ele planejou para salvar seus dois cúmplices. O plano fracassou no último momento. Portanto, não temos nada a temer. A lei seguirá seu curso.

Enquanto isso, a hora havia chegado.

Eles pegaram Vaucheray primeiro, e o patrão da prisão ordenou que a porta de sua cela fosse aberta. Vaucheray pulou da cama e lançou olhos dilatados de terror para os homens que entraram.

– Vaucheray, viemos lhe dizer...

– Não há necessidade, não há necessidade – murmurou ele. – Sem palavras. Eu sei tudo sobre isso. Continue com suas obrigações.

Alguém poderia pensar que ele estava com pressa para que tudo terminasse o mais rápido possível, tão prontamente ele se submeteu aos preparativos habituais. Mas ele não permitiu que nenhum deles falasse com ele:

– Nenhuma palavra – ele repetiu. – O quê? Confessar ao padre? Não vale a pena. Eu derramei sangue. A lei derrama meu sangue. É a boa e velha regra. Estamos quites.

No entanto, ele parou por um momento:

– Será que meu companheiro também está passando nisso?

E, quando soube que Gilbert iria para a guilhotina ao mesmo tempo que ele, teve dois ou três segundos de hesitação, olhou para os espectadores, parecia prestes a falar, ficou em silêncio e, por fim, murmurou:

– É melhor assim... Eles vão nos ajudar a passar por isso juntos... vamos comemorar juntos.

Gilbert também não estava dormindo quando os homens entraram em sua cela.

Sentado em sua cama, ele ouviu as terríveis palavras, tentou se levantar, começou a tremer assustadoramente, da cabeça aos pés, como um esqueleto quando sacudido, e depois caiu para trás, soluçando:

– Oh, minha pobre mamãe, pobre mamãe! – gaguejou ele.

Eles tentaram questioná-lo sobre a mãe, de quem ele nunca havia falado, mas suas lágrimas foram interrompidas por um súbito acesso de rebeldia e ele gritou:

– Eu não cometi nenhum assassinato... Não vou morrer. Não cometi nenhum assassinato...

– Gilbert – disseram eles –, mostre-se um homem.

– Sim, sim... mas eu não cometi nenhum assassinato... Por que eu deveria morrer?

Seus dentes rangiam tão alto que as palavras que ele pronunciava se tornavam ininteligíveis. Ele deixou que os homens fizessem seu trabalho, fez sua confissão, ouviu a missa e depois, ficando mais calmo e quase dócil, com a voz de uma criancinha que se resigna, murmurou:

– Diga à minha mãe que eu lhe peço perdão.

– Sua mãe?

– Sim... Coloque o que eu digo nos jornais... Ela entenderá... E depois...

– O quê, Gilbert?

– Bem, quero que o patrão saiba que não perdi a confiança.

Ele olhava para os espectadores, um após o outro, como se tivesse a louca esperança de que "o patrão" estivesse entre deles, disfarçado de forma irreconhecível e pronto para levá-lo em seus braços:

– Sim – disse ele, gentilmente e com uma espécie de piedade religiosa, – sim, ainda tenho confiança, mesmo neste momento... Deixe que ele saiba, não é mesmo? Tenho certeza de que ele não me deixará morrer. Tenho certeza disso...

Eles adivinharam, pelo olhar fixo em seus olhos, que ele viu Lupin, que ele sentiu a sombra de Lupin rondando e procurando uma entrada para chegar até ele. E nunca houve nada mais comovente do que a visão daquele jovem – vestido com uma camisa de força, com os braços e as pernas amarrados, vigiado por milhares de homens – a quem o carrasco já segurava em sua mão rigorosamente e que, no entanto, esperava.

A angústia tomou conta do coração de todos os espectadores. Seus olhos estavam embaçados de lágrimas:

– Pobrezinho! – balbuciou alguém.

Prasville, comovido como os outros e pensando em Clarisse, repetiu, em um sussurro:

– Pobrezinho!

Mas a hora chegou, os preparativos foram concluídos. Eles partiram.

As duas procissões se encontraram no corredor. Vaucheray, ao ver Gilbert, gritou:

– Eu digo, garoto, o patrão nos deixou!

E acrescentou uma frase que ninguém, exceto Prasville, foi capaz de entender:

– Espero que ele prefira embolsar o dinheiro da rolha de cristal.

Eles desceram as escadas. Atravessaram os pátios da prisão. Uma distância infinita e horrível.

E, de repente, na moldura da grande porta, a luz fraca do dia, a chuva, a rua, os contornos das casas, enquanto sons distantes atravessavam o terrível silêncio.

Eles caminharam ao longo da parede, até a esquina do boulevard.

Alguns passos mais adiante, Vaucheray recuou: ele havia visto!

Gilbert se arrastou, com a cabeça abaixada, apoiado por um assistente de carrasco e pelo capelão, que o fez beijar o crucifixo enquanto caminhava.

Lá estava a guilhotina.

– Não, não – gritou Gilbert – eu não vou... eu não vou... Socorro! Socorro!

Um último apelo, perdido no espaço.

O carrasco deu um sinal. Vaucheray foi agarrado, levantado, arrastado, quase correndo.

E então veio uma coisa espantosa: um tiro, um tiro disparado do outro lado, de uma das casas em frente.

Os assistentes pararam.

O fardo que eles estavam arrastando havia caído em seus braços.

– O que é isso? O que aconteceu? – perguntaram todos.

– Ele está ferido...

O sangue jorrou da testa de Vaucheray e cobriu seu rosto.

Ele gaguejou:

– É isso mesmo... certeiro! Obrigado, patrão, obrigado.

– Acabem com ele! Levem-no para lá! – disse uma voz, em meio à confusão geral.

– Mas ele está morto!

– Continuem com isso... acabem com ele!

O tumulto estava no auge, no pequeno grupo de magistrados, oficiais e policiais. Todos estavam dando ordens:

– Executem-no!... A lei deve seguir seu curso! Não temos o direito de protelar! Seria covardia!... Executem-no!

– Mas o homem está morto!

– Isso não faz diferença!... A lei deve ser obedecida!... Executem-no!

O capelão protestou, enquanto dois guardas e Prasville não tiravam os olhos de Gilbert. Nesse meio tempo, os assistentes tinham pegado o cadáver novamente e estavam levando para a guilhotina.

– Depressa! – gritou o carrasco, assustado e com a voz rouca. – Rápido!... E o outro para seguir... Não perca tempo...

Ele ainda não havia terminado de falar quando um segundo tiro soou. Ele rodopiou e caiu, gemendo:

– Não é nada... um ferimento no ombro... Continue... É a vez do próximo!

Mas seus assistentes estavam fugindo, gritando de terror. O espaço ao redor da guilhotina foi esvaziado. E o chefe de polícia, reunindo seus homens, levou todos de volta para a prisão, como uma multidão desordenada: os magistrados, os funcionários, o condenado, o capelão, todos que haviam passado pelo arco dois ou três minutos antes.

Nesse meio-tempo, um esquadrão de policiais, detetives e soldados estava correndo para a casa, uma pequena casa antiga de três andares, com um andar térreo ocupado por duas lojas que estavam vazias.

Imediatamente após o primeiro tiro, eles viram, vagamente, em uma das janelas do segundo andar, um homem segurando um rifle na mão e cercado por uma nuvem de fumaça.

Foram disparados tiros de revólver contra ele, mas não acertaram. Ele, de pé calmamente sobre uma mesa, mirou uma segunda vez, disparou do ombro e o estalo do segundo tiro foi ouvido. Em seguida, ele se retirou para dentro da sala.

No andar de baixo, como ninguém respondeu ao toque da campainha, os agressores destruíram a porta, que cedeu quase imediatamente. Eles se dirigiram para a escada, mas sua investida foi imediatamente interrompida, no primeiro andar, por um acúmulo de camas, cadeiras e outros móveis, formando uma barricada regular e tão emaranhada que os agressores levaram quatro ou cinco minutos para abrir passagem.

Esses quatro ou cinco minutos perdidos foram suficientes para tornar toda a perseguição inútil. Quando chegaram ao segundo andar, ouviram uma voz gritando do alto:

– Por aqui, amigos! Mais dezoito degraus. Mil desculpas por lhes dar tanto trabalho!

Eles subiram os dezoito degraus correndo e com que agilidade! Mas, no topo, acima do terceiro andar, estava o sótão, ao qual se chegava por uma escada e um alçapão. E o fugitivo havia tirado a escada e trancado o alçapão.

O leitor não deve ter se esquecido da sensação criada por essa ação surpreendente, as edições dos jornais publicadas em rápida sucessão, os jornaleiros correndo e gritando pelas ruas, toda a metrópole indignada e, podemos dizer, com uma curiosidade ansiosa.

Mas foi no quartel-general da polícia que a agitação se transformou em um ápice. Os homens se agitavam por todos os lados. Mensagens, telegramas e chamadas telefônicas se sucediam.

Finalmente, às onze horas da manhã, houve uma reunião no gabinete do chefe de polícia, e Prasville estava lá. O detetive-chefe leu um relatório de sua investigação, cujos resultados eram os seguintes: pouco antes da meia-noite de ontem, alguém havia tocado na casa do Boulevard Arago. A criada, que dormia em um pequeno quarto no andar térreo, atrás de uma das lojas, puxou a corda da tranca. Um homem veio e bateu em sua porta. Ele disse que tinha vindo da polícia para tratar de um assunto urgente relacionado à execução de amanhã. A criada abriu a porta e foi imediatamente atacada, amordaçada e amarrada.

Dez minutos depois, uma senhora e um senhor que moravam no primeiro andar e que tinham acabado de chegar em casa também foram reduzidos à impotência pelo mesmo indivíduo e trancados, cada um em uma das duas lojas vazias. O inquilino do terceiro andar teve um destino semelhante, mas em seu próprio apartamento e em seu próprio quarto, onde o homem conseguiu entrar sem ser ouvido. O segundo andar estava desocupado, e o homem se instalou lá. Agora ele era o dono da casa.

– E aqui estamos nós! – disse o chefe de polícia, começando a rir, com certa amargura. – Aí está! É tão simples quanto descascar ervilhas. O que me surpreende é o fato de ele ter conseguido fugir tão facilmente.

– Peço-lhe que observe, monsieur, que, sendo senhor absoluto da casa desde a uma hora da manhã, ele teve até às cinco horas para preparar sua fuga.

– E essa fuga ocorreu...?

– Sobre os telhados. Naquele ponto, as casas da rua seguinte, a Rue de la Glacière, estão bem próximas e há apenas uma abertura nos telhados, com cerca de três metros de largura e uma queda de um metro de altura.

– E daí?

– Bem, nosso homem havia tirado a escada que levava ao sótão e a usou como passarela. Depois de atravessar para o próximo bloco de edifícios, tudo o que ele teve de fazer foi olhar pelas janelas até encontrar um sótão vazio, entrar em uma das casas da Rue de la Glacière e sair silenciosamente com as mãos nos bolsos. Dessa forma, sua fuga, devidamente preparada de antemão, foi realizada de forma muito simples e sem o menor obstáculo.

– Mas o senhor havia tomado as medidas necessárias.

– As que o senhor ordenou, monsieur. Meus homens passaram três horas na noite passada visitando todas as casas, a fim de se certificarem de que não havia nenhum estranho escondido nelas. No momento em que eles estavam saindo da última casa, mandei fechar a rua. Nosso homem deve ter escapado durante esse intervalo de poucos minutos.

– E não há dúvida em suas mentes, é claro: é Arsène Lupin?

– Nenhuma dúvida. Em primeiro lugar, era tudo uma questão de seus cúmplices. E depois... e depois... ninguém além de Arsène Lupin era capaz de arquitetar um golpe tão magistral e executá-lo com aquela ousadia inconcebível.

– Mas, nesse caso – murmurou o chefe de polícia – e, voltando-se para Prasville, continuou – mas, nesse caso, meu caro Prasville, o sujeito de quem você me falou, o sujeito que você e o detetive-chefe têm vigiado desde ontem à noite, em seu apartamento na Place de Clichy, esse sujeito não é Arsène Lupin?

– Sim, ele é, senhor. Também não há dúvida quanto a isso.
– Então por que ele não foi preso quando saiu ontem à noite?
– Ele não saiu.
– Eu digo, isso está ficando complicado!
– É muito simples, senhor. Como todas as casas em que se encontram vestígios de Arsène Lupin, a casa da Place de Clichy tem duas saídas.
– E você não sabia disso?
– Eu não sabia. Só descobri isso hoje de manhã, ao inspecionar o apartamento.
– Não havia ninguém no apartamento?
– O criado, um homem chamado Achille, foi embora esta manhã, levando com ele uma senhora que estava hospedada com Lupin.
– Qual era o nome da senhora?
– Não sei – respondeu Prasville, após uma hesitação imperceptível.
– Mas você sabe o nome sob o qual Arsène Lupin se apresentava?
– Sim. Sr. Nicole, um professor particular, mestre em artes. Aqui está o cartão dele.

Quando Prasville terminou de falar, um mensageiro do escritório veio dizer ao chefe de polícia que ele era chamado imediatamente no Élysée. O primeiro-ministro já estava lá.

– Estou indo – disse ele. E acrescentou, baixinho: – É para decidir o destino de Gilbert.

Prasville se aventurou:
– Você acha que eles vão perdoá-lo, monsieur?
– Nunca! Depois do caso de ontem à noite, isso causaria uma péssima impressão. Gilbert deve pagar sua dívida amanhã de manhã.

Na mesma hora, o mensageiro entregou a Prasville um cartão de visita. Prasville olhou para ele, deu um sobressalto e murmurou:

– Bem, estou enforcado! Que coragem!
– Qual é o problema? – perguntou o chefe da polícia.
– Nada, nada, monsieur – declarou Prasville, que não desejava compartilhar com outro a honra de levar esse assunto adiante. – Nada... uma visita inesperada... Espero em breve ter o prazer de lhe contar o resultado.

E ele se afastou, murmurando, com um ar de espanto:
– Ora, por minha palavra! Que coragem tem o sujeito! Que coragem!

O cartão de visita que ele segurava em sua mão trazia estas palavras:

*Sr. Nicole,*

*Mestre em Artes, professor particular.*

# CAPÍTULO 13

# A ÚLTIMA BATALHA

Quando Prasville voltou ao seu escritório, viu o Sr. Nicole sentado em um banco na sala de espera, com as costas curvadas, o ar enfermo, o guarda-chuva de gingham, o chapéu enferrujado e a única luva:

– É ele mesmo – disse Prasville, que por um momento temeu que Lupin pudesse ter enviado outro Sr. Nicole para vê-lo. – E o fato de ele ter vindo pessoalmente prova que ele não suspeita que eu o tenha visto. – E, pela terceira vez, ele disse: – Mesmo assim, que coragem!

Ele fechou a porta de seu escritório e chamou sua secretária:

– Sr. Lartigue, estou recebendo uma pessoa bastante perigosa aqui. É provável que ele tenha de sair do meu escritório algemado. Assim que ele estiver em minha sala, tome todas as providências necessárias: mande chamar uma dúzia de inspetores e coloque-os na sala de espera e em seu escritório. E tome isso como uma instrução definitiva: no momento em que eu tocar, todos vocês devem entrar, com revólveres na mão, e cercar o sujeito. Entenderam bem?

– Sim, senhor secretário-general.

– Acima de tudo, sem hesitação. Uma entrada repentina, todos juntos, revólveres na mão. Mande o Sr. Nicole entrar, por favor.

Assim que ficou sozinho, Prasville tentou esconder o botão de uma campainha elétrica em sua mesa com alguns papéis e colocou dois revólveres de dimensões respeitáveis atrás de uma pilha de livros.

"E agora", ele pensou, "vamos ficar quietos. Se ele tiver a lista, vamos pegá-la. Se não tiver, vamos prendê-lo. E, quem sabe, pode ser que eu fique com os dois. Lupin e a lista dos Vinte e Sete, no mesmo dia, especialmente depois do escândalo desta manhã, seria um furo e tanto."

Bateram à porta.

– Entre! – disse Prasville.

E, levantando-se de seu assento:

– Entre, Sr. Nicole, entre.

O Sr. Nicole entrou timidamente na sala, sentou-se na ponta da cadeira para a qual Prasville apontou e disse:

– Vim para retomar nossa conversa de ontem... Por favor, desculpe a demora, monsieur.

– Um segundo – disse Prasville. – O senhor me permite?

Ele se dirigiu rapidamente para a sala externa e, ao ver seu secretário, disse:

– Eu estava me esquecendo, Sr. Lartigue. Mande revistar as escadas e os corredores... para o caso de haver cúmplices.

Ele voltou, acomodou-se confortavelmente, como se fosse ter uma longa e interessante conversa, e começou:

– O senhor estava dizendo, Sr. Nicole?

– Eu estava dizendo, monsieur secretário-geral, que devo me desculpar por tê-lo feito esperar ontem à noite. Fui detido por diferentes assuntos. Antes de mais nada, Sra. Mergy...

– Sim, você tinha de levar a Sra. Mergy para casa.

– Exatamente, foi preciso cuidar dela. Você pode entender o desespero da pobre coitada... Seu filho Gilbert tão perto da morte... E que morte!... Naquele momento, só podíamos esperar por um milagre... um milagre impossível. Eu mesmo estava resignado com o inevitável... Você sabe tão bem quanto eu que, quando o destino se mostra implacável, a pessoa acaba se desesperando.

– Mas eu pensei – observou Prasville – que sua intenção, ao sair daqui, era arrancar o segredo de Daubrecq dele a todo custo.

– Certamente. Mas Daubrecq não estava em Paris.

– Não?

– Não. Ele estava a caminho de Paris em um carro.

– Você tem um carro, Sr. Nicole?

– Sim, quando preciso dele: um veículo fora de moda, uma espécie de lata velha. Bem, ele estava a caminho de Paris em um carro, ou melhor, no teto de um carro, dentro de um baú no qual eu o tranquei. Mas, infelizmente, o carro só conseguiu chegar a Paris depois da execução. Então...

Prasville olhou para o Sr. Nicole com um ar de estupefação. Se ele tivesse mantido a menor dúvida sobre a verdadeira identidade do indivíduo, essa maneira de lidar com Daubrecq a teria eliminado. Minha nossa! Colocar um homem em um baú e jogá-lo em cima de um carro!... Ninguém além de Lupin se entregaria a tal aberração, ninguém além de Lupin o confessaria com tal frieza ingênua!

– Então – ecoou Prasville – você decidiu o quê?

– Procurei outro método.

– Que método?

– Ora, certamente, monsieur secretário-geral, o senhor sabe tão bem quanto eu!

– Como assim?

— Ora, o senhor não estava na execução?

— Eu estava.

— Nesse caso, o senhor viu tanto Vaucheray quanto o carrasco serem atingidos, um mortalmente, o outro com um ferimento leve. E você não pôde deixar de ver...

— Oh — exclamou Prasville, atônito — você confessa isso? Foi você quem disparou os tiros esta manhã?

— Vamos, senhor secretário-general, pense! Que escolha eu tinha? A lista dos Vinte e Sete que o senhor examinou era falsa. Daubrecq, que possuía a verdadeira, não chegaria até algumas horas após a execução. Portanto, só havia uma maneira de eu salvar Gilbert e obter seu perdão: atrasar a execução em algumas horas.

— Obviamente.

— Bem, é claro. Ao matar aquele bruto infame, aquele criminoso, Vaucheray, e ferir o carrasco, espalhei a desordem e o pânico; tornei a execução de Gilbert física e moralmente impossível; e assim ganhei as poucas horas que eram indispensáveis para meu objetivo.

— Obviamente — repetiu Prasville.

— Bem, é claro — repetiu Lupin — isso nos dá a todos — o governo, o presidente e eu — tempo para refletir e ver a questão sob um ponto de vista mais claro. O que o senhor acha disso, monsieur secretário-geral?

Prasville achou uma série de coisas, especialmente que esse Nicole estava dando provas, para usar um termo vulgar, da face mais infernal, de uma audácia que Prasville se sentiu inclinado a se perguntar se ele estava realmente certo em identificar Nicole com Lupin e Lupin com Nicole.

— Eu acho, Sr. Nicole, que um homem tem que ser muito bom atirador para matar uma pessoa que ele quer matar, a uma distância de cem metros, e ferir outra pessoa que ele só quer ferir.

— Eu pratiquei um pouco — disse Nicole, com ar modesto.

— E também acho que seu plano só pode ser fruto de uma longa preparação.

— De modo algum! É aí que você se engana! Foi absolutamente espontâneo! Se meu criado, ou melhor, o criado do amigo que me emprestou seu apartamento na Place de Clichy, não tivesse me tirado do sono para me dizer que ele já havia trabalhado como vendedor naquela pequena casa no Boulevard Arago, que ela não tinha muitos inquilinos e que poderia haver algo a ser feito lá, nosso pobre Gilbert já teria tido sua cabeça cortada... e Sra. Mergy provavelmente estaria morta.

— Oh, você acha?

— Tenho certeza. E foi por isso que aceitei a sugestão daquele fiel empregado. Só que o senhor interferiu em meus planos, monsieur secretário-geral.

— Interferi?

– Sim. O senhor tomou o cuidado de colocar doze homens na porta da minha casa. Tive de subir cinco lances de escada nos fundos e sair pelo corredor dos empregados e pela casa ao lado. Que cansaço desnecessário!
– Sinto muito, Sr. Nicole. Numa próxima...
– Foi a mesma coisa às oito horas da manhã de hoje, quando eu estava esperando o carro que estava trazendo Daubrecq para mim no baú: tive que andar para cima e para baixo na Place de Clichy, para evitar que o carro parasse na porta da minha casa e que seus homens interferissem em meus assuntos. Caso contrário, mais uma vez, Gilbert e Clarisse Mergy estariam perdidos.
– Mas – disse Prasville – esses eventos dolorosos, ao que me parece, só serão adiados por um dia, dois, três no máximo. Para evitá-los de uma vez por todas, deveríamos...
– A lista verdadeira, suponho?
– Exatamente. E eu me atrevo a dizer que você não a tem.
– Sim, tenho.
– A lista genuína?
– A genuína, a indubitavelmente genuína lista.
– Com a cruz de Lorena?
– Com a cruz de Lorena.

Prasville ficou em silêncio. Ele estava sofrendo uma violenta emoção, agora que o duelo estava começando com aquele adversário de cuja terrível superioridade ele estava bem ciente; e estremeceu com a ideia de que Arsène Lupin, o formidável Arsène Lupin, estava ali, na frente dele, calmo e tranquilo, perseguindo seus objetivos com tanta frieza como se tivesse todas as armas em suas mãos e estivesse cara a cara com um inimigo desarmado.

Ainda sem ousar fazer um ataque frontal, sentindo-se quase intimidado, Prasville disse:
– Então Daubrecq entregou isso a você?
– Daubrecq não entrega nada. Eu a peguei.
– Pela força, portanto?
– Oh, meu Deus, não! – disse Nicole, rindo. – É claro que eu estava pronto para para tudo; e, quando aquele digno Daubrecq foi retirado do baú no qual ele estava viajando a toda velocidade, com uma dose de clorofórmio para manter suas forças, eu tinha preparado as coisas para que a diversão pudesse começar imediatamente. Oh, nada de torturas inúteis... nada de sofrimentos vãos! Não... Morte, simplesmente... Você pressiona a ponta de uma agulha longa no peito, onde fica o coração, e a insere gradualmente, suave e gentilmente. Isso basta, mas a ponta teria sido conduzida pela Sra. Mergy. Você entende: uma mãe é impiedosa, uma mãe cujo filho está prestes a morrer!... "Fale, Daubrecq, ou vou furar... Você não vai falar?... Então vou empurrar

mais um milímetro... e mais outro ainda". E o coração do paciente para de bater, o coração que sente a agulha chegando... E mais um milímetro... e mais um... Juro pelos céus que o vilão teria falado!... Nós nos inclinamos sobre ele e esperamos que acordasse, tremendo de impaciência, tão intensa era nossa pressa... Não consegue imaginar a cena, monsieur secretário-geral? O patife deitado em um sofá, bem amarrado, com o peito nu, esforçando-se para se livrar do efeito do clorofórmio que o atordoou. Ele respira mais rápido... ele ofega... recupera a consciência... seus lábios se movem... Clarisse Mergy já sussurra:

"Sou eu... sou eu, Clarisse..."

"Ela colocou o dedo no peito de Daubrecq, no ponto em que o coração se agita como um pequeno animal escondido sob a pele. Mas ela me diz: "Seus olhos... seus olhos... Não consigo vê-los sob os óculos... Eu quero vê-los... E eu também quero ver aqueles olhos que não conheço, quero ver sua angústia e quero ler neles, antes de ouvir uma palavra, o segredo que está prestes a irromper dos recônditos do corpo aterrorizado. Eu quero ver. Anseio por ver. A ação que estou prestes a realizar me excita ao extremo. Parece-me que, quando eu tiver visto os olhos, o véu se romperá. Eu saberei das coisas. É um pressentimento. É a profunda intuição da verdade que me mantém em suspense. As lentes se foram. Mas os óculos de lentes grossas e opacas ainda estão lá. E eu os tiro, de repente. E, de repente, assustado por uma visão desconcertante, deslumbrado com a luz rápida que surge sobre mim e rindo, oh, mas rindo a ponto de quebrar minhas mandíbulas, com meu polegar – você entende? Com meu polegar – eu arranco o olho esquerdo dele!"

Sr. Nicole estava realmente rindo, como ele disse, a ponto de quebrar suas mandíbulas. E ele não era mais o tímido, pequeno e obsequioso professor provinciano, mas um sujeito bem-disposto, que, depois de recitar e imitar toda a cena com um ardor impressionante, estava agora rindo com uma gargalhada estridente cujo som fez a carne de Prasville se arrepiar:

– Pule! Pule, marquês! Saia de seu canil! Para que servem dois olhos? É um a mais. Pule! Eu digo, Clarisse, veja o olho rolando no tapete! Cuidado, olho do Daubrecq! Cuidado com a prisão!

O Sr. Nicole, que havia se levantado e fingido estar caçando algo pela sala, agora se sentou novamente, tirou do bolso uma coisa em forma de bola de gude, envolveu-a na mão, jogou-a no ar, como uma bola, colocou-a de volta no bolso e disse, friamente:

– O olho esquerdo de Daubrecq.

Prasville ficou totalmente desnorteado. O que seu estranho visitante estava querendo dizer? O que significava toda essa história? Pálido de excitação, ele disse:

– Explique-se.

– Mas tudo está explicado, me parece. E se encaixa tão bem nas coisas como elas eram, se encaixa em todas as suposições que eu estava fazendo apesar de ser sem querer, e que inevitavelmente teriam levado à solução do mistério, se aquele maldito Daubrecq não tivesse me desviado tão habilmente! Sim, pense, siga as minhas suposições: "Como a lista não pode ser descoberta fora de Daubrecq", eu disse a mim mesmo, "ela não pode existir fora de Daubrecq. E, como não pode ser descoberta nas roupas que ele veste, deve estar escondida ainda mais profundamente, nele mesmo, para falar claramente, em sua carne, sob sua pele..."

– Em seu olho, talvez? – sugeriu Prasville, em tom de brincadeira...

– Em seu olho, monsieur secretário-geral, o senhor bem disse.

– O quê?

– Repito, em seu olho. E essa é uma verdade que deveria ter ocorrido à minha mente logicamente, em vez de ser revelada a mim por acidente. E vou lhe dizer por quê. Daubrecq sabia que Clarisse tinha visto uma carta dele instruindo um fabricante inglês a "esvaziar o cristal por dentro, de modo a deixar um vazio do qual era impossível suspeitar". Daubrecq foi obrigado, por prudência, a desviar qualquer tentativa de busca. E foi por essa razão que ele mandou fazer uma rolha de cristal, "esvaziada por dentro", segundo um modelo fornecido por ele mesmo. E é essa rolha de cristal que você e eu estivemos procurando há meses; e é essa rolha de cristal que eu tirei de um maço de tabaco. Tudo o que eu tinha de fazer...

– O quê? – perguntou Prasville, muito intrigado.

Sr. Nicole caiu em um novo ataque de riso:

– Era simplesmente ir até o olho de Daubrecq, aquele olho "esvaziado por dentro de modo a deixar um vazio do qual é impossível suspeitar", o olho que você vê diante de si.

E o Sr. Nicole tirou mais uma vez a coisa do bolso e bateu na mesa com ela, produzindo o som de um corpo duro a cada batida.

Prasville sussurrou, espantado:

– Um olho de vidro!

– Claro! – gritou Sr. Nicole, rindo alegremente. – Um olho de vidro! Uma rolha de decantador comum ou de jardim, que o patife enfiou em sua órbita no lugar de um olho que havia perdido – uma rolha de decantador ou, se preferir, uma rolha de cristal, mas a verdadeira, desta vez, que ele fingiu, que ele escondeu atrás da barreira dupla de seus óculos e lentes, que continha e ainda contém o talismã que permitiu a Daubrecq trabalhar como quisesse em segurança.

Prasville baixou a cabeça e colocou a mão na testa para esconder o rosto corado: ele estava quase de posse da lista dos Vinte e Sete. Ela estava diante dele, sobre a mesa.

Controlando sua emoção, ele disse, em um tom casual:

– Então ela ainda está aí?

– Pelo menos, suponho que sim – declarou Sr. Nicole.
– O quê? Você supõe que sim?
– Eu não abri o esconderijo. Pensei, monsieur secretário-geral, que reservaria essa honra para o senhor.

Prasville estendeu a mão, pegou o objeto e o inspecionou. Era um bloco de cristal que imitava, com perfeição, todos os detalhes do globo ocular, a íris, a pupila e a córnea. Ele imediatamente viu uma parte móvel atrás, que deslizava em uma ranhura. Ele a empurrou. O olho era oco.

Havia uma pequena bola de papel em seu interior. Ele a desdobrou, alisou-a e, rapidamente, sem demorar para fazer um exame preliminar dos nomes, da caligrafia ou das assinaturas, levantou os braços e virou o papel para a luz das janelas.

– A cruz de Lorena está aí? – perguntou Sr. Nicole.
– Sim, está – respondeu Prasville. – Esta é a lista genuína.

Ele hesitou por alguns segundos e permaneceu com os braços levantados, enquanto refletia sobre o que faria. Em seguida, dobrou o papel novamente, recolocou-o em seu pequeno invólucro de cristal e colocou tudo no bolso. Sr. Nicole, que estava olhando para ele, perguntou:

– Você está convencido?
– Absolutamente.
– Então estamos de acordo?
– Estamos de acordo.

Houve uma pausa, durante a qual os dois homens se observaram disfarçadamente. Sr. Nicole parecia estar esperando que a conversa fosse retomada. Prasville, abrigado atrás das pilhas de livros sobre a mesa, sentou-se com uma mão segurando seu revólver e a outra tocando o botão da campainha elétrica. Ele sentiu toda a força de sua posição com um entusiasmo aguçado. Ele tinha a lista. Ele tinha Lupin:

"Se ele se mexer", pensou, "eu aponto o meu revólver e dou um toque na campainha. Se ele me atacar, eu atiro".

E a situação lhe pareceu tão agradável que ele a prolongou, com o requintado prazer de um epicurista.

No final, Sr. Nicole retomou o fio da meada:
– Como estamos de acordo, monsieur secretário-geral, acho que não há mais nada a fazer a não ser se apressar. A execução ocorrerá amanhã?
– Sim, amanhã.
– Nesse caso, vou esperar aqui.
– Esperar pelo quê?
– A resposta do Élysée.
– Oh, alguém vai lhe trazer uma resposta?

– O senhor, monsieur secretário-geral.

Prasville balançou a cabeça:

– Você não deve contar comigo, Sr. Nicole.

– Sério? – disse Sr. Nicole, com ar de surpresa. – Posso lhe perguntar o motivo?

– Eu mudei de ideia.

– Do nada?

– Cheguei à conclusão de que, do jeito que as coisas estão, depois desse último escândalo, é impossível tentar fazer qualquer coisa a favor de Gilbert. Além disso, uma tentativa nesse sentido no Elysée, nas condições atuais, constituiria um caso regular de chantagem, ao qual eu me recuso terminantemente a me prestar.

– O senhor é livre para fazer o que quiser, monsieur. Seus escrúpulos o honram, embora tenham chegado um pouco tarde, pois não o incomodaram ontem. Mas, nesse caso, monsieur secretário-geral, como o pacto entre nós foi desfeito, devolva-me a lista dos Vinte e Sete.

– Para quê?

– Para que eu possa me candidatar a outro porta-voz.

– De que adianta? Gilbert está perdido.

– De modo algum, de modo algum. Pelo contrário, considero que, agora que seu cúmplice está morto, será muito mais fácil conceder a ele um perdão que todos considerarão justo e humano. Devolva-me a lista.

– Francamente, monsieur, você tem uma memória curta e uma consciência não muito boa. Esqueceu-se de sua promessa de ontem?

– Ontem fiz uma promessa ao Sr. Nicole.

– E então?

– O senhor não é o Sr. Nicole.

– De fato! Então, por favor, quem sou eu?

– Preciso lhe dizer?

Sr. Nicole não respondeu, mas começou a rir baixinho, como se estivesse satisfeito com o rumo curioso que a conversa estava tomando; e Prasville sentiu um vago desconforto ao observar aquele acesso de alegria. Ele pegou a coronha de seu revólver e se perguntou se não deveria pedir ajuda.

Sr. Nicole aproximou sua cadeira da escrivaninha, colocou os dois cotovelos sobre a mesa, olhou Prasville diretamente no rosto e zombou:

– Então, Sr. Prasville, você sabe quem eu sou e se arrisca a jogar esse jogo comigo?

– Com toda certeza – disse Prasville, aceitando a zombaria sem vacilar.

– O que prova que o senhor me considera, Arsène Lupin – podemos muito bem usar o nome: sim, Arsène Lupin –, o que prova que o senhor me considera tolo o bastante, idiota o bastante para me entregar assim, de pés e mãos atados, em suas mãos.

– Note – disse Prasville, com ar de brincadeira, dando um tapinha no bolso do colete em que havia escondido a bola de cristal, –, não vejo o que o senhor pode fazer, Sr. Nicole, agora que o olho de Daubrecq está aqui, com a lista dos Vinte e Sete dentro dele.

– O que eu posso fazer? – ecoou Sr. Nicole, ironicamente.

– Sim! O talismã não o protege mais; e agora você não está melhor do que qualquer outro homem que possa se aventurar no coração da delegacia de polícia, entre algumas dezenas de companheiros robustos postados atrás de cada uma dessas portas e algumas centenas de outros que se apressarão ao primeiro sinal.

Sr. Nicole encolheu os ombros e deu a Prasville um olhar de grande comiseração:

– Devo lhe contar o que está acontecendo, monsieur secretário-geral? Bem, você também está afetado por todo esse negócio. Agora que possui a lista, seu estado de espírito de repente caiu para o de um Daubrecq ou de um d'Albufex. Não há mais nem mesmo a questão, em seus pensamentos, de levá-la a seus superiores, para que esse fermento de desgraça e discórdia possa ser encerrado. Não, não; uma tentação se apoderou de você e o intoxicou; e, perdendo a cabeça, você diz a si mesmo: "Está aqui, no meu bolso. Com sua ajuda, sou onipotente. Significa riqueza, poder absoluto e ilimitado. Por que não se beneficiar com isso? Por que não deixar Gilbert e Clarisse Mergy morrerem? Por que não prender aquele idiota do Lupin? Por que não se apoderar dessa fortuna incomparável?"

Ele se inclinou para Prasville e, muito suavemente, em um tom amigável e confidencial, disse:

– Não faça isso, meu caro senhor, não faça isso.

– E por que não?

– Não é de seu interesse, acredite em mim.

– Você acha?

– Acho. Ou, se você insiste absolutamente em fazer isso, tenha a gentileza de consultar primeiro os vinte e sete nomes da lista que você acabou de me roubar e reflita, por um momento, sobre o nome da terceira pessoa nela.

– Ah? E qual é o nome dessa terceira pessoa?

– É o nome de um amigo seu.

– Que amigo?

– Stanislas Vorenglade, o ex-deputado.

– E daí? – disse Prasville, que parecia estar perdendo um pouco de sua autoconfiança.

– E daí? Pergunte a si mesmo se uma investigação, por mais sumária que fosse, não terminaria descobrindo, por trás desse Stanislas Vorenglade, o nome de alguém que compartilhava com ele certos pequenos lucros.

– E qual é o nome dele?
– Louis Prasville.

Sr. Nicole bateu na mesa com o punho.

– Chega dessa palhaçada, monsieur! Há vinte minutos, o senhor e eu estamos fazendo rodeios. Já basta. Vamos nos entender. E, para começar, largue suas pistolas. Não pode achar que tenho medo desses brinquedos! Levante-se, senhor, levante-se, como eu estou fazendo, e termine a conversa: estou com pressa.

Ele colocou sua mão no ombro de Prasville e, falando com grande deliberação, disse:

– Se, dentro de uma hora, você não estiver de volta do Élysée, trazendo consigo uma linha para dizer que o decreto de perdão foi assinado; se, dentro de uma hora e dez minutos, eu, Arsène Lupin, não sair deste prédio são e salvo e absolutamente livre, esta noite quatro jornais de Paris receberão quatro cartas selecionadas da correspondência trocada entre Stanislas Vorenglade e você, a correspondência que Stanislas Vorenglade me vendeu esta manhã. Aqui está seu chapéu, aqui está seu sobretudo, aqui está sua bengala. Vá embora. Vou esperar por você.

Então aconteceu algo extraordinário, mas de fácil compreensão: Prasville não levantou o menor protesto nem fez a menor demonstração de resistência. Ele teve a súbita, abrangente e total convicção do que a personalidade conhecida como Arsène Lupin significava, em toda a sua amplitude e plenitude. Ele nem sequer pensou em reclamar, em fingir – como acreditava até então – que as cartas haviam sido destruídas por Vorenglade, o deputado, ou, de qualquer forma, que Vorenglade não ousaria entregá-las, porque, ao fazê-lo, Vorenglade também estava provocando sua própria destruição. Não, Prasville não disse uma palavra. Ele se sentiu preso em um torno do qual nenhuma força humana poderia separar. Não havia nada a fazer a não ser ceder. Ele cedeu.

– Aqui, em uma hora – repetiu Sr. Nicole.

– Em uma hora – disse Prasville, mansamente. No entanto, para saber exatamente qual era sua posição, ele acrescentou: – As cartas, é claro, serão devolvidas a mim mediante o perdão de Gilbert?

– Não.

– Como assim, não? Nesse caso, não há motivo para...

– Elas serão devolvidas a você, intactas, dois meses após o dia em que meus amigos e eu tivermos conseguido a fuga de Gilbert... graças à vigilância muito frouxa que será mantida sobre ele, de acordo com suas ordens.

– Isso é tudo?

– Não, há mais duas condições: primeiro, o pagamento imediato de um cheque de quarenta mil francos.

– Quarenta mil francos?
– A soma pela qual Stanislas Vorenglade me vendeu as cartas. É apenas justo...
– E depois?
– Em segundo lugar, sua demissão, dentro de seis meses, de seu cargo atual.
– Minha demissão? Mas por quê?

Sr. Nicole fez um gesto muito digno:

– Porque é contra a moral pública que uma das mais altas posições no serviço policial seja ocupada por um homem cujas mãos não estejam absolutamente limpas. Faça com que o mandem para o parlamento ou o nomeiem ministro, conselheiro de Estado, embaixador, enfim, qualquer cargo que o seu sucesso no caso Daubrecq lhe dê o direito de exigir. Mas não como secretário-geral da polícia; nada disso! Só de pensar nisso me dá nojo.

Prasville refletiu por um momento. Ele teria se alegrado com a destruição repentina de seu adversário e procurou meios para fazer isso. Mas ele estava desamparado.

Ele foi até a porta e chamou:

– Sr. Lartigue?

E, baixando a voz, mas não muito, pois queria que Nicole ouvisse:

– Sr. Lartigue, dispense seus homens. Houve um engano. E que ninguém entre em meu escritório enquanto eu estiver fora. Este cavalheiro vai esperar por mim aqui.

Ele voltou, pegou o chapéu, a bengala e o sobretudo que Sr. Nicole lhe entregou e saiu.

"Muito bem, senhor" – disse Lupin para si mesmo, baixinho, quando a porta foi fechada. "O senhor se comportou como um cavalheiro... Eu também, aliás... talvez com um toque óbvio demais de desprezo... e um pouco sem rodeios. Mas, bolas, esse tipo de negócio tem de ser feito com mãos de ferro! O inimigo precisa ficar atordoado! Além disso, quando a própria consciência está limpa, não se pode adotar um tom muito agressivo com esse tipo de indivíduo. Levante sua cabeça, Lupin. Você foi o campeão da moralidade ultrajada. Tenha orgulho de seu trabalho. E agora pegue uma cadeira, estique as pernas e descanse um pouco. Você mereceu."

Quando Prasville voltou, encontrou Lupin dormindo profundamente e teve de bater em seu ombro para acordá-lo.

– Já está pronto? – perguntou Lupin.

– Está feito. O perdão será assinado em breve. Aqui está a promessa por escrito.

– Os quarenta mil francos?

– Aqui está seu cheque.

– Ótimo. Só me resta agradecer-lhe, monsieur.

– Então, as cartas...

– As cartas de Stanislas Vorenglade serão entregues a você nas condições estabelecidas. No entanto, estou feliz por poder lhe dar, aqui e agora, como sinal de minha gratidão, as quatro cartas que eu pretendia enviar aos jornais esta noite.

– Ah, então você as tinha com você? – disse Prasville.

– Eu tinha tanta certeza, monsieur secretário-geral, que deveríamos terminar chegando a um acordo...

Ele tirou de seu chapéu um envelope gordo, selado com cinco selos vermelhos, que estava preso dentro do forro, e o entregou a Prasville, que o enfiou no bolso. Então ele disse:

– Monsieur secretário-geral, não sei quando terei o prazer de vê-lo novamente. Se tiver a menor comunicação a fazer comigo, uma linha na coluna do Jornal, basta escrever: "Sr. Nicole". Bom dia para o senhor.

E ele se retirou.

Prasville, quando ficou sozinho, sentiu como se estivesse acordando de um pesadelo durante o qual havia realizado ações incoerentes sobre as quais sua mente consciente não tinha controle. Ele estava quase pensando em tocar a campainha e causar um alvoroço nos corredores; mas, naquele momento, houve uma batida na porta e um dos mensageiros do escritório entrou apressado.

– Qual é o problema? – perguntou Prasville.

– Monsieur secretário-geral, é o monsieur deputado Daubrecq pedindo para vê-lo... em um assunto da mais alta importância.

– Daubrecq! – exclamou Prasville, perplexo. – Daubrecq está aqui! Faça-o entrar.

Daubrecq não esperou pela ordem. Ele correu até Prasville, sem fôlego, com as roupas desarranjadas, uma bandagem sobre o olho esquerdo, sem gravata, sem colarinho, parecendo um lunático fugitivo; e a porta não foi fechada antes que ele agarrasse Prasville com suas duas mãos enormes:

– Você tem a lista?

– Tenho.

– Você a comprou?

– Sim.

– Ao preço do perdão de Gilbert?

– Sim.

– Está assinado?

– Está.

Daubrecq fez um gesto furioso:

– Seu tolo! Seu tolo! Você foi pego em uma armadilha! Por ódio de mim, eu espero? E agora vai se vingar?

– Com uma certa satisfação, Daubrecq. Lembre-se da minha namorada, a dançarina de ópera, em Nice... Agora é sua vez de dançar.

– Então isso significa prisão?

– Acho que sim – disse Prasville. – Além do mais, isso não importa. De qualquer forma, você está acabado. Privado da lista, sem qualquer tipo de defesa, você está fadado a cair aos pedaços por seu próprio peso. E eu estarei presente. Essa é a minha vingança.

– E você acredita nisso! – gritou Daubrecq, furioso. – Você acha que eles vão torcer meu pescoço como o de uma galinha e que eu não saberei me defender e que não tenho mais garras nem dentes para morder! Bem, meu rapaz, se eu me prejudicar, há sempre alguém que cairá comigo, e esse é o Mestre Prasville, o sócio de Stanislas Vorenglade, que vai me entregar todas as provas existentes contra ele, para que eu possa mandá-lo para a cadeia sem demora. Ah, eu o peguei de jeito, meu velho! Com essas cartas, você fará o que eu quiser e ainda haverá bons dias para Daubrecq, o deputado! O quê! Está rindo, não está? Talvez essas cartas não existam?

Prasville encolheu os ombros:

– Sim, elas existem. Mas Vorenglade não as tem mais em seu poder.

– Desde quando?

– Desde esta manhã. Vorenglade as vendeu, há duas horas, pela soma de quarenta mil francos; e eu as comprei de volta pelo mesmo preço.

Daubrecq soltou uma grande gargalhada:

– Senhor, que engraçado! Quarenta mil francos! Você pagou quarenta mil francos! Para o Sr. Nicole, suponho, que lhe vendeu a lista dos Vinte e Sete? Bem, gostaria que eu lhe dissesse o nome verdadeiro de Sr. Nicole? É Arsène Lupin!

– Eu sei disso.

– Muito provavelmente. Mas o que você não sabe, seu idiota, é que eu vim direto da casa de Stanislas Vorenglade e que Stanislas Vorenglade deixou Paris há quatro dias! Oh, que piada! Eles lhe venderam um papel velho! E seus quarenta mil francos! Que burro! Que burro!

Ele saiu da sala, gritando de tanto rir e deixando Prasville absolutamente atônito.

Portanto, Arsène Lupin não possuía prova alguma; e, quando ele estava ameaçando, comandando e tratando Prasville com aquela insolência, era tudo uma farsa, tudo blefe!

– Não, não, é impossível – pensou o secretário-geral. – Eu tenho o envelope lacrado... Ele está aqui... Só preciso abri-lo.

Ele não se atreveu a abri-lo. Ele o manuseou, pesou-o, examinou-o... E a dúvida entrou tão rapidamente em sua mente que ele não ficou nem um pouco surpreso, quando o abriu, ao descobrir que continha quatro folhas de papel em branco.

– Ora, ora – disse ele – não sou páreo para esses malandros. Mas nem tudo está acabado.

E, de fato, nem tudo estava acabado. Se Lupin havia agido com tanta ousadia, isso mostrava que as cartas existiam e que ele confiava em comprá-las de Stanislas Vorenglade. Mas, como, por outro lado, Vorenglade não estava em Paris, a tarefa de Prasville era simplesmente impedir os passos de Lupin com relação a Vorenglade e obter a restituição daquelas cartas perigosas de Vorenglade a qualquer custo. O primeiro a chegar seria o vencedor.

Prasville pegou mais uma vez seu chapéu, casaco e bengala, desceu as escadas, entrou em um táxi e dirigiu até o apartamento de Vorenglade.

Lá, ele foi informado de que o ex-deputado estava sendo esperado em Londres às seis horas da tarde.

Eram duas horas da tarde. Prasville, portanto, teve bastante tempo para preparar seu plano.

Ele chegou à Estação du Nord às cinco horas e colocou por toda parte, nas salas de espera e nos escritórios da ferrovia, as três ou quatro dúzias de detetives que havia trazido consigo.

Isso o deixou tranquilo. Se Sr. Nicole tentasse falar com Vorenglade, eles prenderiam Lupin. E, para ter certeza absoluta, prenderiam qualquer pessoa suspeita de ser Lupin ou um dos emissários de Lupin.

Além disso, Prasville fez uma inspeção minuciosa de toda a estação. Ele não descobriu nada suspeito. Mas, quando faltavam dez minutos para as seis, o inspetor-chefe Blanchon, que estava com ele, disse:

– Veja, ali está Daubrecq.

Era Daubrecq; e a visão de seu inimigo exasperou o secretário-geral a tal ponto que ele estava a ponto de mandar prendê-lo. Mas ele refletiu que não tinha desculpa para isso, nenhum direito, nenhum mandado de prisão.

Além disso, a presença de Daubrecq provava, com ainda mais intensidade, que tudo agora dependia de Stanislas Vorenglade. Vorenglade possuía as cartas: quem acabaria por tê-las? Daubrecq? Lupin? Ou ele, Prasville?

Lupin não estava lá e não poderia estar lá. Daubrecq não estava em condições de lutar. Não havia dúvida, portanto, sobre o resultado: Prasville voltaria a ter posse de suas cartas e, por esse mesmo fato, escaparia das ameaças de Daubrecq e de Lupin e recuperaria toda a sua liberdade de ação contra eles.

O trem chegou.

De acordo com as ordens, o chefe da estação havia dado instruções para que ninguém fosse admitido na plataforma. Prasville, portanto, caminhou sozinho, na frente de alguns de seus homens, com o inspetor-chefe Blanchon à frente.

O trem se aproximou.

Prasville viu quase imediatamente Stanislas Vorenglade na janela de um compartimento de primeira classe, no meio do trem.

O ex-deputado desembarcou e estendeu a mão para ajudar um senhor de idade que viajava com ele.

Prasville correu até ele e disse, ansioso:

– Vorenglade... Quero falar com você...

No mesmo momento, Daubrecq, que havia conseguido passar pela barreira, apareceu e exclamou:

– Sr. Vorenglade, recebi sua carta. Estou à sua disposição.

Vorenglade olhou para os dois homens, reconheceu Prasville, reconheceu Daubrecq e sorriu:

– Hum, parece que meu retorno foi aguardado com certa impaciência! Do que se trata? Algumas cartas, eu suponho?

– Sim... sim... – responderam os dois homens, agitando-se ao redor dele.

– Você chegou tarde demais – ele declarou.

– Eh? O quê? O que você quer dizer com isso?

– Quero dizer que as cartas foram vendidas.

– Vendidas! Para quem?

– Para este senhor – disse Vorenglade, apontando para seu companheiro de viagem – para este senhor, que achou que valia a pena sair do seu caminho para fazer o negócio e que veio a Amiens para me encontrar.

O velho senhor, um homem muito velho, envolto em peles e apoiado em sua bengala, tirou o chapéu e fez uma reverência.

– É Lupin – pensou Prasville – é Lupin, sem sombra de dúvida.

E olhou de relance para os detetives, estava quase chamando-os, mas o velho senhor explicou:

– Sim, achei que as cartas eram boas o suficiente para justificar algumas horas de viagem de trem e o custo de duas passagens de ida e volta.

– Duas passagens?

– Uma para mim e a outra para um de meus amigos.

– Um de seus amigos?

– Sim, ele nos deixou há alguns minutos e chegou à parte da frente do trem pelo corredor. Ele estava com muita pressa.

Prasville entendeu: Lupin havia tomado a precaução de trazer um cúmplice, e o cúmplice estava levando as cartas. O jogo estava perdido, com certeza. Lupin tinha um controle firme sobre sua vítima. Não havia nada a fazer a não ser se submeter e aceitar as condições do conquistador.

– Muito bem, senhor – disse Prasville. – Nós nos veremos quando chegar a hora. Adeus por enquanto, Daubrecq: você terá notícias minhas.– E, chamando Vorenglade de lado: – Quanto a você, Vorenglade, você está jogando um jogo perigoso.

– Meu Deus! – disse o ex-deputado. – E por quê?

Os dois homens se afastaram.

Daubrecq não disse uma palavra e permaneceu imóvel, como se estivesse enraizado no chão.

O velho senhor se aproximou dele e sussurrou:

– Eu digo, Daubrecq, acorde, velho camarada!... É o clorofórmio, eu suponho...

Daubrecq cerrou os punhos e deu um grunhido murmurado.

– Ah, vejo que você me conhece! – disse o velho senhor. – Então você deve se lembrar de nosso encontro, há alguns meses, quando fui vê-lo na Praça Lamartine e pedi que intercedesse em favor de Gilbert. Eu lhe disse naquele dia: "Largue suas armas, salve Gilbert e eu o deixarei em paz. Caso contrário, tirarei de você a lista dos Vinte e Sete e, então, você estará acabado". Bem, tenho uma forte suspeita de que você está acabado. É o resultado de não fazer acordos com o gentil Sr. Lupin. Mais cedo ou mais tarde, você vai acabar perdendo suas botas por causa disso. No entanto, que isso sirva de lição para você... A propósito, aqui está sua carteira de bolso que esqueci de lhe dar. Desculpe-me se a achar leve. Não só havia um número razoável de notas de banco nela, mas também o recibo do depósito onde você armazenou as coisas de Enghien que você pegou de volta. Achei melhor poupá-lo do trabalho de retirá-las você mesmo. Isso já deve ter terminado. Não, não me agradeça: não vale a pena. Adeus, Daubrecq. E, se quiser um ou dois louis para comprar uma nova tampa de decantador, me escreva. Adeus, Daubrecq.

Ele se afastou.

Não havia dado nem cinquenta passos quando ouviu o som de um tiro.

Ele se virou.

Daubrecq havia estourado os miolos.

– *De profundis!* – murmurou Lupin, tirando o chapéu.

Dois meses depois, Gilbert, cuja sentença havia sido substituída para prisão perpétua, fugiu da Ilha de Ré, no dia anterior àquele em que deveria ter sido transportado para a Nova Caledônia.

Foi uma fuga estranha. Seus mínimos detalhes permanecem difíceis de entender; e, como os dois tiros no Boulevard Arago, ela aumentou muito o prestígio de Arsène Lupin.

– Em resumo – disse-me Lupin, um dia, depois de me contar os diferentes episódios da história, – em resumo, nenhum empreendimento jamais me deu mais trabalho ou me custou mais esforços do que aquela aventura confusa que, se você não se importa, chamaremos de A Rolha de Cristal; ou, Nunca diga que morre. Em doze horas, entre as seis horas da manhã e às seis horas da noite, compensei seis meses de má sorte, erros, tateamentos no escuro e reveses. Sem dúvida, considero essas doze horas entre as melhores e mais gloriosas de minha vida.

– E Gilbert? – perguntei. – O que aconteceu com ele?

– Ele está cultivando sua própria terra, na Argélia, com seu nome verdadeiro, seu único nome, Antoine Mergy. Ele é casado com uma inglesa e eles têm um filho que ele insiste em chamar de Arsène. Recebo com frequência uma carta brilhante, tagarela e calorosa dele.

– E a Sra. Mergy?

– Ela e seu pequeno Jacques estão morando com eles.

– Você a viu novamente?

– Não vi.

– Mesmo?

Lupin hesitou por alguns instantes e depois disse com um sorriso:

– Meu caro amigo, vou lhe contar um segredo que me fará parecer ridículo aos seus olhos. Mas você sabe que eu sempre fui tão sentimental quanto um colegial e tão bobo quanto um ganso. Bem, na noite em que voltei para a Clarisse Mergy e lhe contei as notícias do dia – parte das quais, aliás, ela já sabia – senti duas coisas muito intensamente. Uma delas foi que eu nutria por ela um sentimento muito mais profundo do que eu pensava; a outra foi que ela, ao contrário, nutria por mim um sentimento que continha certo desprezo, rancor e até mesmo uma certa aversão.

– Bobagem! Por quê?

– Por quê? Porque Clarisse Mergy é uma mulher extremamente honesta e porque eu sou... apenas Arsène Lupin.

– Oh!

– Meu caro, sim, posso ser um bandido atraente, um romântico e cavalheiresco, o que você quiser. Apesar de tudo isso, aos olhos de uma mulher realmente honesta, com uma natureza íntegra e uma mente bem equilibrada, eu sou apenas a mais pura ralé.

Percebi que a ferida era mais aguda do que ele estava disposto a admitir e perguntei:

– Então você realmente a amava?

– Eu até acredito – disse ele, em tom de brincadeira – que a pedi em casamento. Afinal de contas, eu havia salvado o filho dela, não havia? Então... Eu achei... que rejeição!... Isso gerou um clima frio entre nós. Desde então...

– Você a esqueceu?

– Oh, com certeza! Mas para isso foram necessários os consolos de uma italiana, duas americanas, três russas, uma grã-duquesa alemã e uma chinesa!

– E depois disso?

– Depois disso, para colocar uma barreira intransponível entre mim e ela, eu me casei.

– Que bobagem! Você se casou, você, Arsène Lupin?

– Casado, desposado, unido, da maneira mais legal possível. Um dos maiores nomes da França. Uma filha única. Uma fortuna colossal... O quê? Você não conhece a história? Bem, vale a pena ouvir.

E, imediatamente, Lupin, que estava em uma veia confidencial, começou a me contar a história de seu casamento com Angélique de Sarzeau-Vendôme, Princesa de Bourbon-Condé, hoje Irmã Marie-Auguste, uma humilde freira no Convento da Visitação...[12]

Mas, após as primeiras palavras, ele parou, como se sua narrativa tivesse subitamente deixado de interessá-lo, e permaneceu pensativo.

– Qual é o problema, Lupin?

– O problema? Nenhum.

– Sim, sim... Pronto... agora você está sorrindo... É o receptáculo secreto de Daubrecq, seu olho de vidro, que o está fazendo rir?

– De modo algum.

– E então?

– Nada, eu lhe digo... apenas uma lembrança.

– Uma lembrança agradável?

– Sim!... Sim, até mesmo uma lembrança agradável. Foi à noite, ao largo da Île de Ré, no barco de pesca em que Clarisse e eu estávamos levando Gilbert embora... Estávamos sozinhos, nós dois, na popa do barco... E eu me lembro... Eu falei... Falei palavras e mais palavras... Eu disse tudo o que tinha em meu coração... E então... então veio o silêncio, um silêncio perturbador e apaziguador.

– E depois?

– Bem, eu juro a você que a mulher que tomei em meus braços naquela noite e beijei nos lábios – ah, não por muito tempo: apenas alguns segundos, mas não importa! – eu juro diante dos céus que ela era algo mais do que uma mãe agradecida, algo mais do que uma amiga cedendo a um momento de suscetibilidade, que ela era uma mulher também, uma mulher tremendo de emoção... E ele continuou, com uma risada amarga: – Que fugiu no dia seguinte, para nunca mais me ver.

Ele ficou em silêncio mais uma vez. Então ele sussurrou:

– Clarisse... Clarisse... No dia em que eu estiver cansado, decepcionado e cansado da vida, irei até você lá embaixo, na sua casinha árabe... naquela casinha branca, Clarisse, onde você está me esperando...

---

[12] Veja "As Confissões de Arsène Lupin", de Maurice Leblanc.